UNIVERSITY OF NORTH CAROLINA
STUDIES IN THE ROMANCE LANGUAGES AND LITERATURES
Number 74

LAURENT DE PREMIERFAIT'S

LAURENT DE PREMIERFAIT'S

DES CAS DES NOBLES HOMMES ET FEMMES

BOOK I

TRANSLATED FROM BOCCACCIO, A CRITICAL EDITION BASED ON SIX MANUSCRIPTS

BY

PATRICIA MAY GATHERCOLE

CHAPEL HILL

THE UNIVERSITY OF NORTH CAROLINA PRESS

DEPÓSITO LEGAL: V. 3.439 - 1968

ARTES GRÁFICAS SOLER, S. A. — VALENCIA. — 1968

PREFACE

Although Boccaccio's Italian works are well known and readily available in a variety of editions today, his Latin writings and their translations have generally been neglected since the Renaissance. A notable example is Laurent de Premierfait's French version of *De Casibus virorum illustrium, Des Cas des nobles hommes et femmes,* which, though highly influential in the late Middle Ages, has not been reprinted since the sixteenth century. Moreover, extant copies of its later editions are not only rare but critically inadequate, for those editions were based on corrupt manuscripts.

For this edition, I have chosen to transcribe with a minimum of changes the text of Bibliothèque Nationale fr. 226, the oldest of the twenty-two manuscripts of *Des Cas* that I consulted at the Bibliothèque Nationale in Paris. For variants, five other complete and representative manuscripts also from the Bibliothèque Nationale have been collated here.

Although *Des Cas* is composed of nine books, only the first of these (containing some 60,000 words) is given here as being thoroughly representative of the text as a whole in respect to both form and content.

My introduction to this edition provides information which may be helpful to the modern reader. First, there is a discussion of Boccaccio's Latin original and its sources. Then follows a biographical sketch of the translator Laurent de Premierfait (1380?-1418). Laurent's two French versions (1400 and 1409) are described and compared, with reasons advanced for my choosing to edit here the second version. An English edition of Laurent's translation is discussed, John Lydgate's *Fall of Princes,* shown to be a rhymed paraphrase of the 1409 French version rather than a direct translation of it. This is followed by a detailed description of the sixty-eight manuscripts and seven editions of *Des Cas* that I have discovered in libraries throughout the world, with particular attention to those at the Bibliothèque Nationale. Finally, there is a bibliography of works consulted, followed by a table of proper names appearing in the text of Book I.

I should like to express my appreciation to the personnel of the Bibliothèque Nationale and to those professors who helped in the preparation of this edition: Willard Farnham, Percival B. Fay, C. D. Brenner, R. K. Spaulding, and above all to Francis J. Carmody of the University of California at Berkeley. I should also like to acknowledge my deep gratitude to Professor Urban T. Holmes, Jr., of the University of North Carolina at Chapel Hill for his encouragement and inspiration, and to Professor F. W. Vogler also of Chapel Hill.

PATRICIA M. GATHERCOLE

Roanoke College
Salem, Virginia

TABLE OF CONTENTS

INTRODUCTION

I. Boccaccio's "De Casibus virorum illustrium"

Between the years 1355 and 1360. Boccaccio, approaching old age and in a sudden turn to religion, repented of some of his early literary works (among them the *Decameron*), which now seemed to him too scandalous and light in character. He decided to compose the moral treatise *De Casibus virorum illustrium*. The book was written in Latin, considered in the Middle Ages to be the language of the great works of antiquity as well as that of the Church, because as W. Farnham has pointed out, under the pressing influence of Petrarch, Boccaccio now possessed a new ideal of scholarly as well as of moral asceticism. [1] *De Casibus* was to be followed by other Latin works: *De Genealogia Deorum, De Claris Mulieribus,* and *De Montibus.*

Boccaccio dedicated *De Casibus* in 1363 or 1364 to Mainardo dei Cavalcanti, a Florentine living in Naples, because as he explained he could find no emperor, king, prince or pope worthy of his tribute. It was revised and augmented ten or fifteen years later, as Boccaccio aimed, though in vain, at greater clarity. Laurent took the first version of *De Casibus,* the better known one, for his translation.

The *theme* of the book is obvious from its title. The words "De casibus" translated "Des cas" by Laurent in French, are taken to mean "vicissitudes" of fortune; "virorum" applies to both genders, although "feminarum" is sometimes given in the title. The book

---

[1] Farnham, W., *The Medieval Heritage of Elizabethan Tragedy,* Berkeley, U. C., 1936, p. 70.

consists therefore of a series of tragic stories related in a dream to the author by each of numerous "famous unfortunates" of history or mythology. There is an attempt at chronological order: we commence by hearing the sad fate of Adam and Eve, and end with the story of Jean le Bon, who was made prisoner by the English at the battle of Poitiers in 1356.

Some characters are presented to Boccaccio by the goddess Fortune, others arrive unannounced, often weeping. At times Boccaccio himself recounts the story and even judges the participants in the end; elsewhere they relate their own tale of grief, the whole presentation reminiscent of Dante's visit to Hell, or more especially to Purgatory when the shades rush towards the poet. [2] Supplementary chapters, for example, Chapter 15, in praise of poverty, or Chapter 18, which forms an angry invective against women, break up the monotony of the above technique.

What was Boccaccio's *purpose* in writing this treatise? Scornfully he wrote in order to teach princes the virtues of wisdom and moderation, to point out to them the ruin wrought by egotism, pride and unbridled ambition. They should think, moreover, not about this world and all its tragedies, but rather about life after death. Since the fall of Adam and Eve, Fortune has ever been fickle here on earth, man is powerless, but he should be humble and obey the Biblical commandments and so hope to reach the next world.

The *influence* of Boccaccio's *De Casibus* is seldom realized today. Its moralizing theme appealed to the royal families of the period. It is believed to have been more widely read than the *Decameron*. Many manuscripts were made of the Latin treatise; it was published in 1473, 1474 or 1475, [3] in fact at least twenty-two editions of it were printed in one century. [4]

In other countries besides Italy, *De Casibus* was also extremely popular. By the middle of the sixteenth century it had been translated and appeared in six different languages. [5] The Spanish translation

---

[2] See Hauvette, H., *Boccace*, Paris, La Renaissance du Livre, (s. d.), p. 348.

[3] See Hauvette, H., *Recherches sur le "De Casibus,"* Paris, F. Alcan, 1901.

[4] Sarton, George, *Introduction to the History of Science*, vol. III, Part II, Baltimore, Williams, 1948, p. 1804.

[5] For translations see A. Hortis, *Studj sulle Opere latine del Boccaccio*, Trieste, J. Dase, 1879.

was first published in 1495, the Italian one by Betussi in 1545, the German also in the same year. The French rendition preceded them all, as we shall later discover. Indeed, John Lydgate wrote his English rhymed version, *The Fall of Princes* in 1431-38, using as a basis this French edition.

Although the *Decameron* had been finished as early as 1353, yet in French and Spanish the *De Casibus* was the first work of Boccaccio to be translated by a few years, and in English the first by a century. Since Latin, not Italian, was the international language, the basis of Boccaccio's fame in Europe for more than two hundred years rested on his Latin writings, chief among them the *De Casibus*. It is thus not surprising that Laurent de Premierfait chose to translate this Latin work, thereby further increasing its popularity.

II. Sources of "De Casibus"

Boccaccio vaguely refers to the sources of his *De Casibus* without mentioning any specific names. One has the impression therefore that his work, full of factual knowledge, is drawn from his memory rather than taken directly from books. He states in Chapter *8, 23* of *De Casibus*, for instance, "il ne me souvient pas avoir leu en histoires comment Edipus morut."

His references are primarily to the ancient *classical historians*. He writes in almost stock-type phrases: "La seconde cause fut comme aultres historians dient..." (*8,* 11), "aulcunes histoires dient" (*13,* 31), "ainsi comme tesmoingnent les auteurs historians" (*13,* 4).

Who were these historians? One may suppose that they were his known favorites, the ones whose writings were found on the shelves of his personal library. Latin historians like Livy, [1] Valerius Maximus, Curtius Rufus, Suetonius, Tacitus, Solinus, Godfrey of Viterbo, and Eusebius, all contain a pot-pourri of factual information similar to that discovered in *De Casibus*.

Boccaccio mentions occasionally the *classical poets* as his sources. He affirms: "Les paroles des poetes tragiques, escrivains

---

[1] The author has sampled some Latin sources of Boccaccio, especially in respect to factual information.

les ortz et puans faitz des roys..." (*11*, 9); "et ainsi mourut le dict roy Antheus selon ce que tesmoignent presques tous les poetes..." (*12*, 13). One of the poetic works found in Boccaccio's library, whose content would prove invaluable for facts is Ovid's *Metamorphoses*. Ovid mentions the same proper names as Boccaccio; he tells identical stories about them, for example, in the cases of Amphitryon, Andromeda, Althaea, Agave, Agenor, etc. Boccaccio also doubtless retains memories of Seneca's tragedies and moral treatises like *De Consolatione*, of the poetry of Homer, Statius and Juvenal. Virgil's *Aeneid* is a possible source for the chapters on Troy.

The chapters of *De Casibus* which deal with Biblical figures, chapters *1*, *2*, *3*, *4*, *17*, even assume a Biblical language in parts, but this, as well as the Biblical stories, may have been transmitted to Boccaccio not only through the Bible but in addition through the works of *Latin Christian authors* such as St. Isidore. Adam in Chapter *1*, 4 of *De Casibus* is "fait par la main de Dieu du lymon de la terre." This phrase occurs both in the Bible and in St. Isidore's *Quaestiones in vetere testamento*, chapter 3. *De Mortibus Persecutorum* of Lactantius, written at the beginning of the fourth century, a collection of human misfortunes relating how the Roman emperors who persecuted the Christians were smitten by God, is considered a source for the general theme of *De Casibus*. [2] Boccaccio probably utilized also the Chronicles of St. Jerome and the works of Orosius. In Chapter *5* when speaking of the persecutions of the Israelites he refers specifically to the book of Exodus.

It is possible that *other classical writers* may have also influenced Boccaccio at the time of his composing *De Casibus*. Here again we find vague references in the text: "et comme aucuns dient..." (*6*, 8), "comme dient aulcunes" (*7*, 7), "comme les aultres auteurs dient" (*7*, 8), etc. Boethius' *De Consolatione philosophiae* forms a possible source for the repeated emphasis on the capricious quality of fortune that is found in *De Casibus*. The *Fabulae* of Hyginus, written at the time of Augustus and presenting a series of notable people who relate their downfalls, has the basic theme of Boccaccio's Latin work. The scant geographical information our author gives, may have come from Pomponius Mela and Vibius Sequester.

---

[2] Farnham, W., *op cit.*, p. 75.

Not cited specifically by Boccaccio but probably used by him were some works of his contemporaries. The *Chronicles* of Giovanni and Matteo Villani he may have employed for factual information. It is possible that he also followed the writings of Dante, the *Divine Comedy* foremost, on account of its framework, and the teachings of his good friend Petrarch.

Boccaccio may have glanced at certain medieval French works. Jean de Meun's *Roman de la Rose* reminds one of *De Casibus* for its insistence on the whimsical nature of Fortune. [1]

Parts of the *De Casibus*, for instance Chapter *18* concerning women, are colored by Boccaccio's own personal experiences. The bitter anti-feminist tone that permeated his *Corbaccio* shortly before this period stems from the unpleasant event of the forty-one year old Boccaccio's being rebuffed by a young widow.

In short, Boccaccio's sources for *De Casibus* are the Classics and the Church Fathers, both tinged by his personal experience.

III. LAURENT DE PREMIERFAIT

Laurent took his name from Premierfait, his birthplace, a village equidistant from Arcis-sur-Aube and Méry-sur-Seine near Troyes, in the province of Champagne. He was called "Laurentius Johannis" or "Laurentius Campanus." His friend Giovanni Moccia addresses him, too, in a letter as "Johannes de Meruto Trecensis" ("de Meruto" standing for "de Méry"). The date of his birth remains unknown, but it is set about 1380. [1] He died in 1418, possibly from the plague or from a massacre of the Armagnacs. [2]

According to documents handed down to us, he was reputed to be a poet and orator as well as a good Latin scholar. He earned his living mainly by translating while in the service of several illustrious patrons. He describes himself first officially as "clerc du diocese de Troyes."

His next position was in Avignon, where he came in 1397 as secretary to Cardinal Amadeo di Saluzzo, who was influential at

---

[1] For more detail on Laurent's life see Purkis, G. S., *Laurent de Premierfait*, Italian Studies, vol. IV, 1949, p. 22.

[2] Hauvette, H., *De Laurentio de Primofato*, Parisi, Hachette, 1903.

the Papal Court there. While in Southern France, Laurent mingled with significant humanists of the time, Gontier Col, Jean de Montreuil and Nicolas de Clamanges. He also doubtless composed Latin verses at spare moments.

After his return to Paris in 1399 Laurent still kept in close contact with his humanist friends. He is said even to have become involved in a quarrel with Jean de Montreuil and to have accused the latter of paganism. [3]

During his stay in Paris he was protected by Louis of Bourbon, Charles VI's maternal uncle. He also lived in the house of Jean Chanteprime, "Conseillier du roy de France." [4] This was in 1400, at the time of his first attempt at translating *De Casibus*.

His next patron was Jean, Duc de Berry (1340-1416), for whom the translation of this present edition of *Des Cas des nobles* was made. Jean was the third son of King Jean II, and though his public career was not illustrious he is recognized as one of the century's most ardent bibliophiles and collectors of manuscripts, of which the most celebrated was of course that of the *Très Riches Heures*. He had received presents from Charles VI, Henry IV of England, Pope Clement VII, Louis II of Anjou, Louis of Orléans and many others. [5] Much of his own library was dispersed in gifts; the rest was seized on his death by his numerous creditors, but over eighty volumes are known to be extant in various libraries throughout Europe.

Later, while translating the *Decameron*, Laurent lived with a man none the less famous, a certain Bureau de Dampmartin, who was "citoien de Paris, escuier, conseillier" of Charles VI. [6]

In 1416, just before his death and at the time of his last translation, the *Economics* of Aristotle, Laurent had a new royal patron, Simon du Bois, "varlet de chambre du roy tres chrestien." [7]

Thus in Laurent we have a man of moderate literary talent spending his life in a circle of nobility and taking pleasure in the humanistic learning of his time.

---

[3] See Hauvette, H., *Boccace*, pp. 26 seq.

[4] *Ibid.*, p. 4.

[5] Bradley, John W., *Dictionary of Miniaturists*, vol. I, London, Quaritch, 1887.

[6] Hauvette, *Boccace*, pp. 13, 15.

[7] Hauvette, *De Laurentio de Primofato*, p. 17.

IV. LAURENT THE TRANSLATOR

Laurent has produced little original literary work. Apart from a Latin poem of twenty-nine lines in praise of Boccaccio given at the end of some of the manuscripts of the second version to *De Casibus*, and the introduction and additions to the same book, he is known to us only as a translator of Latin. [1]

Laurent's translations are *De Casibus*, in 1400, his first, literal version; *De Senectute* of Cicero in 1405; the second version of *De Casibus* in 1409; the *Decameron* through a Latin translation of his collaborator, Antonio of Arezzo, in 1411-14; *De Amicitia* of Cicero in 1416; Aristotle's *Economics*, also from a Latin version, in 1418. Translations of Seneca's *De quatuor virtutibus* and of Boccaccio's *De Claris Mulieribus* have also been attributed to Laurent. [2]

His Precepts and the General Effect

Considering his time, the fifteenth century, Laurent may be judged a good translator. Despite certain inaccuracies, he shows in all his works that the possessed an adequate knowledge of Latin, and was capable of rendering a clear translation. The passage, for instance: "Quant je considere et pense en diverses manieres les plourables maleurtez de noz predecesseurs, a celle fin que du grant nombre de ceulx qui par fortune ont esté trebuchiez, je prenisse au commencement de ce livre aulcun prince terrien assez digne d'estre premier entre les maleureux," Chapter *1*, 1 of *Des cas des nobles* translates well: "Maiorum dum flebiles casus mente percureo: ut satis dignum principem infortuniis, ex multitudine deictorum adsumerem," from *De Casibus*.

Laurent's idea that the translator should explain and interpret the text when it is obscure, his desire to give the reader a more intensive study of the subject, together with an admiration for rhetoric, may have led him astray to some extent. Already, in the preface to his translation of *De Senectute* in 1405 Laurent points

---

[1] Before 1891, a political pamphlet in French verse, *Le Songe véritable* was attributed to Laurent. This was a false ascription according to its editor H. Moranvillé, *Mémoires de la Société de l'Histoire de Paris*, vol. 17, 1891.

[2] See Purkis, G. S., *op. cit.*, p. 23.

out his two aims: to use words at once understandable and clear to the reader without forfeiting the meaning of the original, and to expand what seems to brief or obscure (as mentioned above):

"L'une pource que en langaige vulgar ne peut estre gardee plainement art de rhetorique, je useray de paroles et de sentences promptement entendibles et cleres aux liseurs et escouteurs de ce livre sans riens laissier qui soit de son essence; l'autre chose est que ce qui semble trop brief ou trop obscur, je le alongiray en exposant par mots et par sentences." [3]

The concept of amplification of the text for the benefit of the reader's understanding he stresses further in the preface to the second version of *De Casibus* in 1409:

"Il me convient ce me samble que les livres latins en leur translacion soient muez et convertis en tel langaige que les liseurs et escouteurs d'iceulx puissent comprendre l'effet de la sentence senz trop grant ou trop lent travail d'entendement."

In addition, names of persons and of places known to scholars are to be commented upon: "et par ainsi ce livre, moult estroit et brief en paroles, est entre tous le plus ample et le plus long a le droit expliquer par sentences ramenables aux histoires. En faisant donques ceste besoigne longue et espendue et recueillie de divers historians, par le moian de la grace divine, je veuil principalement moy ficher en deux choses, c'est assavoir mettre en cler langaige les sentences du livre, et les histoires, qui par l'aucteur sont si briefment touchees que il n'en met fors seulement les noms, je les assouviray selon la verité des vieilz historians qui au long les escripvirent."

Therefore in accordance with the above, the two most interesting points to be considered in Laurent's translation *Des cas des nobles* are his lengthening of the original text and the minor errors or changes that he makes along the way.

A.   *The Length of "Des Cas des nobles," 1409*

Laurent's translation of *De Casibus* is twice to three times as long as its Latin original. This is due to:

---

[3] BN fr. 1020, F. 3, cit. Hauvette, *De Laurentio de Primofato*, p. 43.

1. The development of proper names of people. Where Boc-caccio will merely mention a person's name, Laurent tells the story of his life or at least some familiar facts about him. [4]

2. The repetition of proper names in the relating of a narrative, which is done perhaps for the sake of clarity and tends to elongate the text, e.g.:

a. "L'enfant Edipus qui de son pere (Layus) avoit esté refusé et condempné a mort, icellui enfant est adopté en l'eritage du royaume (de Corinthe) par (Polibus) homme estrange." (8, 5).

b. "Et par l'aide du dict (Hercules) cestui (Priam) fut restitué et remis ou royaume (de son pere Laomedon qui lors en estoit de-chacié). (13, 2).

3. The development of geographical propre names. Countries and continents are situated:

Perse, (3, 14)

Cyclades, (15, 15)

Archadie, (19, 7, 8)

4. Exact years and numbers from other sources are cited, which are to be found nowhere in the Latin original; for example:

a. "Il eut longtemps entre Nembroth et Cadmus, (c'est assavoir mil cinq cens quatorze ans). (5, 5)

---

[4] This is done in the cases of:

Vixoses, Chapter 5, Section 5 (42 words).
Zoroastres, 5, 7 (153 words).
Moses, 5, 11.
Oggigas, 5, 13.
Pheton, 5, 16.
Ysis, 5, 17, 18, 19.
Apis, 5, 20.
Erisichton, Gelanor, Danaus, 5, 21, 22, 23, 24, 25.
Itis, 5, 27, 28, 29, 30, 31.
Medea, 7, 4, 5, 6, 7.
Pasiphae, 7, 14.
Adriana, 7, 15.
Phedra, 7, 17, 18.
Egistus, 9, 16, 17.
Perithous, 10, 5 (part), 6.
Althea, 12, 2.
Meleager, 12, 3, 4, 5.
Hercules, 12, 10 to 41 inclusive.
Narcissus, 12, 42 to 58 inclusive.

Orpheus, 12, 59 (part) to 63, incl.
Marpesia and Orithia, 12.
Paris, 13, 23.
Antenor and Eneas, 13, 26, 27.
Palamedes, 15, 9.
Caphareus, 15, 14.
Diomedes, 15, 17, 18.
Egistus, 15, 21, 22.
Zenocrates, 16, 9.
Diogenes, 16, 13.
"les curioz," 16, 14.
Sampson, 16, 10.
Erudice, 18, 19.
Danes, 18, 20.
Aragnes, 18, 22, 23.
Semiramis, 18, 26, 27.
Circe, 18, 32, 33.
Sirens, 18, 34, 35.
Achilles, 19, 1, 2.
Machareus, 19, 5, 6.
Pallas, 19, 9, 10.

b.   "(L'an quatre mil quarante quatre aprés la creation du monde pour lors que Ascanius filz de Eneois fonda la cité de Albanne) Sampson (qui par XX ans gouverna le peuple des juifs) fut avant sa nativité denoncié par l'angel de Dieu." (*17*, 1)

c.   "Il n'est mestier que je racompte les roys et princes des Madianites..., lesquelz jadiz furent destruictz par pou d'ommes armez (c'est assavoir par trois cens)." (*7*, 22)

5.   Brief explanatory phrases are added: e.g. "...il advint que les Philistins qui en un jour solennel s'estoient assemblez pour faire un publique sacrifice a leur dieu Dagon (pour ce qu'ilz cuidoient que leur dieu Dagon leur eust livré Sampson pour en prendre la vengence.)" (*17*, 17)

6.   There are some short moral interpolations.

e.g. "Car la vie d'un povre bien ordonnee selon loy de nature est de plus longue duree que n'est la vie d'un hault et grant seigneur." (*16*, 5)

7.   Connectives are inserted between paragraphs for easier reading:

a.   "Mais ains que nous drecez contre Dieu teles roches ne que vous pensez teles follies," is added to *4*, 2.

b.   "Aussi a la cognoissence des historians latins, et par especial de moy..." to *5*, 10.

8.   A definite division into chapters with a longer explanation of their context at the head of each, is introduced by Laurent.

Laurent's redundant style also adds to the length of the work. Where one finds a single adjective in Latin, Laurent will supply two in French, both with almost the same meaning, two nouns for one, two verbs for one, etc. Illustrations:

a.   "forseneux (et enragié)," (*6*, 10)
   "crueles (et maudictes)," (*8*, 20)

b.   "les travaulx (et labours)," (*8*, 23)
   "joye (et leesse)," (*8*, 5)

c.   "Le desclaira (et dist)," (*10*, 22)
   "respant (et seme)," (*9*, 13)

There is also the repetition of ideas in certain sentences, one sentence repeating another almost word for word, a procedure not found in Boccaccio. [5]

---

[5] See Chapter *14*, 1.

In medieval fashion, as Florence A. Smith has demonstrated, [6] trite qualifying adjectives are added to proper names. We read of "le preu Hector," and "le saige Ulysses."

B. *Mistakes in "Des Cas des nobles"*

1. Among some errors which Laurent makes in translating, one discovers a faulty interpretation of numbers: Chapter *13*, 4 states "XXIX que filz que filles;" in Latin one reads "decem et novem;" Chapter *13*, 15 "le dixiesme jour" for "in diem duodecimam," tenth for twelfth.

2. Laurent also confuses a few proper names in translating. Under his pen Aethra becomes Electra, *10*, 13; Cyprus is Thyr. *10*, 28; Samson is Hercules, *18*, 30; Eriphyle becomes Erudice, *18*, 18. He commits in addition the error of making the man Pelops a queen, *9*, 1. [7]

3. His adjectives at times become colorless; one tires of reading the word "pouvre" in French.

4. Adjectives and nouns are occasionally badly translated, for example: "la bouche ronde" for "os purpureum," *18*, 2; "cruaulté" for "credulitas," *17*, 16; "affaitemens" for "mysteria," *18*, 12.

C. *Willful Alterations*

1. Certain parts of speech are given a more concrete rendering by Laurent: "aultretant d'or" for "praeclarissimus donis," *13*, 16; "des pierres et du cymant" for "ruinarum," *13*, 24; "...par tavernes et par tous aultres lieux devant tous hommes mesmement des honnestes ou mauvaiz" is equivalent to "per caveas et lustra leonibus." (*16*, 6).

2. Boccaccio's vivid direct discourse is sometimes changed to indirect by Laurent, thus destroying the dramatic power of the narrative. [8] In Boccaccio, Thyestes himself speaks in Chapter *9*, 1:

---

[6] Smith, Florence A., *Laurent de Premierfait's French Version of the De Casibus Virorum Illustrium and its influence in France*, Revue de litt. comp., II, 1934, p. 516.

[7] In two cases, Laurent corrects Boccaccio:
   a. Andromeda changed to Andromatha, *13*, 19.
   b. Aegyptus changed to Aegisthus (Egisthus) *9*, 15.

[8] H. Bergen, in his edition of *Lydgate's Fall of Princes*, vol. I, Washington, 1923, p. 11, emphasizes this mistake.

"Oedipo ceu Iocasta memoratu non indignior ego sum." In Laurent we read, "...disant le dit Thiestes que il n'estoit pas moins digne de memoire ne que est Edipus." In Chapter *11*, 11, Boccaccio himself intrudes: "Heu quid dixi: Non curant." This is turned into "si ne leur chant de pourveoir a eulx mesmes." Boccaccio's Chapter *16*, a powerful invocation to poverty, is weakened by Laurent's prosaic rendition.

Omissions

1. A few phrases or sentences of Boccaccio are omitted by Laurent without any apparent reason. When speaking of the beauties of the land of Adam and Eve, the "invita mortalibus nemora, leni aura percita" are not mentioned, Chapter *1*, 9. The sentence "Nous deussions resgarder devant noz piez le mortel trebuchet de fortune," in Chapter *2*, 1 replaces:

"Quid enim dum insatiabilem cupidatum voraginem complere contendimus: dum caelum subigere stulta cordis opinione pensamus: dum in ipsum deum naturae imbecillitatis obliti consurgimus: excitiale praecipitium ante pedum nostrorum vestigium non videmus. Pro dolor."

2. As Laurent was connected with the Church, the names of gods are omitted, and the miraculous part of an explanation becomes more rational. [9] Thus in Laurent, Hercules is overcome by "la seule pestilence d'amours," Chapter *12*, 7, while in Latin it is Cupid who performs the trick. Agamemnon, "qui avoit eu grans victoires es batailles qu'il avoit fait sur terre et qui en mer avoit vaincues les tempestes et les vens," *15*, 28 is beaten on land by Mars and on the sea by Neptune. Boccaccio writes: "Sic qui in terris Martem in undis Neptumnum virtute superaverat."

Conclusion

Laurent may be judged an adequate translator, if we consider him in the context of his century and its view of the translator's rôle. He is also interesting to study on account of his precepts, his ideas on clarity and lengthening, which in turn lead to some surprising changes which will be pointed out.

---

[9] Bergen, *op. cit.*, vol. IV, p. 145 seq. mentions this.

V. LAURENT'S SOURCES

In the first long prologue to *Des Cas des nobles,* an original work in many respects, as we have seen, Laurent mentions his sources of factual information. Moreover, he cites definite names.

The first source of information that he mentions is the volume of *Boccaccio's Epistles.* Boccaccio's letter to Mainardo dei Cavalcanti written for the first 1400 version of *Des Cas,* furnishes indeed part of this first prologue, especially in the sections dealing with monarchs and priests. In some sentences we find almost word by word translations: for example, in section 31 of *Des cas*: "Les sains prestres anciens sont en leurs successeurs telement dessaintiz que maintenant l'en forge heaumes des mitres, l'en fait lances des croces, l'en fait des vestements sacerdotaulx haubergons, plates, et aultres pieces batailleresses... 'son royaume n'est pas de cestui monde,'" follows closely his letter to Mainardo: "...vidi ex sacerdotalibus infulis galeas, ex pastoralibus baculis lanceas, ex sacris vestibus loricas in quietem ex libertatem innocentium conflare, ambire Martialia castra, incendiis, violentiis, christiano sanguine fuso laetari, satagentesque adversas veritatis verbum dicentis: Regnum meum non est de hoc mundo, orbis imperium occupare..." [1]

For his portion of the prologue about country laborers, sections 48 to 52, Laurent admits that he takes Virgil for his "aucteur et maistre." Like Virgil in his *Eclogues* and *Georgics* Laurent praises the peaceful country life as opposed to that of the noisy city.

In this same part, Laurent refers to "Tulle, noble orateur rommain en son livre de vieilleuse," (section 53). He means, of course, Marcus Tullius Cicero, who in his *De Senectute* writes about the "voluptates agricolarum" [2] which becomes here "delectations innumerables."

Also mentioned in the first prologue by Laurent is the Roman writer *Seneca.* The stoic tale of Stilbon, sections 22 to 24, is enlarged upon by Laurent, having been taken from Seneca's *Epistulae morales de Constantia*":

---

[1] *Joannis Boccacci ad Maghinardum de Cavalcantibus,* in St. Petersburg University, Historical Philological Faculty, vol. 2, 1877, p. 22.

[2] See *De Senectute,* XV, 51-55.

"Megaram Demetrius ceperat, cui cognomen Poliorcetes fuit. Ab hoc Stilbon philosophus interrogatus, num aliquid perdidisset: 'Nihil,' inquit, 'omnia mea mecum sunt' ": [3]

In the prologue to *Des Cas* we read, sections 22 to 24, "...un exemple de Demetrius ancien roy de Surie... 'Tous mes biens sont avecques moy.' "

Named also in passing, section 6, is "Alain le poete" who "se complaint pource que les injustes et mauvaiz hommes sont tres souvent esleuz aux tres haulx estatz du monde." The poet in question is *Alanus de Insulis*, Alain de Lille (d. 1202), who in his *De planctu naturae* discussed the fates of men in terms similar to those of Laurent. [4]

For the writing of his prologue, Laurent observed conditions of his own day in France. The early years of the fifteenth century were times of misery, the Hundred Years War was still in progress, the clergy and princes were often morally lax, the peasants most wretched. Many religious leaders were calling for moral reform, chief among them Jean Gerson in a series of sermons. St. Jerome's *Les Enortemens des Saints Peres* was translated and published in 1486. St. Augustine's *Les Meditations*, 1474, St. Bernard's *Contemplationes, Meditations et Regrets*, appeared also. It is not strange that Laurent should take up the plea for the betterment of mankind here as in his other translations. (See preceding section.)

In the main text of *Des Cas des nobles* Laurent adds to Boccaccio's factual material. We read in Prologue II, 9, that Boccaccio did not tell some stories because they were so well known; Laurent will relate these to his less learned fellow countrymen.

Laurent actually names only three of his sources in this connection:

1. Jehan Clopinel de Meun's *Roman de la Rose* he refers to in the case of the story of Narcissus, *12, 1.* But as E. Koeppel has pointed out, [5] the lines in the *Roman de la Rose* dedicated to

---

[3] Seneca, Moral Essays, vol. I, p. 62, London, W. Heinemann, 1928.

[4] Alain discusses the different human vices, greediness, pride, etc., and relates how despite these failings, men, and the most wicked among them, rise to high positions.

[5] Koeppel, E. *Laurent de Premierfait und John Lydgate's Bearbeitungen von Boccaccio's De Casibus Virorum Illustrium, München*, R. Oldenbourg, 1885, p. 18.

Narcissus were not written by Clopinel, but rather by Guillaume de Lorris. In any case Laurent changes the story so that Narcissus falls in love with the nymph Echo and not vice versa. His knowledge of this earlier French work was therefore imperfect.

2. He mentions the Latin historian *Justin* as his source for the description of the temple of Delphos in Chapter *1,* 19. Justin describes this temple in Book 24 of his *Historiae Philippicae,* a history of the world that comes down to the Roman conquest of the East.

3. At the end of Chapter 19, Laurent writes of "l'histoire Martinianne" as a source for his information. This work is the *Chronique Martiniane* written by Martinus Polonus, Martin of Trappau (d. 1278), a well-known historian of the Middle Ages.

Laurent assumes the style of Boccaccio, that is, he vaguely mentions his sources, the classical historians and poets. This is done with almost the same stock-phrases used by Boccaccio. For example, we read: "ou comme aulcuns dient" (*7,* 15), "Aulcuns historians toutevoies veulent dire..." (*8,* 21), "Cestui Orpheus temoings historians et poetes fut filz du roy Appollo..." (*12,* 60). Laurent doubtless wanted to hide his amplifications by couching them in the style of Boccaccio.

What *classical historians and poets* may we suppose Laurent used for further information? Some were the same as those utilized originally by Boccaccio. He, like Boccaccio, perhaps remembered parts from Livy, Valerius Maximus, Caesar, Orosius, etc.; the later books of *Des Cas* bear witness to the fact.

Important also, as in the case of Boccaccio, was Ovid's *Metamorphoses.* Since Laurent always avoids writing about the heathen gods and goddesses he does not mention the work by name. We know, nevertheless, that he borrowed from it as certain expansions of the original text show. [6] In Chapter *12* the stories of Nessus and Lichas are developed from *Metamorphoses IX.* In the case of Byblis, also Chapter *12,* Laurent follows closely Ovid's verses: "Bibliz commença a lui appeller seigneur et si ne le vouloit iamaiz appeller frere..." which is equivalent to *Metamorphoses IX:* "Jam dominum appellat, jam nomina sanguinis odit."

---

[6] Throughout this section the author is indebted to Emil Koeppel, *op. cit.*

Like Boccaccio, Laurent borrowed from the *Church Fathers*, especially St. Jerome and St. Isidore. Though he nowhere mentions the fact, he must have read carefully the latter's *Chronicon* and his *Etymologiae*. Innumerable geographical details and further explanations not found in Boccaccio prove this fact. In Book 14 of St. Isidore's *Etymologiae* one reads about Persia: "Persia ab Austro Carmaniam habet." In *Des Cas des nobles* Persia is described in the same way: Chapter *3*: "De la part de midy Perse touche a Germanie que l'en nomme Alemaigne."

Geographical information from Chapter *6* in Laurent is in *Etymologiae*, Book II, Chapter *3*, 18; that in Laurent's Chapters *13, 15, 19* in Isidore, Book 14, *3*, 1, *6*, 20, *4*, 15 respectively. Information concerning tongues in Laurent's Chapter *17* is in *Etymologiae* "de linguis," Book 9, 2, 58; about man and portents, Chapter *18* in Laurent is *Etymologiae* "de Homine et portentibus," Book 11, *3*, 30; about the world, Chapter *15* in Laurent is *Etymologiae* "de mundo et partibus," Book 13, *16*, 5; about buildings and fields, Chapter *17* in Laurent, is *Etymologiae*, Book 15, *1*, 16.

St. Isidore's *Chronicon* also furnishes some of the mythological stories inserted in *Des Cas*, Chapter *6* (cf. 19 in *Chronicon*); Chapter *17* (cf. 27 in *Chronicon*).

Yet Laurent's greatest source of information in the case of mythology and for the development of people's names was a book left unmentioned by him. This was Boccacio's *De Genealogia Deorum Gentilium*. Laurent takes the mythological explanations that fill this book, rationalizes them, and on occasion translates them word for word.[7] E. Koeppel supplies the following table:

Chapter *19*   The love of Canace and Macharaeus is from G. D. 19.

"	*5*	Ysis	"	"	G. D. IV, 46.
"	*5*	Thereus	"	"	G. D. IX, 8.
"	*5*	Danaus	"	"	G. D. II, 22.
"	*7*	Medea	"	"	G. D. IV, 12.
"	*7*	Minos	"	"	G. D. VI, 26.
"	*7*	Ariadne and Phaedra	"	"	G. D. XI, 29, 30.
"	*9*	Aegistus	"	"	G. D. XII, 10.
"	*10*	Ixion	"	"	G. D. IX, 27.
"	*12*	Althaea and Meleager	"	"	G. D. IX, 15, 19.

---

[7] Koeppel. E., *op. cit.*, p. 24.

Chapter	12	Orpheus	is from G. D. V, 12.
"	12	Myrrha	" " G. D. II, 51, 52.
"	15	Palamedes	" " G. D. X, 60.
"	15	Nauplus	" " G. D. X, 59.
"	15	Diomedes	" " G. D. IX, 22.
"	18	Danae	" " G. D. II, 33.
"	18	Eurydice	" " G. D. II, 39.
"	18	Circe	" " G. D. IV, 14.
"	19	Canace	" " G. D. XIII, 21.

De Claris Mulieribus, one of Boccacio's other Latin works, Laurent also consulted for further information about women. [8]

Laurent's sources for additions are therefore similar to those of Boccaccio: the Classics, poets and historians; the Church Fathers; in addition to the significant treatises *De Genealogia Deorum* and *De Claris Mulieribus.*

VI. THE TWO FRENCH VERSIONS OF "DES CAS DES NOBLES"

There were two French translations of the *De Casibus,* as we mentioned in the above section on Laurent as a translator. In 1400, basing himself on Boccaccio's first (1363) version, Laurent translated literally the *De Casibus* and dedicated the rendition to Duke Louis of Bourbon. For reasons which will be given later, Laurent redid his task in 1409. [1]

Reasons for Editing the Second Version, not the First

The 1409 version was chosen to be edited here because of its greater value. In the first place, though padded with erudition, it is a much clearer, more easily understood translation of the Latin original. The 1400 rendering is very literal in phrasing, although H. Hauvette probably exaggerates in saying that a person who does not know Latin cannot understand the first translation. [2]

In its time, the second version was the more widely read and claimed many illustrious possessors. As we shall see later, many

---

[8] See G. S. Purkis, *op. cit.,* p. 28.
[1] For further details see the section on manuscripts.
[2] Hauvette, H., *De Laurentio de Primofato,* p. 513.

more manuscripts of it existed and are extant even today, as is also true to a lesser extent in the case of editions. Whereas we now possess about sixty-five manuscripts of the second version, we have only about four (see section on manuscripts) of the first. By the end of the sixteenth century, the 1409 translation had undergone some four editions, whereas that of 1400 appears to have undergone only two.

It is the second version, moreover, which about 1438 the English poet Lydgate chose for his famous rhymed version, *The Fall of Princes*. This poem, in its turn, was influential and will be discussed in a later section.

Laurent's second French version (probably not the first) also exercised a considerable influence on other literary works in France. A mystery play, four days in duration, dated 1437, is adapted from it: *Vengence de N. S. Jesus-Christ*. [3] Alain Chartier's *Le Quadrilogue Invectif,* 1422, has descriptive details reminiscent of *Des Cas des nobles*. It perhaps inspired Georges Chastellain, after 1455 historiographer to the Duke of Burgundy, to write poems like *Complainte de Fortune. Le Temple de Boccace,* a lengthy prose treatise on Fortune, may also be said to be derived from it.

But since the rest of this present work is dedicated to the second translation of Laurent's *Des Cas,* let us briefly consider the first version.

Authorship of the First Version

One of the primary problems which arises concerning this first version is its authorship. This is due to the fact that Laurent did not actually sign any of the manuscripts of it which now exist, while the name of Laurent figures on one copy of the second version. In no place does he state that he wrote the first version.

Previously, Guinguené (*Biographie Universelle*) thought that the 1400 work was translated first into French by two authors of the fourteenth century, one of whom was Premierfait, the other some unknown writer of Bruges (where the book was first printed). Van Praet (*Notice sur Colard Mansion libraire*), affirmed that Laurent

---

[3] For influences see H. Hauvette, *Pour la Fortune de Boccace en France,* Studi di filologia Moderna, 1908.

was the older translator, and that the later one was Pierre-Faure, whose name appears at the end of at least one manuscript. Paulin Paris [4] refutes this premise on the grounds of the bitter epistle to Mainardo dei Cavalcanti. Laurent is now conceded to be the author.

The following reasons may be advanced for considering Laurent the translator:

1. Laurent, connected as we have seen, with the Church and also the royal power (as P. Paris mentions), was really compelled to write another version to soften some of his cruel attacks on the priests and kings of the time that are found in the introduction to the 1400 version. Here we read that the emperor is dissipated and the kings are asses, "...ilz sont asnes sauvages a beaux harnois."

2. A desire to correct his first version. In the 1476 edition of the first version, we come across some mistakes that Laurent had made in translating proper names from the Latin. He wrote, for example: Danaus for Thanaus, Chapter 5, 6; Melletrix for Moleatrix 6, 10; Thirus for Cyrra, 8, 7; Thebes for Phocis, 8, 9; Spon for Spinx, 8, 10; Ciron for Creon, 8, 23; Acteus for Atreus, 9, 2; Eseus for Egeus, 10, 1; Belus for Biblis, 12, 42. These errors were corrected in the second version.

3. More important, Laurent states in the second introduction to the second version, that he is retranslating the first: "Je doncques selon le jugement commun en amendant se je puis la premiere translation du dit livre vueil senz riens condempner aultrefoiz translater le dit livre." (II, 6.)

4. Moreover, we find in the introduction to the first version the same wish to lengthen the main text that we have already noted in the second.

Qualities of the First Version, as compared with the Second

Let us now examine the basic qualities of this first version as compared with those of the second. The 1400 work is, above all, a more servile translation of the Latin.

1. The vocabulary of this first version is often more Latinized in form than that of the second:

---

[4] See Paulin Paris, *Les Manuscrits françois de la Bibliothèque du Roi*, vol. I, Paris, 1836, p. 252.

Latin	1st version	2nd version	Chapter
descensus	descendement	tombement	*17*, 16
indignam	indigne	dure	*17*, 21
mysteria	misteres	affaitmens	*18*, 12
execrabiles	execrables	mauvaises	*18*, 30

2. Certain points which are omitted or changed in the second version appear in the first version as in Latin. These are:

A. Words, phrases or sentences. [5]

Chapter	Latin	1st version	2nd version
1, 9	invisa mortalibus nemora, leni aura percita	illec estoient bois que oncques mortelz hommes ne veirent lesquelz un doulz vent esmouvoit.	omitted
2, 1 *2*, 1	Quid enim dum insatiabilem cupidatum voraginem complere contendimus: dum caelum subigere stulta cordis opinione pensamus: dum in ipsum deum naturae inbecillitatis obliti consurgimus: exitiale praecipitium ante pedum nostrorum vestigium non videmus. Pro dolor	"...trebuchet quant nous noz efforchons d'emplir le gouffre de convoitise qui jamais n'est saoul quant nous assayons par fole cuidance mettre le ciel soubz nous, quant il ne nous souvient de nostre foiblesse et nous rebellons contre le souverain et bon dieu	Nous deussions resgarder devant noz piez le mortel tresbuchet de fortune
2, 8	ratione	par raison	en dons et en prerogatives

---

[5] For their place of insertion see notes that accompany the text itself.

Chapter	Latin	1st version	2nd version
5, 2	si delens aqua si terra vorans	se la terre devorant se l'eaue effachant	Omitted
8, 1	summa cum alacritate ex viro se filium concepisse percepit	apperceut soy avoir conceu de son mary un filz dont elle eut souveraine leesse	Omitted
8, 6	qui nuper pendebat ex arbore nudus: regali circum- volutus pollior regiis baiulatur ab ulnis	Cellui qui nagueres pendoit a un arbre tout nud est enveloppé de manteau royal et est porté es bras du roy.	Omitted
	regnans luxuque regio sibi indulgens	elle seignouriant de corage se aornast a atour royal	Omitted
10, 11	inter quoscumque mavis clarissimos plurimum inclyte gloriae quaesivisse videretur	entre quelconque tres noble que tu aimes mieulx: samble avoir plus acquis de noble gloire.	par quoy l'en est venu a vraye cognoissance des choses divines et humaines.
12, 6	pestes	les pestilences et tous les monstres du monde	les horribles monstres et tempestes du monde
12, 9	literulis	par mes petites lettres	par mond rude langaige
13, 2	incolis	les habitans de son royaume	gregoys
14, 16	praeclarissimus donis	treschiers dons	aultretant d'or

Chapter	Latin	1st version	2nd version
18, 8	haec allobrogas heduos illa, ista cyprios, alia aegyptios aut graecos fingit rituvl' arabas.	L'une des femmes contrefait par maniere les allobroges l'autre les thyois, la tierce les egiptiens ou gregois ou les arabes..."	Les femmes de Grinoble contrefont les habictz aux femmes d'Octim, ou de celles de Egypte, ou de celles de Grece, ou de celles de Arabie..."

B. The names of gods appear in the first version as in Latin. They are omitted in the second. The names are Neptune and Mars in Chapter *15*, 28, and Cupid in Chapter *12*, 7.

C. Direct discourse is employed in the first version as in Boccaccio. This style sometimes becomes indirect in the second, as in the following cases: where Boccaccio says "Heu quid dixi: Non curant," Chapter *11*, 11, the 1400 translation reads, "Hellas. Et pourquoy ai ie die. Ilz n'ont cure de pourveoir a eulx mesmes." In the first and Latin versions Poverty is addressed directly in Chapter *16*.

3. The first version like its Latin original is free from the following traits which were discovered in the second version and which are described in detail in the preceding section on Laurent as a translator:

A. The development and explanation of proper names [6] of people and a frequent mention of them.

B. The clarification of geographical names.

C. The repeated notation of exact years and numbers.

D. Connectives added to facilitate the transitions from one paragraph to another.

E. Trite medieval qualifying adjectives, e. g., "Hercules *le preu*."

F. The phrasing is more concise in the 1400 translation than in the one of 1409. A single Latin verb will be translated by a French verb, not by two as was seen in the second version, a single adjective by a single adjective, and one noun by one noun. For illustration,

---

[6] We saw above that these were only slightly developed.

let us compare the beginning of the first chapter of Book I of the first version with the same passage from the second:

"Quant ie discours en ma pensee les plourables maleurtez de nos grans peres. Affin que ie prenisse de la multitude des tresbuchiez *aucun prince assez digne de male fortune,* est veci deux viellars qui se tindrent devant moy garnis de si grant eage ...," "discours," equals "considere et pense" (1409), "eage" equals " + et si ancians" (1409), "aucun ... fortune," equals "aulcun prince terrien assez digne d'estre premier entre les maleureux" (1409). [7]

Therefore, in the case of the two French versions we may conclude that the second is more noteworthy, that Laurent is the author of both, and finally that this first version, unlike the second, stays very close to the Latin.

VII. LYDGATE'S "THE FALL OF PRINCES"

One of the most important extant versions of Boccaccio's *De Casibus* is perhaps the English rhymed paraphrase composed by John Lydgate from *Des Cas,* the second French version of Laurent.

John Lydgate, a disciple of Chaucer, wrote his English version in 1431-38 and dedicated it to Humphrey, Duke of Gloucester, warden of England in 1430. It consists of 36,365 lines of decasyllabic verse, arranged in 7 to 8-line stanzas.

Although Lydgate was not a great poet, as is evidenced in his repeated use of stock-phrases and rhyme-tags, *The Fall of Princes* was considerably admired by Lydgate's contemporaries and successors, and enjoyed 150 years of popularity. [1] Some thirty manuscripts of the work exist today, of which about nine are contemporary with the author and almost all are from the fifteenth century. [2] The text went through several early editions, being first published by Richard Pynson in 1494 in London, reprinted by him in 1527, and published again in 1554, 1555 (?), and 1558. The work enjoyed many imitations in England, among them *The Mirror for Magis-*

---

[7] Compare with the same Latin passage given in the text.

[1] In this section the author wishes to express indebtedness to a. Bergen, H., *op. cit.*; b. Koeppel, E., *op. cit.*

[2] Sarton, G., *op. cit.,* vol. 3, part II, p. 1805.

trates. It has one modern edition, that of Henry Bergen, *Lydgate's Fall of Princes,* Washington, 1923-27.

Let us consider the Lydgate paraphrase in its relationship to its French original, the 1409 rendition of Laurent. Being in verse, the English version is shorter and much more concise that the French work. The translation is not literal, in fact, as we saw above, the book is called a paraphrase. Lydgate seldom translates word for word. It is quite possible to follow the two versions in a comparison, nevertheless, allowing for certain changes, omissions and additions.

A. *Changes*

There is a change of attitude in Lydgate. This new viewpoint is exemplified in his prologue to the work: As H. Bergen has pointed out, [3] Lydgate is not servile like Laurent in his attitude towards princes; he treats them more after the fashion of a man of the world, an aristocrat.

Lydgate's emphasis has also shifted. He is more apt to make sin the cause of tragedy than was Laurent. The caprice of Fortune does not play such a large role here. Stories which show the results of evil-doing are dwelt upon to a great extent. [4]

His opinion of women appears to be higher than that of Laurent. In Chapter *18* in particular, he softens the vitriolic attack against women, omits numerous cases of evil women, emphasizes the chastity of a great many, and maintains that men are no better.

B. *Omissions*

Lydgate has made many omissions in his paraphrasing. H. Bergen mentions some, to which the present author adds a number.

Lydgate frequently omits proper names in lists that give personal relationships. Sometimes he leaves out certain facts, minor incidents or even whole stories which are related by Laurent. In this category he omits the following (they are placed in the order in which they appear in the book):

1. A specific reference to Saturn's devouring his children. Chapter *5*, 1.

---

[3] Bergen, H., *op. cit.,* vol. 1, p. 8.
[4] See Farnham, W., *op. cit.,* Chapter IV: The Fall of Princes.

2. The account of Danaus, as well as the story of Tereus, Philomela and Procne. Chapter 5; line 1771 in Lydgate.

3. The story of Hercules and the stag, *12*, 17; line 5038 ff.

4. The fact that Hercules stopped up the source of Lake Lerna, *12*, 26.

5. The details of Hercules' death, *12*, 38.

6. The incident of Hercules' slaying Lichas, *12*, 40.

7. A mention of Jean de Meun and the *Roman de la Rose*, *12*, 45.

8. Details in the stories of Byblis and Myrrha, *12*, 48.

9. Orpheus' going with Jason in search of the Golden Fleece; then the sacrifices to Bacchus, *12*, 60, 61.

10. The life of Orithia, daughter of Marpessa, *12*, 63.

11. The tale of Zenocrates, *16*, 9.

12. The account of Fabricius and Curcius, *16*.

13. The stories of Jupiter and Danae, Arachne and Amatha; the details about Semiramis. He omitted entirely Bersabes, Cleopatra, Medea, Procne, Circe and the Sirens, *18*.

14. The story of Evander, *19*, 7.

15. Boccaccio's lament about his fatigue, *19*, end.

Lydgate also made greater omissions. He omitted nearly all of Chapter *13* dealing with Priam and Troy, saying that he had already told the story in the *Troy Book*, which he translated for King Henry. He shortened considerably Chapter *17* about Samson. Moreover, Chapter *15*, introducing Agamemnon and Menelaus, was left out in its entirety.

C. *Additions.*

On the other hand, additions, especially those gleaned from Ovid's *Metamorphoses* were numerous. As in the case of the omissions, these additions concerned primarily short stories and facts about the characters under discussion. Chapter *12* seems to have undergone the most transformation. Lydgate added (Bergen gives some additions, to which are added several more here):

1. The fact that Tifeus was deified and called Serapis, *5*, 20.

2. A mention of Bacchus and Diana in talking of Semele, *6*, 7.

3. The story of Cadmus and his wife being turned into serpents, *6*, 11.

4. Facts about Medea, Minos, Scylla, the Minotaur, Deborah and Gideon, 7; lines 2171 ff. in Lydgate.

5. The short tale of Aeson and Peleus, 7, 5.

6. Details to the story of Jocasta, 8.

7. More information about riddle, 8, 10.

8. Details concerning the Centaurs, 10, 5.

9. The story of Theseus, who was arrested in Hell and rescued by Hercules, 10, 6.

10. The name Hercules used for heroes, 10, 12.

11. Details of the killing of the bull by Meleager, 12, 3.

12. Details about Althea's indecision and death, 12, 5.

13. The fact that Hercules achieved the conquests while Eurystheus bore the great name, 12, 7.

14. More details about Deyanira, 12, 28.

15. Tiresia's being told that his life would end when he first beheld his own face.

16. Facts about the death of Narcissus, 12, 47.

17. The notation that Myrrha would have been slain by her father had not the gods transformed her into a tree, 12, 58.

18. Details of Orpheus and his music, 12, 59.

19. Orpheus and the stars, 12, 63.

20. Delilah's being compared to a snake, 17, 14.

21. The story of how Achilles appeared to the Greeks before they sailed from Troy, asking that they sacrifice Polixena, 19, 2.

22. Mention of the derivation of the word pirate from Pirrus, 19, 3.

23. More details concerning the story of Canace, 19, 5.

Nature descriptions were also developed to a greater extent in Lydgate. His moralizing tendency was brought to the fore, with the addition of an "envoi" at the end of each chapter.

D. *Errors.*

In translating and making these additions Lydgate did not commit many errors, despite his modest statement:

> "The Frenche uncouth compendiously compiled,
> To which language my tung was not affiled." [5]

---

[5] Bergen, H., *op. cit.*, vol. 1, p. 38.

Lydgate's sin is not so much one of bad translation, but rather of lack of clarity in telling a story. Laurent is more specific, his tales are not so confused: he had the advantage of not being restricted by verse form.

Lydgate experienced difficulty with the French language in at least two places in the text. In Chapter *8, 9* Laurent affirms that Oedipus killed his father in a battle between the "citoyens" of Phocis and some foreign peoples. Lydgate, unfamiliar with the word "citoyens," speaks of the land of the "citoyens." [6] Then in Chapter *10, 2,* when Laurent writes of the Minotaur, Lydgate mistakes the bull for the Minotaur.

There are other minor misreadings in the case of proper names of people. Lydgate misread "Moides" for the name of one of the kings of the Sodomites, *5, 10.* Zeto (*5, 57*) is not mentioned by either Laurent or Boccaccio, but was obtained by Lydgate from misreading Boccaccio's *De Genealogia,* Book *2,* Chapter 63. [7] To Bergen's list one may add that Nembroth is written for Minus *5, 6,* and Chiris for Chus, *3, 3.*

A reference to Statius while telling the story of the Sphinx, when Statius does not even mention the monster, together with the occasional changing of numbers and geographic patterns for the sake of verse form, constitute other faults of Lydgate.

Some mistakes, however, that were made by Laurent are not made by Lydgate. This brings to mind the question as to whether Lydgate consulted the Latin original *De Casibus* while translating Laurent's French version. Lydgate himself mentions nowhere that he consulted Boccaccio's work, and we have no conclusive proof that he did so, since *The Fall of Princes* is a shortened version of Laurent's work, a paraphrase, and the mistakes may have been made unconsciously while disregarding whole sections of the French treatise.

In any case, Laurent's *Des Cas des nobles* may be considered closer to the Latin original than the English version *The Fall of Princes.* The latter, with its additions, omissions and its verse form, is an interesting literary work in itself, but inadequate as a trans-

---

[6] See Koeppel, E., *op. cit.,* p. 91.

[7] See Bergen, H., *op. cit.,* vol. IV, p. 175.

lation of the Latin. Laurent's writing is much more significant in this regard.

VIII. MANUSCRIPTS OF "DES CAS DES NOBLES"

A. *General Remarks concerning the Manuscripts.*

Approximately sixty-eight manuscripts [1] of *Des Cas des nobles* are found today in various libraries of the world, twenty-two of which are kept at the Bibliothèque Nationale in Paris, eighteen elsewhere in France. The majority of the copies show Laurent's more popular second version, the one selected to be edited here; only BN fr. 132, 597, and 24, 289 appear to have the first version.

Few libraries of the fifteenth and sixteenth centuries in France of which there are records were without a copy of *Des Cas*. Manuscripts with beautiful miniatures belonged to many leading families of that period. Fine manuscripts were in the possession of the last dukes of the House of Burgundy, from Jean sans Peur to Charles le Téméraire; of Jacques d'Armagnac, Duke of Nemours, le Grand Bâtard de Bourgogne; Queen Charlotte of Savoy, wife of Louis XI; Louis' sister, Jeanne de France, duchess of Bourbon; his illegitimate daughter, Jeanne, countess of Rousillon; Jean d'Orléans, count of Angoulême (grandfather of Francis I); Louise of Savoy, mother of Francis I; Catherine d'Alençon; Henry VII of England, and countless others. In 1411, a magnificently illuminated volume was presented to the Duke of Berry by Martin de Gouges, Bishop of Chartres. [2]

The manuscripts are generally bound in one large volume that has between three and four hundred folios, Book I occupying about forty folios. The writing is carefully executed in double columns on vellum. It is sometimes of a gothic type more like printing; in other instances it resembles personal handwriting.

---

[1] Sarton, G., *op. cit.*, p. 1805, states that 30 manuscripts are extant, nine of which are contemporary with the author, and almost all of which date from the fifteenth century. F. Smith, *op. cit.*, p. 514, mentions the existence of 47 manuscripts. G. S. Purkis, *op. cit.*, *p.* 28, writes about 50 copies.

[2] This information about owners of manuscripts is taken from H. Bergen, *op cit.*, vol. I, p. XIV.

Nearly all the manuscripts are adorned with beautiful miniatures. A large miniature usually figures at the head of each of the nine books. Smaller illustrations and decorated capital letters also embellish the manuscripts.

The name of the scribe is seldom given. The date of execution is left to the imagination. The language of the manuscripts proves, however, that they all come from the fifteenth or the early sixteenth centuries.

On the whole, one is amazed at the great similarity of the manuscripts. Their wording is even quite close, all perhaps due to the accuracy with which they were executed. Qualities and differences may be summarized thus:

1. Most manuscripts show two prologues instead of three, the long prologue of Laurent to the Duke of Berry being omitted.

2. In Chapter *23*, Book 9, some codices mention Dante and the *Roman de la Rose*; others omit these words.

3. A few copies show a Latin poem written by Laurent in praise of Boccaccio. This poem is found at the very end.

4. Also on the last page of many manuscripts one discovers the following phrases: The book was translated by Laurent: "clerc du dyocese de Troyes," 1409, the Monday after Easter, "le lundi XVe jours d'avril l'an de grace mil CCCC et neuf après Paques a Dieu graces. [3]

B. *Manuscripts at the Bibliothèque Nationale*

The twenty-two manuscripts of *Des Cas des nobles* found at the Bibliothèque Nationale in Paris were examined with care for this edition. Five in particular, besides the base manuscript *226*, were chosen for variants. They are numbers *131*, *16994*, *127*, *233*, and *234* (in two volumes), and *227*, all "fonds français." Let us designate them respectively *B, C, D, E, F*, the base manuscript *226* being *A*. These five manuscripts were selected for many of the same reasons as *226:*

1. They are complete, no folios are missing. Two manuscripts contain the three prologues at the very beginning.

---

[3] See the end of *BN fr. 226*, manuscript *A*.

2. They are carefully made and adorned with beautiful miniatures.

3. They are easy to read, not possessing countless abbreviations.

4. They have no gross errors in grammar or spelling.

5. In addition, they were used because they were considered to
be representative of various dates, that is, some are obviously later
than others, as is seen by their language.

C. *Establishment of the Text of the Base
Manuscript B.N. fr. 226 (A)*

In the inventory-catalogue of the Duke of Berry's library, we
learn that a volume of *Des Cas des nobles* was presented by the
bishop of Chartres, Martin de Gouges, to the Duke on January 1,
1411 (mentioned above). The notice reads:

No. 208. Un livre de Jehan Bocasse des cas des nobles hommes
et femmes, translaté de latin en françois par Laurens de Premierfait,
clerc, excript de lettre de forme, bien enluminé et histoirié, lequel
monseigneur l'evesque de Chartres donna a monseigneur aux es-
traines le 1 janvier 1411. [4]

In view of the importance of this statement, it would appear
that an edition of the *Des Cas* would have been based on this
particular volume, or in any case that the present edition should
be taken from it. But unfortunately the book has not been definitely
identified. Several manuscripts commence with the special prologue
to the Duke of Berry. Numerous manuscripts seem early in date
and it is difficult to distinguish among them. Two codices on their
first pages have a painting depicting Premierfait presenting his
book to the Duke of Berry; one copy is now in the J. P. Morgan
library in the United States, the other No. *131* in the Bibliothèque
Nationale in Paris. Moreover, perhaps of even greater significance,
a third manuscript, No. *226*, also of the Bibliothèque Nationale,
has a painting on the first page, ostensibly an authentic portrait of
Laurent.

Despite an early preference for *131*, Paulin Paris decided that
226 was the important manuscript, the one in question: "Tout

---

[4] Delisle, L., *Le Cabinet des manuscrits de la Bibliothèque Nationale,*
vol. III, p. 189.

doit même nous porter à reconnoître dans le n. 6878 (now *226*) plutôt que dans le ms. 6799 (now *131*) l'un des manuscrits qui avoient été exécutés pour le duc de Berry." [5] L. Delisle rejects this conjecture. [6]

In any case, here we have chosen *226* as the base manuscript because:

1. It seemed the oldest of the manuscripts consulted (to accept Paulin Paris' estimation as well as to judge from its physical appearance).

2. It is complete, contains all three prologues.

3. It was made with great care, which should indicate accuracy.

4. It is easier to read than many manuscripts, having fewer unclear abbreviations.

5. It shows few gross errors either in spelling of words or in grammar.

6. Because of the fact that the first miniature is said to represent an authentic portrait of Laurent. [7] For this reason A. Hortis publishes the first prologue in his book *Studj sulle opere latine del Boccaccio.* [8]

7. It is the only manuscript that the present author found among the twenty-two consulted which bore the name of Laurent at the end of Book I. Thus we read: "Ci fine le premier des neuf livres de Jehan Boccace des cas des nobles hommes et femmes. Laurent."

Special appearance and other details

226 ends "Ci fine le livre de Jehan Boccace des Cas des nobles hommes et femmes, translaté de latin en françoys par moy Laurent de Premierfait, clerc du diocese de Troyes, et fut complie cette translation le XVe jour d'avril mil CCCC et neuf, c'est assavoir le lundi aprés Pasques closes."

Vellum. 275 folios, 52 lines to a column, 2 columns to a page. Large miniatures at the opening of each book and smaller ones at the chapter beginnings. Decorated letters. Bound in red morocco leather with the arms of France on the covers. It is executed in gothic

---

[5] Paris, P., *op. cit.*, vol. II, p. 231.

[6] Delisle, L., *op. cit.*, p. 189 footnote.

[7] Hortis, A., *op. cit.*, p. 936.

[8] *Ibid.*, p. 731.

style by the same hand that transcribed the *Merveilles du Monde,*
see P. Paris, *Les Manuscrits du Roi,* vol. II.

D. *Description of other Manuscripts at the Bibliothèque Nationale used for variants*

1. *B: 131.*

Manuscript *131* begins: "A puissant, noble et excellent prince
Jehan..." and contains the other two prologues. At the end is found
the notice of date that appears in several manuscripts: 1409 at
Easter.

This note is followed by twenty-nine Latin verses mentioned
above, written in praise of Boccaccio by Laurent, beginning
folio 312 with: "Vatum terra parens sacris adamata camenis...,"
and finishing with: "Si qua deis pietas et merces equa labori."

Then in this codex comes "l'exposition en françois des vers
latin dessus escrips," commencing on folio 312:

"La terre de Italie, des poetes la mere..." and finishing by:
"Tel auteur adonc doit avoir du ciel partaige."

Writing thirty-four years after Boccaccio, Laurent says of the
Italian master here: "Car en vertu, en fais et en engin surmonte

Les hommes de son aage et en aourne langaige."

Manuscript *131,* the former numbers of which are *Anc. 67993*
and Colbert *286* is written on vellum. The manuscript contains
312 folios, 41 in Book I. The binding is of red morocco leather,
with the coat of arms of France on the outside covers.

Many beautiful miniatures adorn its pages, among which are
a large miniature at the beginning and smaller ones at the opening
of each book. In one corner of the first miniature, as we saw before,
the Duke of Berry is shown accepting homage for this book from
Laurent, as the result of which the manuscript was listed for some
time as having belonged to the Duke. [9] Decorated capital letters
and scroll work in the margins complete the artistry of the book.

Manuscript *131,* although it is more difficult to read than *226*
because of its cursive style, the erasures and changes made on the

---

[9] For a description of some of the other miniatures see Hortis, *op. cit.,*
p. 935.

text itself and the numerous abbreviations, may be considered the manuscript most closely resembling *A*, our base manuscript.

Both manuscripts *A* and *B* that date from the early years of the fifteenth century, have a similar language. Moreover, fewer changes, additions or omissions than elsewhere are found in comparing these manuscripts. [10]

There are in short few additions to manuscript *B*. The isolated annotations that do occur are negligible. No whole sentences or even phrases are usually added, but rather some insignificant words like "et," definite articles in a narrative, and the phrase "dessusdit" before a proper name.

The omissions of *B* compared with *A* are also few in number and unimportant. "Et" and "de" are often omitted, "de" in the case of possession: "estude de Mars *(A)* estude Mars *(B)*." We come across very few careless omissions of words or phrases that are needed for the sense and which were in the Latin original. We find, however, that a phrase like *4, 5,* "car aulcune tempeste ne puet arracher humilité" is omitted.

The changes in words and word order between *A* and *B* are also quite minor. Some alterations are willful, others seem to result from occasional carelessness on the part of the scribe. The careless errors may be considered:

1. faulty spelling:

> *5, 12* "avoir" for "avoit."
> *5, 2* "aneantira" for "adneantire."

2. Pluralizing certain forms of speech, at times only in part. We read "leurs pere" for "leur pere," *5, 25*.

3. Wrong gender agreement. Some past participles which would normally agree, do not do so here:

> "la montaigne appellee Ebron"- *A*.
> "la montaigne appellé Ebron"- *B*.

4. Simple word differences:

> "leurs simples," *1, 36* is transcribed by "les simples," "aprés" by "aspres," *1, 22*.

---

[10] See notes to the text.

Other small changes were made consciously by the scribe:

1. A reversal in word order: "et fut Ysion," *10, 5* becomes "et Ysion fut."

2. Minor changes in words, some being just as correct, others mistakes according to the context.

12, 18 illeuc	la
A	B
6, 3 pays habitables	pays habiles
A	B

Others are incorrect according to the Latin:

18, 8 des hommes	des femmes (Latin, hominum)
A	B
7, 13 victorieuse	vigoreuse (Latin, victor)
A	B
11, 11 chans	champs (Latin, modulationes)
A	B

Therefore, in *B* we have a manuscript similar to *A* and written by a careful scribe who believed in copying his original almost exactly and introducing a minimum of new material.

2. C: *16994*

This fifteenth century manuscript was written on 345 folios of parchment (Book I, 41 folios). It shows miniatures, including a large picture at the beginning of each book. It has gilded capitals for paragraph beginnings and marginal decoration. On the firsf folio recto is a coat-of-arms, probably Flemish, in colors of blue, silver and gold. The copy is bound in red morocco leather and belonged originally to the monastery of St. Germain, to the Duc de Coislin.

As to content, the manuscript contains no words about Dante or the *Roman de la Rose;* it does, nevertheless, have the three prologues.

Compared to *A* it possesses fewer elisions, has a more rounded type of writing, less like gothic print, and shows fewer illuminations.

In omissions and additions it resembles manuscript *B*, though it presents more variants than *B*. It is probably later in date as some later forms are discovered here: espandit for espandi, *7*, 1.

3. *D: 127 (Anc. 6797)*

Physical appearance:

Vellum. Miniatures, ornamented letters. 312 folios. Bound in fawn-colored leather; on back cover, a fleur-de-lys.

First possessor of this manuscript was Jean de Daillon, "seigneur de Lude," knight and governor of Dauphiné under Louis XI and one of the most celebrated generals of his time. He died after 1481. Later the book was in the "Ancienne Bibliothèque de Gaston, duc d'Orléans."

Manuscript *D* comes from the end of the fifteenth century. It has only two prologues. It resembles most closely manuscript *E*, the two being more unlike *A* than all the manuscripts. It is characterized by:

1. More modern spellings: "sans" for "senz," etc.

2. Misspellings.

3. Avoidance of proper names: "geant" for Nessus, *12*, 30, "elle" for "Biblis," *12*, 50, 51.

4. Confusion of proper names: *15*, 19, "Alixes roy d'Ytalie en Grece," for "Ythacie," and *18*, 8 "femmes de Arabie" for "femmes d'Ytalie."

5. Multiple changes and omissions. The first long prologue of Laurent is omitted; later whole sentences, then whole sections are left out: for example, in Chapter *7*, sections 9, 10, 11, 16, 17, 18; in Chapter *12*, sections 12, 13, 20, 21, 22, 23, 42, 47, 59, 60, etc.

Manuscript *D* was written by a scribe who consciously changed words, either for an improvement in the style or an easier understanding of the text.

4. *E: 233, 234*

Two volumes. Vol. I: 110 folios (Books 1-3), Vol. II (Books 4-9). 206 folios. Vellum. Miniatures, ornamented letters. From the Ancienne Bibliothèque de Béthune. Appears to be a late fifteenth century manuscript that closely resembles manuscript *D*, in all its changes, additions, and omissions. It omits Laurent's first long prologue. Some insertions are a repetition of what went before: In 7, 8, 9 the sentence "Toutevoies Minos pour sa noble justice..." occurs twice Other sentences are omitted then added later, see Chapters 10, 9, 12, 13. In these respects it is perhaps a more carelessly copied manuscript than any of the preceding codices.

5.   F: 227 (Anc. 6879)

Vellum. Miniatures, decorated capital letters. 409 folios. Dated at 1468. Manuscript made for Jeanne de France, duchesse de Bourbon, daughter of Charles VII. Prologue is lacking.

Manuscript F is later than manuscripts A, B, C. It contains the more modern forms "sans" for "senz" II, 5, "racontement" for "racomptement," III, 9. In its changes from the base manuscript it resembles closely C D, that is, it often reveals the same omissions and additions as they. In other cases it appears to be different from the rest of the manuscripts: for example, 2, 3 "la requeste et enhortement" for "l'enhortement et requeste;" also in the same passage, "j'ay peu" for "je peu."

The manuscript shows many careless errors in spelling, especially in the case of proper names:

7, 19   - Fenice becomes Venice.

7, 5   - Egialus becomes Agialus.

12, 2   - Meleager becomes Meleachel.

12, 15 - Crete becomes Grece.

Words are sometimes not properly pluralized: 18, 21 "aucune histoires." Genders of nouns are changed: 12, 53 "son desloyal amour" becomes "sa desloyal amour;" 15, 1, "le grant exemple" becomes "la grant exemple," etc.

The manuscript tree of the six manuscripts consulted may be formulated thus:

$$226 \diagdown {131 \atop 16994} > 227 > {127 \atop 233} > \text{editions.}$$

E. Other Manuscripts consulted at the Bibliothèque Nationale.

128. (Anc. 6798)

"Le premier livre des Cas et ruynes des nobles hommes et femmes malheureux," of "Jehan Boccase de Cretald," translation of Laurent. Incipit: "Selon raison et bonnes meurs l'homme...," and at end: "...Cy fine le premier des neuf livres Jehan Boccace des Cas des nobles hommes et femmes malheureux." Next follows the heading of Book II, which is lacking, as well as the rest of the work. The first folio of the text is also missing, as well as Chapter 27 of Book 9. Vellum, 2 columns, miniatures, ornamented initials. 49 folios. Beginning of 16th century. Contains only one prologue: "Selon raison...." Manuscript was perhaps made for Francis I; on the inside cover is a shield with a large F (according to Bradley, *Dictionary of Miniaturists,* p. 33). Volume is bound in red morocco leather. Belonged to the Ancienne Bibliothèque de Béthune (Paulin Paris, *Les Manuscrits du roi*); his coat-of-arms is on the two covers.

130. (Anc. 6799)

"Le livre des Cas des nobles hommes" of "Jehan Boccace" second translation of Laurent. First and third prologues are missing. At beginning: "Selon raison et bonnes meurs..." and at end: "...fortune qui touche toutes choses mondaines. Explicit le livre Jehan Boccace." Vellum, 2 columns, miniatures, some unfinished; ornamented capital letters, 402 folios. Bound in red leather with the arms of France on the outside. 15th century. (Someone has effaced this date and inserted "1520 environ;" the book has indeed the appearance of this later year.) No abbreviations; careless scribe, misspellings: "l'hommee," *1,* 2; "accroissemement" for "accroissement," *1,* 2.

132. (Anc. 6800)

"Les malheureuses Fortunes et fins des nobles hommes et femmes," of "Jehan Bocace," anonymous, beginning with: "Aprens, chevalier, cest euvre emprainte de mon engin..." and finishing by: "...fortune qui toutes choses tourne. Cy fine Bocace son livre du

dechiet des nobles hommes." Attributed to Laurent and generally
accepted as his first version. Unfinished. Vellum, 2 columns, miniatures; 183 folios. Ornamented capital letters. Bound in red morocco leather with the arms of France on the covers.

Ancien no. 8 (P. Paris, vol. I). Includes a translation of Boccaccio's letter to Cavalcanti. End of 15th century; it is the text
for the Colard Mansion edition. From the library of "Seigneur
de la Gruthuyse," a noble of Flanders whose coat-of-arms along
with those of France is on the first drawing. Different sizes of
writing throughout, smaller at the end.

228. (Anc. 6879, ³ Fonds Colbert 532)

"Des cas des nobles malheureux hommes et femmes" of "Jehan
Bocacce." Laurent translation. The first part of the first prologue
is missing. Begins with: "...devindrent propres selon la convoitise
de celui qui par violence et force les occupoit..." and finishing:
"...et cruauté de fortune qui tourne toutes choses mondaines."
Second version, two prologues. Difficult to read; misspellings. A
mutilated manuscript; most of the miniatures have been torn out.
Vellum; decorated letters. 397 folios; 2 columns. Beginning of
the 15th century. From the debris of the library of the château de
Taillebourg. (P. Paris, vol. 2, p. 234.)

229. (Anc. 6880)

"Des cas des nobles hommes et femmes," of "Jehan Boccace,"
2nd translation of Laurent, beginning with the second prologue:
"Selon raison et bonnes meurs..." and ending: "...fortune qui
tourne toutes choses mondaines." Vellum. Miniatures, decorated
letters. Ancien No. 268 (P. Paris, vol. 2). End of 15th century.
Contains two prologues. Text abridged. No dedication. Belonged
to "l'amiral Philippe Chaliot." Executed for Jehan Paunier of
Lyon. 398 folios. 2 columns. Text seems very like *A. 226.*

230. (Anc. 6881)

"Des Cas des nobles hommes et femmes," of "Jehan Bocace,"
translation of Laurens. 2nd version. Begins with the second prologue: "Selon raison et bonnes meurs l'omme soy exerçant..." and
ending "...faictes tant que l'en foye que ce n'est pas nostre def-

fault." A few lines at the end have been omitted, but the motto that terminates the volume is left untouched. Vellum. 274 folios; 2 columns. Miniatures that bear the names of those whom they represent. Ornamented letters. 15th century (someone has written 1481 in the front). Anc. no. 580 according to P. Paris (vol 2, p. 235). Manuscript made for Jeanne, "bâtarde" of France, daughter of Louis XI and Marguerite de Sassenage. The copyist was R. Roulin (see Bradley, *Dictionary of Miniaturists*, II, p. 1777). Mistakes in spelling. Quite similar to *A. 226*.

231. (Anc. 6882)

"Des cas des nobles hommes et femmes" of "Jehan Bocace," Laurent translation; 2nd version. Incipit: "A puissant, noble prince Jehan, filz de roy de France..." and at end: "...fortune qui tourne toutes choses mondaines." Contains first prologue to Duc de Berry. Vellum, 2 columns. Miniatures, many unfinished. There is a large illumination above the two columns of the first page, showing two scribes at work. Decorated capital letters. 406 folios. Beginning of 16th century. Bound in red morocco leather with the arms of France on the covers. Manuscript was presented to Francis I, while he was Duke of Angoulême. It has "l'écu de France et Milan écartelé de Savoie." (See P. Paris.) Misspellings and some omissions of words.

232. (Anc. 6883)

"Des Cas des nobles hommes et femmes" of "Jehan Boccace," translation of Laurent. 2nd version. Incipit: "Selon raison et bonnes meurs l'omme soy exerçant..." and ending: "...cruaulté de fortune qui tourne toutes choses mondaines." Incomplete, ends at Book 9, Chapter 24; also lacks first prologue. Vellum. Miniatures. Decorated letters. 340 folios. 2 columns. Early 15th century. Ancienne Bibliothèque de Béthune. Made for Catherine d'Alençon, daughter of Jean II, duc d'Alençon. (P. Paris, vol. II, p. 236.)

235 and 236. 2 volumes. (Anc. 6884 [2] and [3])

"Des cas des nobles hommes et femmes" of "Jehan Boccace," translation by Laurent. Incipit: "...des hommes au regard de leur premier commancement sont tous semblables..." and ending:

"...cruaulté de fortune qui tourne toutes choses mondaines." The first folio of prologue 1 is missing. 2nd version. Vellum. Miniatures. Decorated letters. 2 columns. Vol. I: 178 folios (first 4 books); vol. 2: 230 folios (last 5 books). 15th century. Belonged to Henry IV. Was formerly in the Versailles library (Paris, vol. 2, p. 236). Contains prologue to the Duc de Berry.

237. (Anc. 6886)

"Des cas des nobles hommes maleureux" of "Jehan Bocace." Laurent translation. The first prologue reads: "A tres puissant, noble et excellent prince Jehan, filz du roi de France...," and at end: "...cruaulté de fortune qui tourne toutes choses mondaines." There follows the rubric saying that the book was written in 1409 by Laurent. Paper. 387 folios. 2 columns. No illumination nor any decoration except embellished letters. 15th century. Cursive type printing. Bound in red morocco leather with the coat-of-arms of France on the covers. Carelessly made manuscript. Folios may have been put together wrongly, as is evidenced from the first prologue. Many omissions, additions, differences in phraseology and vocabulary as compared with the other manuscripts. The incipit: "Chy commence..." indicates a Picard scribe. He also seems to have been less learned as seen from popular spellings: e.g. "avendra" for "advenra."

238. (Anc. 6886 ²)

"Des cas des nobles hommes et femmes" of "Jehan Boccace." Translation of Laurent. First prologue is missing. Incipit: "Selon raison et bonnes meurs l'omme soy exerçant..." and at end: "...fortune qui tourne toutes choses mondaines." Second version. Vellum. Miniatures. Initial letters left in white. 2 columns. 450 folios. End of 15th century. Ancienne Bibliothèque de Reims, no. 24 (P. Paris, vol. 2, p. 236).

597. (Anc. 7081 ²)

"Le Livre de Jehan Boccace, de Calcald, des Cas des nobles hommes et femmes." First version. Translation begins: "Quand je enqueroy quel prouffit je pensse faire a la chose publique par le labour de mon estude...," and finishing: "...mais par la cruaulté de fortune qui toutes choses tourne." Vellum. Miniatures. Decorated letters. 175 folios. Miniatures mutilated. 2 columns. 15th century. Without prologue of Boccaccio to Mainardo. At end, Boccaccio is called "de Calcald."

1121. (Anc. 7370 [4])

"Le Livre de Jehan Boccace, des Cas des nobles hommes et femmes," by Laurent. Books V-IX only. Book 9 ends with Chapter 26. Beginning with: "Aprés le racomptement des miseres de la royne Arsinoe, tandiz que en moy reposant..." and ending: "...fortune qui tourne toutes choses mondaines." Vellum. 373 folios. 15th century. Colbert 1918.

16995

"Jean Boccace. Les Cas des nobles hommes et femmes." Translation of Laurent. First prologue of Laurent is missing; begins with: "Selon raison et bonnes meurs...." Miniatures on folios 1, 2, 3, 38v, 158v, etc., colored coats-of-arms. On folios 1 and 4, arms of the counts of Clermont, dauphins of Auvergne; on 2 and 3, those of Champagne (Sancerre). Volume must have been made for Béraud II, count of Clermont and dauphin of Auvergne (1400, cf. Baluze, *Histoire de la maison d'Auvergne*, t. 1, p. 203), married in 1374 to Marguerite de Sancerre. On folio 360 recto, the last, we read: "Ce livre est a Loys de Bourbon, conte de Monpancier, dauphin d'Auvergne et conte de Clermont." (Louis I of Bourbon, son-in-law, by his wife Jeanne, of Béraud III, count of Clermont, son of Béraud II.) Besides, folio A at the beginning states: "Ce livre de Bocasse et au comte de Montpensier, dauphin d'Auvergne, Gilbert." Parchment. 360 folios. 375 by 280 millimeters. Bound in wood covered with velvet (Seguier-Coislin-St. Germain ft. 123). Was in the monastery of Sr. Germain. Belonged to the Duc de Coislin. Contains one prologue: "Selon raison..." Does not mention Dante and the *Roman de la Rose*. Is signed Gilbert.

20086

"Cas des nobles hommes et femmes malheureux" by Boccaccio. Laurent translation. Books VI to IX only. Parchment. 172 folios with 2 columns. 530 by 270 millimeters. Bound in green parchment

(Sorbonne 1281). 15th century. Large miniatures at the head of each book, with 2 shields, one of Cotonnier, and another in gold. Large printing.

24289

First translation.

F. *Manuscripts in other French Libraries.*

1. *Bibliothèque d'Albi.*
   No. 76.

   "Des nobles malheureux." 15-16th century. Incomplete.

2. *Bibliothèque de l'Arsenal,* Paris.
   (2nd) 5192 (874 H.F.)

   Parchment. 345 folios, 402 by 310 millimeters. 2 columns. 15th century writing. 178 miniatures. Gold and colored initials; red titles. On folio IV° a large miniature covering the whole page, representing the Wheel of Fortune. "Le livre de Jehan Boccace, des cas des nobles malheureux, traduction de Laurent de Premierfaict, clerc du diocese de Troyes." 1409. Only one prologue, begins: "Selon raison..." From the library of M. de Paulmy, Histoire, no. 523. This manuscript was executed for Antoine, bastard of Burgundy, called "le grand Bâtard." On folio 2 his arms are painted twice, and at the bottom of the page is his motto: "Nul ne s'y frote." Above in the same hand, a monogram in which one can discern the name "Antoine." Bound in red leather with the arms of M. de Paulmy. Gold edges.

5193 (875 H.F.)

   "Le livre de Jehan Boccace, des cas des nobles malheureux, translaté de latin en françois par Laurent de Premierfait." 1409. Parchment. 405 folios; 2 columns; 402 by 298 millimeters. Writing represents beginning of the 15th century. 150 miniatures; gold and colored initials; red, gold and blue titles. From the library of M. de Paulmy, Histoire no. 524. Bound in olive leather, with the arms of M. de Paulmy. Gold edges. Contains two prologues. Begins:

"A puissant, noble..." 1409 date is at the end. (See Hortis, p. 934, for a description of miniatures.)

5281 (876 H.F.)

"Le livre de Jehan Boccace, des cas des nobles malheureux, translaté de latin en français par Laurent de Premierfait." 1409. Parchment. 210 folios. 310 by 238 millimeters. 15th century writing. 4 miniatures. Gold and colored initials. Red titles. From the library of M. de Paulmy, Histoire, no. 526A. This manuscript belonged to a member of the "de Bar" family, "seigneur de Baugy" in Berry. On folio 3, one reads "Jacques," and below "De Bar." On folio 210v the signature "Baugy" is to be found. Books VI to IX only.

(1st) 5191 (877 H.F.)

"Le Livre de Jehan Boccace, des cas des nobles malheureux, translaté de latin en françois par Laurent de Premierfait." 1409. Parchment. 252 folios. 440 by 315 millimeters. Beginning of the 15th century. 10 miniatures. From the library of M. de Paulmy. Bound in yellow leather. Contains two prologues and 1409 at the end. Incipit: "O puissant..."

(A fifteenth century manuscript of the second translation, No. 79 of the "Bibliothèque du duc de La Vallière," is cited in the "Histoire de la Bibliothèque de l'Arsenal." From the beginning of the fifteenth century, it shows many miniatures and vignettes.)

3. *Bibliothèque de Bergues.*
   63

"Des cas des nobles malheureux hommes et femmes; traduction de Laurent de Premierfait." Paper. 471 folios. 360 by 270 millimeters. Red edges, 98 vignettes in pen and brush. Alernate red and blue titles. Book-binding of the 16th century; rest is 15th century. Folio 2 begins: "Le premier prologue. Chy commenche le premier prologue du translateur ... A puissant prince..." Folio 471 ends: "...et cruaulté de fortune qui tourne toutez chosez mondainez. Chy fine le livre de Jehan de Bocace des Cas des nobles hommes et femmes."

4. *Bibliothèque de Cambrai.*

686 (626)

"Des cas des nobles hommes et femmes." Laurent de Premier-fait translation. Paper. 521 folios. 293 by 200 millimeters. Colored initials. Some folios are mutilated. (Cathédrale, ancien 218.) 15th century. Prologue: "Selon raison..."

5. *Bibliothèque de Carpentras.*

622

"Des hommes illustres." Parchment. 250 folios with 2 columns. 5 beautiful miniatures, many of which remain unfinished. Folio 6: miniature of Adam and Eve picking the forbidden fruit. Folio 9: The misfortune of Cadmus, founder of Thebes. Folio 12: Jocasta, queen of Thebes. Folio 136: The Wheel of Fortune. Folio 221: The punishment of Brunehaut. 360 by 260 millimeters. Leather. 15th century: c. 1460. Folio 1: "Ci commence le premier prologue du translateur... A puissant, noble et excellent prince Jehan..." Transcriber of manuscript is perhaps Filypus (see Mély, *Le Boccace de Carpentras*). A man's headdress in the manuscript recalls that of Toulouse; perhaps the manuscript comes from the South.

6. *Musée de Condé at Chantilly.*

857 (602)

"Le livre des Cas des nobles hommes et femmes." Translation of Laurent de Premierfait. Parchment. 418 folios. 329 by 228 milli-meters. Red morocco binding with the arms of Bourbon-Condé on cover. Decorated initials. 15th century. On folio 418 one reads "1409," (Monday after Easter), then, "Ce livre de Bocasse des nobles malheureux est a Jehan du Mas, s^r de Lisle, J. Dumas." Arms of Montmorency on the "folio de garde." On folio 1, arms of J. du Mas. This manuscript was one of the books saved in 1790 from the Palais-Bourbon by the administrator-general of the Prince de Condé, Lambert, and left by him with Josset de St. Laurent, who lost his life for this. The manuscript was given back to the Condés in the Restoration period.

858 (487)

"Le livre du Cas des nobles hommes et femmes" by Boccaccio. Laurent de Premierfait translation. Parchment. 311 folios, with 2 columns. 352 by 275 millimeters. Bound in green morocco leather, with the arms of Bourbon-Condé. 15th century. Folio 1 reads: "Cy commance le prologue du translateur..." Folio 1v. Prologue of Boccaccio; folio 311, signature of Admiral Prigent de Coëtivg, with the motto: "Dame sans per. A Prigent." On folio 1 are to be found also the arms of Antoine de Chourses and of Catherine de Coëtivg. Decorated initials and 2 miniatures.

859 (402)

"Le livre des Cas et ruynes des nobles hommes et femmes renversez par fortune." Laurent de Premierfait's first translation. Parchment. 357 folios. 415 by 312 millimeters. Ornamented initials, with places prepared for miniatures. Bound in green morocco leather, with the arms of Bourbon-Condé. 15th century. Folio 1 begins: "Quant je considere et pense en diverses manieres..."

860 (401)

"Le livre des Cas des nobles hommes et femmes." Laurent de Premierfait's second translation. Parchment. 342 folios, with 2 columns. 443 by 305 millimeters. 10 miniatures. Ornamented initials, with the arms of the Duke of Nemours. Bound in red morocco leather, with the arms of Bourbon-Condé on the cover. 15th century. Folio 1 contains the prologue: "A puissant et noble prince Jehan..." Folio 5v°: "Selond raison et bonnes meurs..." On the folio "de garde" one finds: "Ce livre de Bocasse des cas des nobles hommes maleureux est au duc de Nemours, conte de la Marche. Jacques. Pour la Marche."

7. *Bibliothèque Mazarine, Paris.*

3878 (521)

"Des cas des nobles hommes et femmes." Laurent de Premierfait translation. Vellum. 384 folios. 2 columns. 425 by 307 millimeters. Fine writing. 15th century. At the beginning of last book, a large miniature in French style with a frame. In Chapter 3 of Book I another smaller miniature. 16th century leather binding. 15th century text. Beginning of prologue is lacking, the first words being: "...enfraignirent la loy a eulx donnee..." 1409 written at the end.

3879 (1243)

"Des Cas des nobles hommes et femmes." Laurent de Premierfait translation. 2nd version. Paper. 378 folios. Long lines. 294 by 202 millimeters. End of 15th century. Contains preface of the translator: "Selon raison et bonnes meurs..." At the end, in 16th century writing, the note: "Finit le livre de Jehan Boccace, des Cas des nobles hommes et femmes, translaté de latin en français par M. Laurens de Premierfait, et appartenat a moy Hue." "En garde," very mutilated fragments of a notary act of the 14th century. This translation was printed several times, without a date. (Bibliothèque Mazarine, Imprimés, no. 6762 B.) Mentions Dante, and the *Roman de la Rose.*

3880 (1246)

Extracts by Jehan Lamelin. Paper. 144 folios. 301 by 210 millimeters. 1431. ff. 98-102 damaged. At beginning: "Cy commenchent aucunez notables exortacions et histoires abregees de J. Bocace de Certalde: 'De fortunes des nobles hommes et femmes.' - Et premiers ou prologue. Bocace en serchant aucun evesque ou empereur..." Folio 133 at the end is signed thus: "Ici finent les histoires abregees et les reprehensions contre les vices et admonestemens pour les vertus, extraictes au lonc du livre de J. Bocace de Certald, florentin, des fortunes des nobles hommes et femmes, lequel livre de Bocace fu translaté de latin en franchois par Laurent, famillier et clerc de noble et saige homme Jehan Chanteprime, consillier du roy de France nostre sire, le samedi XIIIe jour de novembre l'an mil III^c. Es lesdits extrais fais et acomplis par moy Jehan Lamelin, conseiller en parlement, le XXIIIe jour du mois de ottobre l'an mil IIII^c XXXI."

8. *Bibliothèque de Rouen.*

1440 (V. 25)

"Des cas des nobles hommes et femmes." Translation of Laurent de Premierfait. Parchment. 323 folios with 2 columns. 382 by 272 millimeters. Modern binding. (Ancien no. V. 14.) 15th century. Historiated letters. Beginning: "Selon raison et bonnes meurs..."

9. *Bibliothèque Sainte-Geneviève, Paris.*

1128 (V. F. in fol. 7)

"Des cas des nobles hommes et femmes." Laurent de Premierfait. Parchment. 356 folios. 362 by 270 millimeters. Paintings. Decorated margins. 15th century. Beginning of manuscript reads: "Cy commence le prologue (du traducteur) du livre de J. Boccace: Selon raison..." Next comes the prologue of Boccaccio: "Quant je enqueroye..." No dedication given. On folio 356 verso is found in writing of the beginning of the 16th century: "XVII junii, anno Domini milesimo V^c. XVI°, obiit in Domino illustrissimus Johannes, rex Navarre, filius Alani, domini de Labreto, sepultusque fuit in ecclesia cathedrale Lascurrensi. Anima ejus requiescat in pace. Amen." Folio 356 v°, in a note, states that this book belonged to "Estienne Papot, maitre general des œuvres de pave des bastimens du Roy, pontz et chaussees de France" and that it "a esté acheté a la foire de St. Germain des Prez par led. Papot..., au mois de fevrier 1642." Then "Ex libris S. Genovefae, Paris (XVIIIe).

1129 (V.F. in fol. 8)

"Des cas des nobles hommes et femmes." Laurent de Premierfait. 1st version. Parchment, 226 folios. 435 by 320 millimeters. Painting on the first folio of the author giving his book to the Duc de Berry. Decorated margins. 15th century. At the bottom of the first folio is found a note, (three-quarters effaced) from the beginning of the 17th century, saying: "cest livre est a Loys de Boissy(?) (ou Bussy?) sr. de..." At the top of this same folio is a note a little more recent in the 17th century: "Catalogo librorum S. Mariae de Augo adscriptus." Contains dedication "A puissant noble prince..." also prologue of Boccaccio: "Quant je queroye..."

10. *Bibliothèque de Troyes.*

471

Des Cas. Laurent's second translation. 270 folios. The five first books only. From Bibliothèque de l'Oratoire de Troyes, fonds Pithou.

G. *Manuscripts in other parts of the world*

   A. *Austria*

Staatsbibliothek, Vienna

S. n. 12.766

   Second version. Numerous miniatures. Early 15th century.

2560

   Second translation. Contains one prologue: "Selon raison...;"
also words about Dante and the *Roman de la Rose*. Belonged to
Tanneguy du Chastel. Second half of fifteenth century. No miniatures.

B. *Germany*

1. *Royal Library, Dresden*

   Laurent translation. Incomplete. Belonged to Jean du Mas.

2. *Jena Library, Jena*

   95, 96

   "Boccaccio de Casibus," in French. 2 parts Printed on vellum
and illuminated. Belonged to the CLèves family. (See Bradley,
Dictionary of Miniaturists, p. 234.)

3. *Royal Library, Munich.*

Codex gallicus 369

   Text begins: "A puissant, noble et excellent prince..." Contains
note of Laurent at the end about the date, as well as another note,
that of transcriber Pierre Faure or Favre, who at Aubervilliers (out-
skirts of Paris) copied manuscript 26 Nov. 1458. The end of the
note is erased. It reads: "Au lieu de Haubervilliers lez St. Denis en
France, par moy pierre faure humble prestre..." Paintings, 91 in
number, may be by Jean Fouquet and his students. Vellum. 352
folios. Beautiful binding but ill-used, dating from first half of 17th

century. Manuscript was perhaps executed for an Etienne Chevalier, famous 15th century banker, as known from a mutilated inscription and his device, "sur ly n'a regard." (See Bradley, p. 347.)

4. *Herzog August Bibliothek, Wolfenbüttel.*

No. A 3 Aug. fol

15th century. Seven large and 168 small miniatures. (See *Handschriften der Herzoglichen Bibliothek zu Wolfenbüttel.*)

C. *Great Britain*

1. *British Museum, London.*

Royal Manuscripts.

20 C IV

"Des cas des nobles." Laurent de Premierfait translation. 2nd version. Vellum. 348 folios. Double columns of 39 lines. Illuminated initials, miniatures and borders in French style. First half of 15th century. Contains dedication: "A puissant noble..." On folio 1 are the initials H. R. of Henry VII or VIII. No words about Dante and the *Roman de la Rose.*

18 D VII

"Des cas des nobles hommes." 2nd translation of Laurent. Vellum. 232 folios. Double columns of 53 lines. Illuminated initials, borders and small miniatures in French style. Middle of 15th century. Contains 3 prologues. Starts with: "A puissant noble..." At the end are found Laurent's verses about Boccaccio in Latin and French. On folio 2 is the name Marie Rivieres (Mary, second wife of Earl Rivers, circ. 1473-1483.)

14 E. V

"Des cas des nobles." Later of two French translations of Laurent made for the Duke of Berry in 1409. Vellum. 513 folios. 1470-83. Double columns of 37 lines. 67 miniatures. Executed, doubtless at Bruges, for a king of England (Edward IV?), whose arms, with Yorkist badges, occur frequently in the borders. Contains the dedication: "O puissant noble..." and other 2 prologues. At the end are Laurent's verses.

Additional 18,750

Manuscript of 2nd version of Laurent. Middle of 15th century.

Additional 11,696

Manuscript of 1st version of Laurent.

Harley 621

Manuscript of first version of Laurent. 424 folios. 2 columns. Miniatures well designed but badly colored. Incomplete. No words about Dante and the *Roman de la Rose*.

Additional 35,321

Manuscript of 2nd version of Laurent. Second part of 15th century. (See also, E. M. Thompson, "The Rothschild Manuscript in the British Museum of 'Le cas de malheureux nobles hommes et femmes,'" in *The Burlington Magazine*, VII, 1905.)

Bodleian Library, Oxford.

265 (2465)

328 folios, 2 columns. Like B. N. fr. 131. Miniatures; on one of them the Duke of Berry is depicted in a green cap, different in fashion from the one on *131*. Second version. Contains 2 prologues. 15th century. Dated "aprés Paques closes." Signature: Plesseroy. No references to Dante and the *Roman de la Rose*.

The Hunterian Museum, University of Glasgow.

208

"Les Cas des nobles hommes." Laurent translation. Vellum. 376 folios, originally 387. Double columns of 42 lines. Pictures, illustrated initials. Late 15th century. (31st July, 1472.) Crimson morocco binding. Has dedication to Duc de Berry, also the preface: "Quant ie enqueroye..." Lacunae.

371-372

"Les cas des nobles. Second Laurent translation. 2 volumes. Vellum. Volume I: 180 folios. Vol. II: 142 folios. Double columns of 45 lines. Illuminations. Red morocco binding. 15th century (April 1467). Begins: "Selon raison..."

D. *Switzerland.*

Bibliothèque publique et universitaire de Genève.

190 (Petau 187) and 191 (Petau 188)

Fonds français. Laurent translation in 2 vols. Early 15th century. Numerous miniatures.

E. *United States*

1. *H. E. Huntington Library, San Marino, California.*

H. M. 936

"Cas des nobles hommes et femmes," translated into French by Laurent de Premierfait. Vellum (ca. 1450), 230 folios. 36 by 26 cm. Imperfect at beginning and end (contains 1, 3- VIII, 22), 93 miniatures. Brown morocco by Duru (1854). Said to have belonged to a Duke of Orléans. Owned in 1854 by A. Firmin-Didot; his sale (Paris 1884, n. 39) to Tumin; Rushton M. Dorman sale (N. Y. 5 Apr. 1886, n. 23); Robert Hoe collection (Cat., 1909, p. 9), his sale (N. Y., 1912, no. 2429) to Sessler.

H. M. 937

"Cas des nobles" translated by Laurent. Vellum (1460 to 15 May 1462), 357 folios. 41 by 32 cm. Written in Flanders by Haguinet le Pesquier. One miniature. Written for Jehan de Croy, seigneur de Chimay († 1472). Belonged to the Marquis de Paulmy, etc.

2. *The Pierpont Morgan Library in New York.*

342-343

"Les cas..." translated by Laurent. Paper and vellum. 2 columns (ca. 1450). 321 folios. Imperfect. 9 beautiful miniatures. Decorated borders. First page has a painting of Laurent presenting his book to the Duke of Berry. Bound in 2 volumes. Pictures perhaps painted by Hubert Van Eyck.

3. *Walters Art Gallery, Baltimore, Md.*

517

"Les cas..." by Laurent. Paper (23 Oct. 1431); 167 folios. Extracts by "Jehan Lamelin, conseiller au Parlement." No miniatures, but historiated capitals. French blue paper boards, ca. 1810. "Frater Johannes de Muer Sancti Andree me habet 1446." N. 12 in a French catalogue (ca. 1810), etc.

518

"Des cas..." by Laurent. Paper. 15th century. 290 folios. Bound in old green velvet. Arms of an early owner. No miniatures.

4. *The Library of Lucius Wilmerding, 12 East 89th St., New York* (?)

8

"Les cas..." French translation. Paper (2 ff. on vellum). ca. 1490. 423 folios, the last three blank. Numerous miniatures. Bound in velvet. (Walter T. Wallace collection.) This manuscript was sold in 1950 to P. Beres of 681 Fifth Ave., New York. Beres resold the copy; its present location and owner are unknown.

5. *The William S. Glazier Collection, New York.*

No. G 35

A finely executed manuscript of "Des Cas" showing nine half-page miniatures. Vellum. 364 folios. 38 by 28 cm. ca. 1470. Bound in green morocco leather.

IX. EDITIONS OF "DES CAS DES NOBLES"

I. Editions of the 1st version: [1]
    1. 1476 Bruges, Colard Mansion.
    2. 1483 Lyons, Husz and Schabeler.

---

[1] For details on all the editions see Bergen, H., *op. cit.*, Part IV.

II. Editions of the 2nd version :
  1. 1483 Paris, Jean Du Pré.
  2. 1494 Paris, Antoine Vérard.
  3. 1506? Paris, Antoine Vérard.
  4. 1515 Paris, Michel Le Noir.
  5. 1538 Paris, Nicholas Couteau.

III. Edition of a third version, translation by Cl. Witart, 1578, Paris, Nicolas Eve.

IV. In 1617, J. Regnoul published in Paris a translation by Pierre Matthieu of the last chapter of Book 9.

Among the editions of the first version, the 1476 edition only was consulted; it is designated X. In the case of the second version, all editions were consulted but as they are extremely similar, the 1483 edition was selected for variants and called Y. The third version is not taken into account, as it is a later, less significant translation from the point of view of influence.

It is interesting to note that all the editions seem to follow the later more corrupt manuscripts in their changes, that is, they contain many unnecessary learned alterations.

X. LINGUISTIC STUDY

The manuscript of *Des Cas* all show that the French language was in a state of flux at the time when they were written. The differences between the manuscripts principally studied, consist for the most part of spelling variations.

A. *Phonetics*

Phonetically speaking, in the majority of the manuscripts we find the customary traits of the period, as reviewed by F. Brunot. [1] A number of examples in *A* disclose older forms.
  1. Obscuring of the letters *e* and *a* before *r* or *l*. For example: cheriot, *10,* 17, soubsmerchoient, *III,* 3.
  2. *ie* becomes *e*: bref, beneurté.

---

[1] See Brunot, F., *Histoire de la Langue Française,* vol. I, Chapter 2.

3. Mute *e* was falling in some words: we find beneureté, and beneurté.
4. Reduction of *eu* to *u*: murtry *1, 23*.
5. *ean* becomes *an*. Manuscript *A*: mescheant; *DE*: meschant throughout.
6. *oi* often becomes *e*.
    But manuscript *A*: poisoit, *14,* 3; croioient, *10,* 1; guerroioit, *10, 1,* etc.

Dialectal forms appear in all the manuscripts. They are so confused in each manuscript, however, that one is unable to say that for instance manuscript *A* is Picard.

Manuscript *A* does contain the following Picardisms: livrra, *4,* 3; enterroit, *7,* 14; beneistre. *13. 21*. But it also has forms reminiscent of Anglo-Norman such as "beneurté" mentioned above in 3. [2] Other words known to be dialectal are also discovered in *A*: taiches for taches, saye for soye, *17,* 4; praye for proie, *11,* 17; vencheray for vengeray, *12, 32*.

B. *Orthography*

In orthography the main characteristics of the period are exemplified by manuscript *A* and the others:

1. A doubling of consonants: fontainne, *12, 46*.
2. Letters inserted but not prononced. These are written to recall the Latin etymology of the word. Thus we find aultre (alter), faict (factum), dict (dictum).
3. *z* and *s* are confused: vous aimes. The plural of masculine adjectives is usually *s* but may be *z*. The past participle is most often spelled with a *z* in the plural, and occasionally the singular bears a *z*. The plural of nouns is as in modern French, except that *z* generally follows final *t* and stands for Latin *atis*.
4. *h* is inserted as an ornamental letter: vehu, habandonner.
5. *Sc* is written for *s*: sçay.
6. *x = us*: miex.
7. *y* written often for *i* in all feminine adjectives.

---

[2] See Pope, M. K., *From Latin to Modern French*, Manchester University Press, 1934.

Old and modern forms of words exist side by side in all the manuscripts, though on the whole as in phonetics, Manuscript *A* shows an abundance of older forms: derreniere for derniere, *5, 8*; ou for au, *8*, 13; senz for sans, *2, 1*.

C. *Parts of Speech*

1. In the case of *nouns* and *adjectives* the declensions are lost. "Dieux," however, sometimes keeps its former nominative vocative form. Third declension adjectives as well as present participles have not entirely taken the analogical feminines: "la grant besongne, les causes sont evidens," etc.

2. *Pronouns*

Subject pronouns are often omitted in enunciations where they would be necessary in modern French; on the other hand, they are inserted at times when unnecessary. The forms *il* and *leur* without *s* are occasionally found, though the plural is meant. There is much fluctuation in form and position of reflexive pronouns. Personal pronouns are sometimes used for them: e.g., *soy* for *se*. These can be placed before or after the auxiliary verb: "quel cuers... pourroient soy abstenir, quelz yeulx... se pourroient abstenir."

Of the demonstrative pronouns and adjectives *cestui* occurs most often, no *ci* or *la* being added. *Ce que* is frequently equivalent to just *que*, especially in conjunctive phrases like *aprés (ce) que*.

In the case of relative pronouns, *lequel* and *laquelle* are utilized a great deal instead of *qui*. *Qui* is sometimes confused with *qu'il*. *Que* is often written unnecessarily. *Quoy* appears repeatedly after a preposition, and in interrogative sentences replaces *que*.

3. *Verbs*

The verbs are quite modern in form. New forms like *firent* are to be seen. There are, of course, customary spellings like the dropping of *t* in the third person singular of the perfect tense (espandi), *ier* (chacier) and *iez* for *er* and *ez*, and dialectal futures (see above). Throughout the manuscripts also numerous different spellings of common verbs exist: puet, peut (Present Indicative); fust, feust, fut (Preterit).

The verb tenses follow modern usage to a certain degree. All tenses (including Pluperfect and Past Anterior) are found. The simple past tense is, nevertheless, perhaps preferred in place of the passé composé or occasionally the imperfect.

As to moods, the subjunctive has a more extensive usage than today, because in addition to its occurrence after verbs implying doubt, non-existent antecedents and after certain conjunctions, it is also employed in conditional sentences as in oher Old French and Middle French works. The imperfect subjunctive replaces the past conditional, for example: "et ce deluge les eust tous destruitz et noiez se ilz ne se feussent garantiz..." 7, 14. On occasion, the subjunctive also comes into being by attraction, one verb is attracted to the mood of the other.

Other interesting features of verb usage are:

1.   The auxiliary verb *cuider* appears frequently, as also *pouvoir*.

2.   The infinitive is employed occasionally as a noun, an old feature of French style: "cause de dommaiges et de nuyre aux hommes." *18,* 12.

3.   The past participle usually agrees and often by anticipation: "se ilz eussent bien gardee celle saincte et seule loy." *1.*

In the case of prepositions, the use of *a* and *de* after verbs with a dependent infinitive varies. Sometimes one reads *commencer a faire,* elsewhere *commencer faire.* There is addition no consistent use of *de* for nouns in apposition. We usually find *de* in the text in phrases like "le pays de Scithie" *5,* 6, "la cité de Thir," but phrases like "la cité Delphos," *19,* 6 also exist.

4.   Few of the *contractions* remain that were found in Old French; *es* is an exception.

5.   In negation, *pas* is more common than mie. Also, the negative sense of certain words has not lasted.

a.   *du tout*: "il... s'est du tout adonné a Bachus." *1.*

b.   *aulcuns*: "comme aulcuns pensent." (Throughout).

Also characteristic of the period is the *sentence structure.* The sentences are long, due to the multiplication of dependent clauses which are often poorly connected. Many nouns or phrases in apposition follow one another. A fondness for antithesis is evident. The word-order is fairly close to modern French, with perhaps more inversion of subject, especially when an adverb opens the sentence.

XI. CRITICAL METHOD

Manuscript *A, BN fr. 226* is reproduced throughout. It is only slightly altered as follows:

1. Its punctuation is improved by a comparison with an edition of the original Latin of Boccaccio.

2. In the matter of writing accents, *e acute* only and *c cedilla*, ç, are used.

3. Capitalization of proper names is introduced.

4. Spellings are regularized:

    a. *i* is changed to *j* where necessary.

    b. *i* is preferred to *y* (except Greek words).

    c. *u* and *v* are regularized according to sense.

5. The text is occasionally changed when all the other manuscripts consulted disagree with it.

Establishment of Footnotes

The footnotes of the present edition contain:

1. Variants of the words, groups of words, or word order of the text, if they are found in *two* or more manuscripts or editions. If only one manuscript or one edition differs from the base manuscript in this regard, the case in question as to wording, etc. is discussed in the Introduction to the section dealing with that manuscript.

2. Latin phrases from Boccaccio omitted by Laurent or those that are different, as seen by the translation. The Latin edition used is designated *Z*. It was: *Joannis Boccacii Certaldi De Casibus illustrium virorum.* (Parisiis) ab Joane Gormontio & Joane Paruo (1525?).

Establishment of the Glossary

The glossary consists of all proper names with their Latin equivalents from Boccaccio, also a short explanation about them in English. Latin words are put in brackets after the French word; ( ) means word is not in Boccaccio; (ign.) means word is not found elsewhere. Square brackets before a word, for example "Actaeon" mean that the name occurs in Boccaccio but not in Laurent. Roman numerals I, II, III designate Prologues one, two and three. *1.* is for chapter one, *2.* for chapter two, etc.

BIBLIOGRAPHY

ALANUS DE INSULIS, *Anti-Claudianus*; —*De planctu naturae* (In Wright, Thomas, 1810-1877 ed., *The Anglo-Latin Satirical Poets and Epigrammatists of the 12th Century*, London, 1872).

BACCHI DELLA LEGA, A., *Serie delle edizioni delle opere di Giovanni Boccaccio*, Bologna, Romagnoli, 1875.

BARROIS, JEAN BAPTISTE J., *Bibliothèque protypographique*, nos. 673, 875, 881, 883, Paris, Treuttel et Würtz, 1830.

BARTOLI, ADOLFO, *I precursori del Boccaccio e alcune delle sue fonti*, Firenze, Sansoni, 1876.

BERGEN, HENRY, *Lydgate's "Fall of Princes,"* 4 vols., Washington, Carnegie Institute, 1923-27.

BILLANOVICH, G., *Restauri boccacceschi*, Rome, 1947.

BOCCACCIO, G., *De Claris Mulieribus*, German transl., ed. by K. Drescher, Tübingen, 1895.

————, *46 Lives*, translation of *De Claris* by Lord Morley, London, Oxford University Press, 1943.

————, *Concerning Famous Women*, translation of *De Claris* by Guido A. Guarino, New Brunswick, N. J., Rutgers Univ. Press, 1963.

————, *Joannis Boccacci ad Maghinardum de Cavalcantibus*, St. Petersburg University, Historical Philological Faculty, vol. 2, 1877.

————, *Des Cas*, Written and illustrated for the Duc de Berri, London, Chiswick Press, s. d., 14p.

BOSSUAT, R., *Manuel bibliographique de la littérature française*, + 2 suppléments, Melun, 1950.

BRADLEY, J. W., *Dictionary of Miniaturists*, 3 vols., London, Quaritch, 1887.

BRANCA, VITTORE, *Boccaccio Medievale*, Firenze, Sansoni, 1956.

————, *Linee di una storia della critica al Decamerone*, Milano, Società Dante Al., 1939.

————, *Tradizione delle opere di G. Boccaccio*, Rome, 1958.

————, *Tutte le Opere di G. Boccaccio*, a cura di V. Branca, Milano, Mondadori, 1964, 6 vols.

BRUNET, GUSTAVE, *La France littéraire au XVᵉ siècle*, Paris, A. Franck, 1865.

BRUNOT, FERDINAND, *Histoire de la Langue Française des origines à 1900*, 11 vols, Paris, A. Colin, 1905-48.

CARSWELL, C., *The Tranquil Heart*, N. Y., Harcourt Brace, 1937.

CHUBB, TH. C., *The Life of Giovanni Boccaccio*, New York, A. and C. Boni, 1930.

CICERO, MARCUS TULLIUS, De Senectute (Operum tomus XV) ex recensione J. G. Graevii, Neapoli, 1777-88.

CLOPINEL, DE MEUN, JEAN, and GUILLAUME DE LORRIS, The Romance of the Rose, Transl. by F. S. Ellis, London, J. M. Dent, 1900.

COCHIN, HENRY, Boccace, études italiennes, vol. 3, Paris, 1890.

COMESTOR, PETRUS, Historia scholastica, ed. Migne, Patrologia Latina CXCVIII, Paris, 1855.

CORAZZINI, FRANCESCO, Le lettere edite e inedite di Messer Giov. Boccaccio, Florence, 1877.

DELISLE, LÉOPOLD, Le Cabinet des Manuscrits de la Bibliothèque Impériale, 3 vols., Paris, Impr. Nat., 1868-81.

————, Recherches sur la librairie de Charles V, 2 vols., Nogent-le-Rotrou, impr. de Daupeley-Gouverneur, 1907.

DE RICCI, S., and WILSON, W. J., Census of Medieval and Renaissance Manuscripts in U. S. and Canada, 3 vols., New York., H. W. Wilson, 1935-40. (Also Supplement.)

DURRIEU, PAUL, Le "Boccace" de Munich, reproduction des 91 miniatures du célèbre manuscrit de la Bibliothèque royale de Munich, étude historique et critique, Munich, J. Rosenthal, 1909.

————, Notes sur quelques manuscrits français ou d'origine française conservés dans les bibliothèques d'Allemagne, Nogent-le-Rotrou, Daupeley-Gouverneur, 1892.

EUSEBIUS, Chronicae S. Hieronymi interpretatio, ed. Migne, Patrologia Latina, XXXI, Paris, 1846.

FARNHAM, WILLARD, England's Discovery of the "Decameron", Publ. Mod. Lang. Assoc. XXXIX, 1924, p. 129.

————, The Medieval Heritage of Elizabethan Tragedy, Berkeley, U. C., 1936.

FRANKLIN, ALFRED, Les Bibliothèques de Paris, 3 vols., Paris, Imprimerie Impériale, 1860-1901.

FUCILLA, J. G., Literature of the Renaissance, Stud. Philol., vols. 49-53, 1952-56.

GINGUENÉ, PIERRE, Biographie Universelle.

GRABHER, CARLO, Boccaccio, Torino, Unione Tipografico, 1945.

GRANDMAISON, CH. DE, Notice sur un manuscrit de la Bibliothèque royale de Munich, Mémoires de la Société archéologique de Touraine, vol. X, 1858.

HAUVETTE, HENRI, Boccace, étude biographique et littéraire, Paris, A. Colin, 1914.

————, Boccace, Introduction, commentaire et notes, Paris, La Renaissance du Livre, s. d.

————, De Laurentio de Primofato, qui primus Joannis Boccaccii opera quaedam gallice transtulit ineunte seculu XV, Paris, Hachette, 1903.

————, Les plus anciennes traductions françaises de Boccace, Bordeaux, Feret et fils, 1909.

————, Pour la fortune de Boccacce en France. Le Mystère de "La Vengeance de N.-S. Jésus Christ," Studi di Filologia Moderna, 1908.

————, Recherches sur le "De Casibus Virorum Illustrium" de Boccace, Paris, Alcan, 1901.

————, Un chapitre de Boccace et sa fortune dans la littérature française (De Casibus virorum illustrium, L. IX, c. 26), Bordeaux, Feret, s. d.

HECKER, OSKAR, Boccaccio-Funde, Braunschweig, G. Westermann, 1902.

HORTIS, ATTILIO, *Studj sulle opere latine del Boccaccio*, Trieste, J. Dase, 1879.

HUIZINGA, JOHAN, *The Waning of the Middle Ages*, London, E. Arnold and Co., 1924.

HUTTON, EDW. G., *Boccaccio*: *a Biographical Study*, London, Lane, 1910.

JAMES, MONTAGUE R., *Various Catalogues of Libraries in Cambridge and Oxford*, Cambridge University Press, c. 1900.

KOEPPEL, EMIL, *Laurent de Premierfait und John Lydgates Bearbeitungen von Boccaccio's De Casibus virorum illustrium*, München, R. Oldenbourg, 1885.

KÖRTING, GUSTAV, *Boccaccio Leben und Werke*, Leipzig, R. Reisland, 1880.

KRUTCH, JOSEPH W., *Five Masters*, London, Cape, 1931.

LABARTE, JULES, *Histoire des arts industriels au moyen âge et à l'époque de la Renaissance*, 2 vols., Paris, A. Morel, 1864-66.

LABORDE, LÉON DE, *La Renaissance des arts à la cour de France*, 2 vols., Paris, L. Potier, 1850.

LAING, DAVID, *Facsimiles of Designs from engraved copperplates illustrating "Le Livre de la ruyne des Nobles hommes et femmes"* imprimé à Bruges par Colard Mansion, anno M.cccc. L XXVI, Edinburgh, 1878.

LANDAU, MARCO, *G. Boccaccio, sua vita e sue opere*, Napoli, Vaglio, 1881-82.

LATINI, BRUNETTO, *Li Livres dou Tresor*, ed. by F. J. Carmody, Berkeley, U. C., 1948.

LE BEUF, *Recherches sur les plus anciennes traductions en langue française*, in vol. XVII of "Mémoires de littérature"... de l'Acad. Roy des Insc. et Belles Lettres, p. 759.

LÉONARD, E. G., *Boccace et Naples*, Paris, Droz, 1944.

LE ROUX DE LINCEY, *Catalogue de la Bibliothèque des ducs de Bourbon*, Paris, Crapelet, 1850.

LUCHAIRE, JULIEN, *Boccace*, Paris, Flammarion, 1951.

MACMANUS, FRANCIS, *Boccaccio*, London, Sheed and Ward, 1947.

MARTIN, HENRY, *Le Boccace de Jean sans Peur. Des cas des nobles hommes et femmes*, Bruxelles, van Oest, 1911.

MÉLY, F. DE, *Le Boccace de Carpentras*, s. l., s. d.

MICHEL, HENRI, *L'Imprimeur Colard Mansion et le "Boccace" de la Bibliothèque d'Amiens*, Paris, Picard, 1925.

MORANVILLÉ, H., *Mémoires de la Société de l'Histoire de Paris*, vol. 17, 1891.

NARDUCCI, ENRICO, *Di un catalogo generale dei manoscritti e dei libri a stampa delle biblioteche governative d'Italia*, Roma, Tip. delle scienze matematiche, 1877.

NERI, F., *Gli Studi franco-italiani nel primo quarto del secolo XX*, Roma, I. C. S., 1928.

ORNATO, E., *Per la fortuna del Boccaccio in Francia*, Studi Francesi, 1960, 260-67.

OVID, *Metamorphoses*, 2 vols., ed. by G. Gierig, Leipzig, Schwickerti, 1887.

PADOAN, GIORGIO, *l'Ultima Opera di G. Boccaccio*, Padova, Milani, 1959.

PARIS, PAULIN, *Les Manuscrits françois de la Bibliothèque du Roy*, 7 vols., Paris, 1836-48.

POPE, M. K., *From Latin to Modern French*, Manchester University Press, 1934.

PURKIS, G. S., *Laurent de Premierfait*, Italian Studies, vol. IV, 1949, pp. 22-36.

RAYNAL, LOUIS-HECTOR, *Histoire du Berry depuis les temps les plus anciens jusqu'en 1789*, 3 vols., Bourges, Vermeil, 1844-47.

72   PREMIERFAIT'S: "DES CAS DES NOBLES HOMMES ET FEMMES"

RODOCANACHI, EMMANUEL, *Les Œuvres latines de Boccace*, Institut de France, Acad. de Sci. mor. et polit., Séances et travaux, vol. 69, pp. 597-609.
————, *Boccace, poète, conteur, moraliste, homme politique*, Paris, Hachette, 1908.
SARTON, GEORGE, *Introduction to the History of Science*, 3 vols., Baltimore, Williams and Wilkins Co., 1948.
SCAGLIONE, ALDO, *Nature and Love in the Late Middle Ages*, Berkeley, U. C. Press, 1963.
SCHMIDT, M., *Hygini Fabulae*, Jena, 1872.
SCHÜCK, *"Boccaccio's lateinische Schriften,"* Neue Jahrbücher für Phil. und Pädag. von Fleckeisen und Masius, vol. 110, 1874.
SENECA, *Moral Essays*, vol. I, London, W. Heinemann, 1928.
SILBER, GORDON R., *The Influence of Dante and Petrarch on certain of Boccaccio's Lyrics*, Menasha-Wisc., Banta, 1940.
SMITH, FLORENCE A., *"Laurent de Premierfait's French Version of 'De Casibus Virorum Illustrium' with some notes of his influence in France,"* Revue de littérature comparée, Jl.-S., 1934, p. 512 sq.
SOLINUS, J., *Collectanea rerum memorabilium*, ed. by T. Mommsen, Berlin, 1895.
ST. ISIDORE, *Etymologiae*, ed. by W. Lindsay, 2 vols., Oxford, 1911. *Opera Omnia*, in *Patrologia Latina*, vol. 83, Paris, 1862.
TORRACA, F., *Per la biografia di G. Boccaccio*, Roma, Segati, 1912.
TRAVERSARI, G., *Bibliografia Boccaccesa*, Città di Castello, S. Lapi, 1907.
VALLET DE VIRIVILLE, Auguste, *Notice d'un manuscrit fr. de la Bibliothèque Royale de Munich*, Revue archéologique, déc., 1855, p. 509 sq.
VAN PRAET, *Notice sur Colard Mansion libraire.*
VERGILIUS MARO, PUBLIUS, *Bucolica, Georgica, Aeneis*, London, B. Kennedy, 1895.
VILLANI, GIOVANNI, and MATTEO, *Croniche*, Milan, 1857.
WILKINS, E. H., *An introductory Boccaccio bibliography*, Philol. Quarterly, VI, 1927, 3-22.
WRIGHT, H. G., *Boccaccio in England from Chaucer to Tennyson*, Athlone Press, 1957.
ZAMBRINI, F., and BACCHI DELLA LEGA, A., *Bibliografia boccaccesca*, Bologna, 1875.

Other Books on Manuscripts:

Les principaux manuscrits à la Bibliothèque de l'Arsenal, Paris, 1929.
Histoire de la Bibliothèque de l'Arsenal.
Catalogue of Manuscripts of the British Museum.
Catalogue des manuscrits des Départements de France.
Catalogue des manuscrits de la Bibliothèque Mazarine, vol. III.
Cat. Cod. Mss. Bibl. Reg. Monacensis, vol. VII.
Catalogue des manuscrits de la Bibliothèque Nationale, fonds français, Paris.
Tabulae Cod. Mss. in Bibl. Palatina Vindob. asserv., II, Vienna.
Die Handschriften der Herzoglichen Bibliothek zu Wolfenbüttel.
See also *articles* by the present author found in:
The French Review, XXVII, 4, 1954, 245-252.
Italica, XXXII, 1, 1955, 14-21. XXXVIII, 4, 1961, 314-318. XL, 3, 1963, 225-230. XLII, 3, 1965, 213-217. XLII, 4, 1965, 431-32.

Modern Language Quarterly, XVII, 4, 1956, 304-309. XIX, 3, 1958, 262-270. XXI, 4, 1960, 365-370. XXIII, 3, 1962, 225-228.

Romance Notes, III, 1, 1961, 1-4. VII, 2, 1966, 1-7.

Studi sul Boccaccio, I, 1963, 387-414. II, 1964, 343-356.

and in *Miscellanea di Studi e ricerche sul Quattrocento francese*, a cura di Franco Simone, Torino, 1966, 167-178.

See also:

De Casibus facsim. reproduction of the Paris ed. of 1520, introd. by Louis Brewer Hall, Gainesville-Florida, Scholars Press, 1962.

Die neun Bücher vom Glück und vom Unglück berühmter Männer und Frauen, Partial translation by W. Pleister, München, Süddeutscher Verlag, 1965.

Scritti su G. Boccaccio (DCL anniversario della nascita di G. Boccaccio), Firenze, Olschki, 1964.

PREMIER PROLOGUE SUR LE LIVRE DES CAS DES NOBLES HOMMES ET FEMMES TRANSLATÉ DE LATIN EN FRANÇOIS

A PUISSANT NOBLE ET EXCELLENT PRINCE JEHAN filz de roy de France, duc de Berry et d'Auvergne, conte de Poitou, d'Estampes de Boulongne et d'Auvergne: Laurens de Premierfait, clerc, et vostre moins digne secretaire et serf de bonne foi, toute obedience et subjection deue comme a mon tres redoubté seigneur et bienfaicteur, et agreablement recevoir le labour de mon estude, et benignement excuser la petitesse de mon engin au regart de la grant besongne de vostre commandement, par moy ja pieça entreprinse et nouvellement finee.

2. Combien que par vostre especial mandement je aye soubz la confiance de vostre naturelle benignité et en espoir de vostre gracieux aide et confort, entrepris le dangereux et long travail de la translation d'un tres exquis et singulier volume des cas des nobles hommes et femmes, escript et compilé par Jehan Boccace de Certald, jadis homme moult excellent et expert en anciennes hystoires et toutes sciences humainnes et divines. 3. Neantmoins pour l'excellence de celle ancienne royale lignie dont vous prenez naissance, et aussi de la noblesse de voz meurs et vertus, qui a bon droit desservent pardurable beneurté envers Dieu et envers les hommes louenge et renommee.

4. Ja longtemps a que en obeissant a voz commandemens je tournay mon courage a iceulx accomplir ainsi comme je doy, c'est assavoir a translater en langaige françois le volume dessusdict, contenant en latin neuf livres particuliers, recomptans ou en long ou en brief les maleureux cas des nobles hommes et femmes, qui, depuis Adam et Eve les premiers de tous hommes monterent ou

hault degré de la roe de fortune, jusques au temps de tres excellent et noble prince Jehan, le premier de ce nom, vostre tres loyal pere, jadis roy des François duquel le cas tres briefment racompté fait la fin de ce present volume.

5. Et pour ce donques que ce present livre est intitulé des Cas des Nobles Hommes et Femmes, et que les cas semblent avoir dependance et cause efficient de par fortune, je veuil premierement et en brief selon mon avis ici dire la cause pourquoy toutes les dignitez et honneurs et richesses, puissance et gloire mondaines, semblent estre et soient subjectes a fortune, qui tousdis tourne sa roe en transmuant les choses de ce monde.

6. Et aprés je diray une prouvable maniere par quoy chascun homme et femme puissent eulx affranchir et exempter des cas et des trebuchetz de fortune.

Pourquoi choses mondaines sont subjectes a fortune

7. Pour declarer donques la premiere de ces deux choses, savoir affiert que au commencement homme et femme furent de Dieu creez avecques entiere bieneurté, et telement parfaiz tant en corps comme en ame, que neiz les saiges croient que Adam et Eve parens de tout l'umain lignage estoient immortelz et impassibles, se ilz eussent bien gardee celle saincte et seule loy que Dieu leur ot donnee ou paradis de delices.

8. Mais pour ce que contre eulx mesmes, esquelz estoit toute humaine nature, ilz getterent un hazart par lequel ilz perdirent les principaulx doaires tant de corps comme d'ame, l'enfrainte et le comptent de celle seule loy entre les innumerables maulx et in-finis dommages, en engenra un tresgrief, par quoy toute humaine nature devint subjecte a fortune et a sa moquerie. Car des lors Dieu soufry que les choses du monde qui a tous estoient pareille-ment communes, devindrent propres selon la convoitise de cellui qui par violence et force les occupoit pour soy.

9. Et pour ce que tous les courages des hommes au regart de leur premier commencement sont tous semblables, l'un convoita celle mesme chose que l'autre occupoit. 10. Maiz pour ce que deux ne pevent ensemble possider une mesme chose, il a convenu que l'un dechee de son desir. Et cellui qui obtient ce qu'il desiroit semble estre juchez ou hault degré de la roe de fortune, qui comme

chamberiere de Dieu pour la punicion de leurs pechiez une foiz haulse et aultrefois abaisse hommes et femmes sanz discretion ne advis, et non pas selon la quantité des merites des hommes maiz pour une confuse maniere dont les causes sont evidens a Dieu, maiz les hommes comme ignorans de l'ordonnance divine ne pevent cognoistre teles causes.

11. Quant donques l'omme par quelconque moien monte du bas estat au hault, on l'appelle bieneureux. Et le descendement on appelle ou cas ou maleurté, puisque celleu qui descent s'efforce au contraire, et que c'est malgré soy par quoy cestui livre est appellé des Cas des Nobles Hommes et Femmes.

12. Et comme donques juste punicion ait esté cause par quoy les hommes et les biens de ce monde furent et sont soubmis a fortune et a sa moquerie, tant que les estatz de toutes choses mondaines sont enfermés et soubdainnement muables et en especial des haultes choses trop plus que des moyennes.

13. En la punicion des deux premiers parens qui orgueilleusement enfraingnirent la loy a eulx donnee, la justice de Dieu fut estroitement et droittement gardee par ce que tous participent la moquerie de fortune qui se joue, en eslevant et en trebuchant les hommes. Car puisque Adam et Eve mistrent en rafle toute la beneurté humainne en cuidant icelle agrandir, et en desobeissant ilz perdirent leur chance. *14.* Ilz desloierent a tous le maleur que Dieu avoit atachié a une forte coulompne, et soubzmistrent eulx et toute leur succession aux tournoyemens de la roe de fortune et a trebuchez. Ilz ouvrirent les portes a tous pechiez. Ilz dechacierent de ce monde les vertuz, et getterent en terre la semence de tous vices, qui jamais n'eussent esté nommez ne cogneuz entre hommes.

15. Et ainsi comme tout nature humaine estoit adonc en deux, Adam et Eve qui par leur franc arbitre hazarderent toute leur beneurté. Aussi nous tous descendus d'eulx, sommes par droit compaignons de celle perte, car se ilz eussent gaignié et actaint la chose a quoy ilz tendoient chascun en voulsist estre compaignon et parsonnier.

16. Aucuns par adventure se esbahissent pour quoy tant de nobles hommes et femmes cy aprés racomptez, cheyrent si miserablement du tres hault au tres bas. Et mesmement Alain, le poete, se complaint pource que les injustes et mauvaiz hommes sont tres souvent eslevez aux tres haulz estatz du monde. *17.* Et a ces deux poins Alain respond vraiement et en brief, c'est assavoir que fortune les esleva en hault afin qu'ilz descendissent par plus grief trebuchet qui les derompe et froisse selon la pesanteur de leurs iniquitez.

18. Puis dont que je l'ay briefment monstré que les cinq dons de fortune qui contiennent tous les biens mondains et transitours sont droitement par ordonnance divine soubzmis a fortune et a sa moquerie, je veuil monstrer cleres voies et manieres par lesquelles tant hommes comme femmes, puissent eulx et leurs choses exempter et afranchir des cas et des trebuchetz de fortune.

Comment l'omme affranchist soy et ses choses de fortune

19. Et pour ce que ceste matere est dangereuse et obscure envers aulcuns, premierement je suppose pour vray que se les biens d'aulcun homme ne lui semblent tres grans et tres larges, il est mescheant et povre combien que il feust seigneur de tout le monde. Et cellui est homme maleureux et povre qui selon sa droicte conscience ne juge soy estre beneureux, ja soit ce que tout le monde feust soubz sa seigneurie. *20.* Et cellui n'est beneureux ne parfait qui par son propre jugement ne le cuide estre. Et riens ne vault, se aulcun repute soy beneureux qui est plein de richesses, se il vit et ait vescu deshonnestement et mal. Et cellui n'a en soy aulcune felicité qui est seigneur de maintes choses mais est serf de plusieurs. Ces cinq choses dessus dictes ne cheeent jamaiz en homme sage.

21. Se donques homme veult soy affranchir et exempter de maleur, il lui convient avoir la vertu de sapience qui en soy seule contient tous biens sanz commixtion de mal. *22.* Le saige homme est en soi si parfait et si beneureux que neiz pour bien vivre il n'a besoing d'amy. Le saige n'est point subget a fortune, comme Seneque le preuve par une exemple de Demetrius, ancien roy de Surie, qui par tyrannie occupa mains pays et ardy maintes citez es pays de Parthie et de Orient.

23. En l'une des citez de Parthie estoit adonc un moult saige philosophe nommé Stilbon, qui avoit femme, enfans, possessions, et aultres richesses temporelles. Toutes ces choses furent arses, perdues et degastees par le tyrant Demetrius et ses gens, maiz Stilbon, tout seul eschappa beneureux. *24.* Or advint que Demetrius lui demanda s'il avoit perdu aulcunes siennes choses, et il vrayement et sagement respondi qu'il n'avoit riens perdu, ainçois dist: "Tous mes biens sont avecques moy."

25. La response de Stilbon fist doubteux le tyrant, en tant que il cuide que Stilbon l'eust vaincu pour ce qu'il dist: "Toutes mes choses demeurent avec moy." Et verité disoit, car avec lui estoient les vertus, justice, prudence, magnanimité, attrempance, et la doulce memoire de ses vertueuses œuvres continuees senz lesquelles aulcun ne puet jugier soy estre beneureux. 26. Car homme indigne et mauvaiz, ne puet avoir sentement de jugier soy estre beneureux, ains convient que tousjours et non pas en pou de temps il ait vescu selon le droit jugement de soy mesmes. Et aussi il n'est homme a qui ses choses ne desplaisent fors que au saige. Car toute follie, et aussi chascun fol, engendre souvent a soy mesmes desplaisir et ennuy.

Comment l'aucteur parle du cas de l'eglise presente et des prestres

27. Helas, las, et trois fois las, par faulte de ceste sapience, mere et nourrice de toutes vertus divines et humaines, cheirent Adam et Eve, et par eulx est toute leur succession habandonnee aux cas et trebuchetz de fortune! Quelz cuers tant soient durs pourroient soy abstenir de douleur! Quelz yeulx tant soient secs se pourroient abstenir de lermes quant les hommes voient clerement et congnoissent les cas ja advenus des trois estas du monde, c'est assavoir des prestres, des nobles hommes, et aussi des laboureurs de cestui temps! 28. Car quant aux prestres qui par crasse ignorance ne cognoissent eulx estre cheuz de leur ancienne beneurté, je di sauve la paix des bons, que ainsi comme Dame Chasteté, qui est la singuliere et souverainne beaulté des femmes, aprés le temps du juste roy Saturne chei et tomba ou temps de son filz Jupiter roy de Crete, par les exces et superfluitez qui survindrent en delicieuses viandes, en atours orgueilleux et sumptueux bastissimens de maisons et en aultres adminicules servans a seule deshonneste delectation.

29. Aussi l'ancienne sainctité des prestres est cheue et versee par la trop grant habondance de richesses mondaines qui soubz ombre de la saintité de Jhesucrist et d'aulcuns siens disciples, ont esté donnees aux prestres par aulcuns princes mondains, qui a aulcuns les tollirent pour les donner aux prestres. Auxquiex il vaul-

sist miex selon l'ancienne sainctité vivre des sains decimes qui sont deuz par droit divin, que eulx voultrer et pourrir dedans orguilleux palais ou fiens de pecchiez avec leurs grans et dommageuses richesses.

30. Helas, noble, puissant et excellent Prince, ne doit l'en bien doulour, gemir, et plourer, le cas et le tombement des prestres de cestui temps qui en tout ou en partie forslignent et desvoient de la santé des anciens, qui par leurs lermes et orations souloient mouvoir Dieu et les vertus des cieulx contre les adversaires de la foy catholique. Les sains prestres anciens sont en leurs successeurs telement dessaintiz, que maintenant l'en forge heaumes des mitres, l'en fait lances des croces, l'en fait des vestemens sacerdotaulx, haubergons, plates, et aultres pieces batailleresses pour traveillier et asservir les hommes simples et innocens. *31.* Les prestres de cestui temps poursuivent armes et paveillons, ilz font arsins et violences publiques, ilz ont plaisir et joye despendre sang humain, ilz s'efforcent d'occuper la seigneurie du monde contre la sentence du vray Jhesus filz de Dieu, disant en l'Evangile que "son royaume n'est pas de cestui monde."

32. Les prestres en cestui temps emplient les sales des roys, les palais, et les tables, en delaissant leurs eglises dont ilz se nomment espoux. Ilz delaissent les choses sainctes et poursuivent les profanes. Ilz sont pastours sanz paistre ne congnoistre les brebis. Eulx que l'eglise fist nobles, excercent vilz offices. Ilz desservent par procureurs et vicaires qui deux fois tondent leurs simples brebietes. La premiere tonture est aux vicaires, et la seconde est au pastour surnommé.

33. Par le banissement de celle ancienne sainctité cent maleureux cas sont advenus. Car le diable, qui par les merites de la mort du bon Jhesus et de ses victorieux martyrs et glorieux confesseurs avoit esté loiez en l'abysme d'enfer, par les nouveaulx pecchiez des nouveaulx prestres at du simple peuple qui est ahurtez en leurs œuvres est ja pieça desloié et sailli hors d'enfer ; et ja de fait comme loup violant et forsenné a trait a soy, las moi, tres grant partie des brebis commises en la garde du bon pastour Saint Pierre, par quoi le bon Jhesus, vrai espoux et pasteur de saincte eglise, a retiree sa main du gouvernement d'elle.

34. Et est ja en vostre temps la chose a tant venue par le pechié principalement des pretres et secondement du peuple, que par

eulx la loy crestianne est presque perie maintenant. La robe de
Jhesus sanz piece et sanz cousture a esté par trente deux ans tren-
chee en deux puis en trois pieces. Et ou saint et noble corps de
l'eglise dont Jhesus est le seul chief sont surcreues trois testes a
maniere d'un monstre, et ne remaint qu'a tres pou que la nef de
Saint Pierre ne ait esté absorbie et noiee es flos de la mer de ce
monde par le vice des nautonniers qui la devoient tenir ou port de
repos et de seurté.

35. En brief, comptant le cas de l'eglise militant, excellent
noble et puissant Prince, je prie humblement vous et tous aultres
que vous me excusez benignement. Car je entens dire sobrement
les choses que vous et cent mille hommes avez veues et encores
voiez, et je assez le voy se j'ay sentement ne memoire. Et pour ce
je ne allegue aulcuns aucteurs ne livres; car ces paroles ont fontainne et naissance d'une familiere espitre escripte par Jehan Boccace premier aucteur de ce livre. En celle espitre il pleure et re-
grete le cas de mondaine noblesse.

Du cas de noblesse mondaine

36. "O, dist-il, bon Dieu de sapience qui tout scez et congnois.
Enseingne moy, je te prie, en quele partie du monde soit reposte
noblesse dont les empereurs et roys portent les tiltres principaulx,
car je l'ay quise en l'ostel de Cesar, roy des Rommains, de qui
les ancesseurs par longs labours et par exquises diligences et par
nobles œuvres de victorieuses armes, jadiz conquistirent la mo-
narchie du monde.

37. Mais las moy, j'ay trouvé que l'empereur de ce temps a
oublié ou au moins il dissimule les prouesses et loenges et les ma-
gnifiques besoignes de ses predecesseurs. Il a laissié le glorieux
estude de Mars le dieu des batailles, et s'est du tout adonné a
Bachus le dieu du vin. Il a delaissié la riche ancienne et notable
Italie es mains de mil tyrans, et s'est alez repondre et dormir entre
les naiges et grans hanaps de vin en celle part d'Alemaigne qui
gist au coste dextre devers soleil couchant ou derrain anglet du
monde.

38. O las, bon Dieu, com povre mirouer de noblesse, quel
exemple de chevalerie pour les roys et aultres princes du monde
quant ilz voyent fetardie, paresse, oysiveté entomisseur en cellui

qui deust a l'exemple de soy enhorter, esmouvoir cemondre et es-
vieller les aultres princes a maintenir et deffendre les conquestz
de leurs nobles ancestres et a yceulx emplier et accroistre."

39. Ou corps de l'empereur ainsi comme ou soleil souloient
luire et resplendir toutes vertus qui appertement se monstroient par
nobles œuvres dehors, les vertus soient de corps ou de courage, qui
ne monstrent au dehors leurs propres œuvres, ne rendent homme
plus noble ne que la lune enlumine le monde quant la terre s'est
mise entre la souleil et la face de la lune.

40. O noblesse mondaine, fille de nobles meurs et nourie du
laict des sainctes vertus, qui est cellui qui t'a banni des hostelz
royaulx et aussi des autres princes. Tu respons que longuement tu
habitas non mie comme hostesse en l'ostel de roys françois, et que
illec voulentiers demouroies, maiz que icelle erreur cessast par
quoy aucuns folement cuiderent et encores dient que seulement ce
n'est pas laide chose a un roy congnoistre les figures des lettres,
maiz ils cuident et dient que c'est tres grant empirement de ma-
gesté royale, maiz telz hommes sont folz qui ainsi dient et qui con-
dempnent celle chose es roys par quoy les hommes ignobles sont
droittement anoblis. *41.* Car droit office de roy et d'aultres princes
est chascun jour seoir en siege judicatoire, ouyr paciemment, et
sagement examiner les merites des causes sur les controversies de
leurs hommes subgetz, et rendre droit aux parties selon balance
de justice, deffendre les innocens, et punir les mauvaiz, procurer
principalement le publique profit et aprés le bien privé que l'en
appelle demaine pour ce qu'il vient des mains et du labour du
peuple en la main du prince qui de sa puissant main doit garder
et deffendre le peuple impotent.

42. Et certes clere chose est que l'office royal ne puet hommes
sanz science et sanz art droittement excercer, ainsi comme un patron
de navire ne puet bonnement conduire en mer tempestueuse et on-
doyant une grant nef sanz gouvernail, sanz voile, ne sanz remmes.
Et avoir entour soy hommes lettrez et nobles commis en offices
publiques ne monstre pas assez plainement la sapience ne la noblesse du roy ou d'aultre prince. Se il mesmes n'est lettrez et expert
en œuvre de sapience et en discipline d'armes, c'est comme un
corbeau vestu de plumes de paon. Et prince sanz lettres se assorte
a l'asne qui couronne porte. Et si n'est aulcun homme bon juge

fors que es choses qu'il congnoist. Jamaiz archier ne tire droit sa
flesche se il n'a aulcun signe devant soy.

43. O Dieu, quel grant loenge et beneurté seroit a un roy ou
aultre prince congnoistre les causes de toutes choses avec celle noblesse, se aulcune soit qui viengue aux enfans de par leurs peres.
Car ainsi comme un jardin complante de diverses especes d'arbres
et herbes flouries et odourans est noble et plus precieux, aussi
sont enfans de nobles hommes qui sont norriz entre les fleurs des
sciences et oudeurs des vertus et qui ont longuement esté repeuz
des fruiz, attendu que noblesse n'est pas hereditaire, car elle prent
naissance de vertus et bonnes œuvres.

44. Et combien que en punicion du pechié des premiers parens
Adam et Eve servitute par souffrance de Dieu soit introduite entre
les hommes en tant que les aucuns servent et les autres seigneurient,
non pas selon droit naturel ne civil, mais par le droit des gens
qui contient douze choses dont servitute est l'une: 45. Neantmoins
aucuns nobles de ce temps sont si decheuz de l'estat de vraye noblesse que follement ilz cuident eulx et non autres estre hommes,
et que ilz puissent faire pareillement toutes choses permises et def-
fendues sanz encourir ne diffame ne peine, combien qu'il soit aultrement, car tout vice de courage est plus griefment a punir de
tant comme le peccheur est en plus grant degré.

46. Et se Dieu sage et juste seuffre et veult que les roys et
princes et aultres nobles aient espece de puissance sur leurs subgetz,
Il toutevoies ne veult qu'ilz excerent fureur ne craulté; car aux
nobles principalment affiert avoir clemence, qui met equité devant
rigueur et veult plus encliner a mercy que a vengence sanz saillir
hors des termes de justice, sanz laquele roys ne sont roys ne
royaumes ains sont tyrans crueulx et tyrannies.

47. Par ainsi donques appert que le plus grief cas et le plus
dampnable trebuchet de noblesse c'est forsbannir et dechacier
science et vertus de l'ostel des roys et aultres princes, ainsi comme
il apperra clerement par le compte des cas des nobles maleureux
descrips en ce present volume.

48. Du cas des laboureurs champestres

Or vien je a dire le cas des sains laboureurs et tres bien fortunez,
maiz qu'ilz aient congnoissance de la quantité des biens que fortune leur donne. Et certes, puissant, noble et excellent Prince, es
choses dessus dictes en ce present prologue jusques icy l'en me

doit tenir pour racompteur de paroles de Jehan Boccace en une sienne familiere espitre, et chascun aussi congnoist la verité des deux cas de prestrise et de mondainne noblesse. Mais quant au tiers cas present, par quoy je vueil monstrer le trebuchet des laboureurs et de la chose rustique, je prens Virgile pour mon aucteur et maistre.

49. Aulcun donc ne se merveille se je di que l'estat des laboureurs et de leurs choses ait esté et soit subget aux cas de fortune, combien que commun proverbe soit que aucun homme ne chiet fors cellui qui siet en hault. Car en toutes choses sur quoy enuye gette ses yeulx, Dame Fortune y entreprent seignourie. Ja soit ce aussi que l'en die que laboureurs sont de si bas estat que fortune ne les pourroit abaissier, maiz sauve la paix de ceulx qui ainsi dient. 50. Car se les laboureurs et leurs choses rustiques feussent encore soubz celle beneurté et franchise en quoy jadiz ilz furent, et encores estre deussent selon les loys anciennes approuvees divines et humainnes, il n'est aulcun aultre estat qui ait en soy teles excellences en proufiz, en deliz et en honnestetez publiques et privees, comme la vie et l'estat des laboureurs par qui les hommes sont soustenus et nourris en necessitez de corps et les sacrefices divins sont administrez selon la religion publique.

51. O bon Dieu, quant jadiz les citez tamboissoient par discentions, riotes et batailles crueles, quant chasteaulx et chastellains guerreoient les uns contre les aultres, adonc les laboureurs contens de leurs propres biens vivoient en delectable et continuelle paix, en mutuele amuor sanz souffrir aulcun dommage, rapine ou violence, ne en corps ne en biens.

52. On laissoit jadiz citez murees et chasteaulx assiz sur roches pour eschapper mesaises et perilz qui illec survenoient, et venoit l'en aux villages ouvers et bas assiz pour y trouver aisances et seurtez.

53. Et pour avoirer mon dit, en labourages terrestres sont proufiz et delectations innumerables si haultement descrips et racomptez par Tulle, noble orateur rommain, en son livre de vieillesse, lequel vous avez comme je croy ouy diligemment et entendu que je n'en veuil presentement escrire. Mais je vueil neantmoins avec vostre bon plaisir plourer aprés vous les cas des sains laboureurs de la chose rustique, pource que pitié publique et la religion

de vostre noble courage se doit moult encliner a secourir aux choses tres dommageuses aux hommes et detestables envers Dieu.

54. Las moy, bon Dieu, quele moquerie, quel monstre en bonnes meurs, quel abus de justice est ce maintenant veoir les hommes laboureurs, simples, innocens, sanz cruaulté et sanz armes, qui nuyt et jour demeurent en povres maisonnetes, si sobrement repeuz et vestus de leurs propres labours que a peines ilz appaisent la faim, et de vilz palestreaux ilz cueuvrent leurs necessaires membres recourbez et froissiez par continuel labour. Ilz qui povrement nourrissent leurs femmes et enfans afin de les endurcir aux sains labours de la terre, ilz departent tout le temps de leur vie en trois pars. *55.* Premierement a Dieu servir en prieres et sacrefices, a tirer par continuel labour des boiaulx de la terre toutes choses necessaires a la vie, et a multiplier par leurs sains mariages suceession de lignie. Certes en ces trois choses n'a riens qui ne soit accordant a la loy divine et humainne.

56. La vie des laboureurs champestres droittement examinee et congneue samble tele aux anciens nobles hommes philosophes et princes qu'ilz instituerent par editz et par loys que cellui seroit reputé et puny comme sacrilege qui offendroit et raviroit leurs labours ou leurs biens, feust en champ ou en ville, et pource furent ilz et encores sont appellez sains. Maiz puissant, noble, et excellent Prince, escoutez s'il vous plaist le miserable cas de ces laboureurs et de leur chose rustique, ausquelz se par vous ou aultre aiant puissance, voulenté et sagesse, n'est briefment secouru et pourveu en vostre temps de remede convenable. *57.* Dieu qui ne het aulcun et qui de tous a merci et en especial des bons simples laboureurs et aultres hommes justes, Il retirera sa main a sa benivolence des prestres et des nobles qui ne gardent misericorde ne justice envers eulx, ne envers les aultres, ains les soubzmarchent et foulent. Il advenra que Dieu leur ostera raison d'entendement, honneur d'ancien estat, et les vestira de confusion. Il espessira les tenebres de leurs yeulx, Il mettra trebuchetz a leurs piez afin qu'ilz cheent du tres hault au tres bas. Il ramenra a neant ou transportera en aultres mains leurs orguilleuses richesses, honneurs, gloires, dignitez et puissances.

58. Je ne vous persuade ne admonneste pas, car vous advisez assez par les yeulx de vostre pensee et ceulz de vostre corps, quele et com grant iniquité, sevice et austerité, ce soit veoir les simples laboureurs proufitables a tous et nuisans a nul homme, estre par apperte violence oppressez et dechaciez de leurs povres maisons mutilez, batu et injuriez de fait et de paroles, leurs femmes ahontagiees, leurs filles corrompues, et leurs aultres choses transglouties et gastees, ou mises a raencon par les nobles hommes d'armes de ce temps, ausquelx les roys et princes deputent ou au moins doivent commetre la garde et la deffense des sains laboureurs et de leurs choses rustiques.

59. De leurs gains et labours sont comblees et esplendies les tables des roys, des princes et d'aultres quelzconques, non pas seulement hommes mais bestes et oyseaulx soient privez ou sauvages, et en eulx est tele frugalité et sobresse, que pour aisier et secourir les aultres ilz seuffrent voluntairement disetes et mesaises. Ilz portent le jonc de servitute et le grief fes de truage. Ilz regretent seulement que ilz ne possident mie en seurté et en paix ce pou qui leur demeure, aprés Dame Sainte Eglise et leurs aultres seigneurs satiffaiz de leurs rentes, demaines et subsides.

60. Entre les trois griefs trebuchetz de tele beneurté, comme laboureurs ont l'iniquité et malice des ministres des deux jurisdictions ecclesiastique et seculaire, c'est la plus mortele plaie qui plus dedans les navre et le diluge qui plus les sangloutist. Car a hommes corrompus de tous vices en ce temps est commise l'administration et l'espee de justice a jugier les simples et innocens laboureurs. Es cours judiciaires sont advocas et procureurs bien instruis en baras et cauteles, conseillans a mouvoir et nourir plaiz et controversie soit a bon droit ou a tort, afin de tirer ou gouffre de leur convoitise les deniers de parties plaidoians soubz faulse couleur de avoir loyaument conseillié et defendu les causes.

61. Las moy, ne souffisoit il assez selon les sains droiz canons que les prelas, aians les premieres dignitez en sainte eglise, eussent comme ilz ont leurs diligens arcediacres pour advise et enquerir par les citez et dioceses les crimes et exces perpetrez par les hommes, et iceulx rapporter aux oreilles des prelas des lieux afin de iceulx punir et corrigier selon justice. *62.* Certes il suffisoit a Dieu maiz non pas au dyable ne aux siens. Car afin que soubz fardee justice toute la substance des simples laboureurs viengne a saouler la faim de la maudite convoitise des evesques et aultres hommes de l'eglise, ilz mettent officiers en leurs cours, hommes barbares et sanz pitié, sanz bonnes meurs, sanz vertus et sanz sciences, qui nuyt et

jour espient par queles voyes ilz puissent accuser et traire en jugement simples et innocens hommes, plus dignes d'estre absoulz que
condempnez.

63. Pour ce, excellent Prince, noble et puissant, que je sçay
vostre singulier plaisir, et toute vostre estude tournez en la partie
de commune bonté, et que aux maleureux cas dessus diz vous
comme puissant et sage povez et savez pourveoir et secourir, et
que voz salutaires commandemens, attendue l'auctorité de vostre
noble et commandable vieillesse, pevent souverainnement reparer
les choses deformees et confermer les bonnes. Je au surcrois de
tout ce livre ay mis fiablement ce prologue, afin que chascun
congnoisse que vous n'estes pas seulement nez pour vous, maiz
pour proufiter a tous en ouvrant la voye d'eschapper les cas de
fortune muable et aveuglesse, par ce que vous habandonnez a tous
le plain entendement du volume dessus dit, duquel par vostre commandement j'ay entreprins la charge de le translater de latin en
langaige françois.

64. Si veuilliez donques excellent noble et puissant prince,
mon tres singulier bienfaicteur et redoubté seigneur, deffendre ma
cause comme la vostre propre contre les envieux qui sanz juste cause
vouldront malicieusement contrester a ceste vostre œuvre, qui
par moy est ourdie et texue au moins mal selon mon povoir.

65. Et pour l'evident necessité et pour le just desir que j'ay
d'avoir bon commencement, et de meilleur moyen et de tres bonne
fin en ceste besoingne, qui ne pevent d'autre venir fors de cellui
qui sanz en avoir moins donne a tous ses dons de grace, je prie,
appelle et requier Dieu a qui fortune obeit, qui trebuche et drece
les hommes selon leurs pechiez et vertus, que par sa surabondant
grace il enrichisse mon ame de science sanz erreur et ma bouche
de paroles accordans a verité, et me donne bonnes meurs sanz de-
roguer a la divine loy, et qu'il conduie ma plume diligemment es-
crivant sanz langoureuse paresse au commun proufit de tous et a
loenge divine. Amen.

PROLOGUE I

Prol. I.]-*DEFY* —*Tit.*] Ci commance le premier prologue du translateur du livre de Jehan Boccacce des Cas des Nobles Hommes et Femmes *B* — 2. Toutes] + aultres *BC.* 5. (honneurs) et -*BC* —puissance] puissances *BC.* —*14.* que Dieu avoit atachié] que avoit ataché Dieu *BC* —(pechiez) ilz] il *A. 17.* ilz] il *A* —*18.* dont que je l'ay] donques que j'ay *BC.* 20. mais] + il *BC.* 22. es pays] -*BC. 23.* ces] ses *BC.* 26. Temps il ait vescu] temps qu'il ait bien vescu *BC.* —ses] ces *BC.* 27. aux] au *BC.*—pourroient] + soy *BC.* —(advenus) des] de *A.* 28. deshonneste] deshonnesteté *A.* —*29.* mieux] mieulx *BC.* 30. puissant] -*BC.* — les sains] See Boccaccio's Epistle in Introduction. —pieces] + d'armes *BC.* 32. (Tondent) leurs] les *BC.* 35. entens] + a *BC.*—espitre] see Introduction— noblesse] + l'aucteur parle *B* comment l'acteur parle *C.* 38. oysiveté] + et *BC.*—cemondre] semondre *BC.* 42. Tempesteuse] tempestueuse *BC.* 43. complante] con plante *B* que on plante *C.* 48. Du cas] Ci parle l'aucteur du cas *B* et parle l'acteur du cas *C.*— (racompteur) de] des *BC.* 49 aux] au *BC.* 50. privees] privez *BC.* 59. privez] privees *BC.*—portent] + sang reclaim *BC* — jouc] jou *BC.* 60. judiciaires] judicatoires *BC.* — (deniers) de] des *BC.* 61. advise] adviser *BC.* 62. de l'eglise] d'eglise *BC.* 63. excellent prince, noble et puissant] eccellant, noble, et puissant prince *BC.*

Second Prologue:

> Ci commence le prologue du translateur du livre de
> Jehan Boccace des cas des nobles hommes et femmes

SELON RAISON ET BONNES MEURS l'omme soy excerçant en aucune science speculative ou aultre puet honnestement muer son conseil ou propost de bien en mieulx, attendue la mutation des choses et des temps et des lieux. Et aussi puest un potier casser et rumpre aulcun sien vaissel, combien qu'il soit bien fait, pour lui donner aultre forme qui lui samble meilleur.

2. Et ceste licence de muer la chose en mieulx n'est pas donnee a l'omme pour seulement amender ou corriger sa propre œuvre ains mesmement loist a chascun de ce faire en la besoingne d'aultrui, puisque on le face par bonté de couraige et par mouvement de pure charité qui en soy ne contient enuie, ne arrogance.

3. Comme doncques ja pieça je Laurens a l'enhortement et requeste d'aulcuns eusse translaté de latin en françois le moins mal que je peu un tres notable et exquis livre de Jehan Boccace des cas des nobles hommes et femmes, en la translation duquel je ensuivi precisement et au juste les sentences prinses du propre langaige de l'auteur qui est moult subtil et artificiel.

4. Et il soit vray que neiz aulcuns de ceulz qui se dient clercs et hommes letrez souffrent en eulx tres grant dommaige d'ignorance qui leur advient par default des trois sciences qui enseignent droitement, vraiement et bellement parler, c'est assavoir grammaire, logique et rethorique, par quoy il advient que les livres latins dictez et escriptez par les philosophes, poetes et historians bien enseignez en toutes sciences humainnes, sont moult loing et desseuvrez de l'entendement que Dame Nature donne communement aux hommes.

5. Pour doncques secourir a ce tres grant default, il convient ce me samble que les livres latins en leur translation soient muez et convertiz en tel langaige que les liseurs et escouteurs d'iceulx puissent comprendre l'effect de la sentence senz trop grant ou trop long travail d'entendement.

6. Je doncques selon le jugement commun en amendant se je puis la premiere translation du dit livre vueil senz rien condempner aultrefoiz translater le dit livre, afin c'est assavoir que de tant qu'il iert plus cler et plus ouvert en sentences et en paroles, de tant il delictera a lire et a escouter pluseurs hommes et femmes. Et par ce moien avec l'aide de la grace divine, aprés qu'ilz congnoistront plus a plein la miserable condition et le tournant et muable estat des choses de fortune, ilz les reputeront moins ains les despriseront et de tant plus extimeront les choses divines et celestes qui ont vraye seurté et joye pardurable.

7. Et certain est que entre tous aultres volumes escriptz par auteurs historians, ce present livre parlant des doulces et ameres fortunes des nobles hommes et femmes est de tres singulier pris et de noble exemple de vertus, car il fait presques mention ou en long ou en brief des histoires de tous ceulx et celles qui depuis le commencement du monde jusques a Jehan de France, mort prisonnier en Angleterre, ont eu puissences, richesses, dignitez, honneurs, et delectations mondainnes. *8.* Car fortune a de coustume de abbatre juz et desrocher presques tous ceulx que elle a eslevé ou hault degré de sa roe. Et par ainsi ce livre moult estroit et brief en paroles est entre tous aultres livres le plus ample et le plus long a le droit expliquer par sentences ramenables aux histoires.

9. En faisant doncques ceste besoingne longue et espendue et recueillie de divers historians, par le moien de la grace divine, je vueil principalment moy ficher en deux choses, c'est assavoir mettre en cler langaige les sentences du livre et les histoires qui par l'auteur sont si briément touchees que il n'en met fors seulement les noms. Je les assomeray selon la verité des vieilz historians qui au long les escrivirent.

10. Et si ne vueil pas dire que Jehan Boccace acteur de ce livre, qui en son temps fut tres grant et renommé hystorian, ait delessié les dictes histoires par ignorance de les non avoir sceues ou par orgueil de les non daigner escrire, car il les avoit si promptes a la main et si fichees en memoire il les reputa communes et cogneues aux aultres comme a soy.

11. Afin doncques que le livre ait toutes ses parties et soit complet en soy, je les mettray briément senz delessier que tres pou le texte du l'auteur. Si prie Dieu que a ceste œuvre commencer, moiener et finir, me vueille donner faveur et aide, et si requier les hommes que benignement me supportent et excusent en moy donnant pardon des choses moins bien faictes ou dictes.

PROLOGUE II

Prol. II Tit.] Ci commence...femmes] Second prologue *BC* -*E* le prologue du translateur *Y* — prologue du translateur du livre de] livre *D* — femmes] + translaté de latin en françois par Laurens du Premierfait *D* — *1.* ou propost] -*DEY*—(choses) et] -*EY* —aultre] aulcune *BC* — meilleur] meilleure *DEY* — *2.* loist a chascun de] est a chascun donnee pour *DEY*— puisque on le face] mais que on fait *D* maiz que on face *E* mais que on le face *Y* — pure] cruvre *D* d'euvre de *EY* — *3.* Laurens] + du Premierfait, + de Premierfait *EY* —eusse] euz *DEY* — peu] peuz *DEY* j'ay peu *F 3.* je ensuivi] j'ay ensuivy *DEFY* je ensui *C* —auteur] acteur *EY* — *4.* neiz] mesmes *DEY*— des] de *BCDEY* — sciences] science *A* —desseuvrez] dessevrez *CDEFY* — *5.* Pour] + ce *DY* —secourir...default] -*DY* —ce] se *BCDFY* —leur translation] leurs translations *EY* — grant] arant *A* — *6.* le jugement] l'entendement *DEY*. *6.* iert] sera *DEY* — tournant] tourment *DEY*— tournant et] + le *DEY* — (despriseront) et] -*EY* —eu] eus *DE. 8.* (coustume) de] -*BC* — juz et] + de *DEY* —desrocher] froisser *EY* —ou] en *BCE* au *FY* —tous] + les *BC. 9.* principalment moy ficher] -*DEY* —l'auteur] les autres *D* les aucteurs *E* les acteurs *Y* —assommeray] assouviray *BCDEY* —*10.* daigner escrire] vouloir escrire *B* avoir escriptes *C* —escrire] + maiz car *B* + mais *CDEF* — promptes] propices *DEY* — *11.* du] de *DEFY* — l'auteur] l'acteur *DEY* —prie] + a *EY*.

C'est la translation du prologue Jehan Boccace ou livre des cas des nobles hommes et femmes commençant ou latin: "Exquirenti michi etc.," et envoye son livre a un sien compere chevalier appellé messire Magnard des Chevalchans de Florence, seneschal de Sicile, ainsi comme il appart par

une epistre sur ce faite par le dit Boccace en laquelle il
blasme et reprend ouvertement et a cause tous les princes
crestians

QUANT JE ENQUEROIE QUEL PROUFIT je peusse faire
a la chose publique par le labour de mon estude, je tournay mon
engin a considerer les maintiens et les meurs des nobles hommes et
femmes qui principalment se representerent devant les yeulx de
mon entendement. Et quant je les apperceu ordoiez en vains delitz
et en plaisir deshonneste, je consideray yceulx estre destroiez et
senz freins ainsi comme se ilz eussent endormie fortune par herbes
ou par enchantemens, ou ainsi comme se ilz eussent fermees leurs
seignories a crocs de fer en roche de aymant.

2. Et pour ce que ilz cuidoient leurs seignories estre fermes
et durables, ilz par leurs forces soubsmerchoient non pas seulement
les aultres moindres hommes, mais je les resgardoie enorgueillir
et rebeller comme fols et oultraigeux contre Dieu le faiseur de
toutes choses dont je me esmerveillay.

3. Et quant je condempnoie l'enragee follie de ces nobles
hommes et femmes et je comme esbay consideroye la longue pacience de Dieu le pere debonnaire, celle chose me vint en couraige
que je queroie.

4. Certes ce dis je en mon cuer, aulcune chose n'est plus proufitable ne plus charitable a la communauté des hommes et au salut
pardurable que de rappeller au droit chemin ceulx qui sont desvoiez
se je puis, ou quel ravoiement combien que aulcuns hommes bien
enlangaigiez et nobles par saintes et douces paroles y aient traveillié
jusques ci, toutevoies je pense que c'est chose proufitable se je me
essaie oster telz hommes du somme qui est semblable a la mort
et a les reveiller pour vitement ouvrer, combien que je ne soie mie
pareil aux ancians historians.

5. Et certain est que comme telz hommes desvoiez soient ac-
coustumez de ensuir ordes delectations, ilz accoustumeront a peines
leurs courages a ouyr les clers enseingemens de vertu. Mais puisque
ilz ont accoustume de voulentiers ouir la doulceur des hystoires,
j'ay pensé en mon cuer de demener mon livre aulcune foiz par
exemples et descrire quele puissance ait Dieux contre les orgueilleux qui appellent Dieu fortune.

6. Et afin que l'en ne doubte de quel temps ou de queles personnes nous tractions en ce livre, nous respondons que des le commencement du monde jusques a notre temps nous voulons briément demener et descrire en apert les fortunes et les cas d'aulcuns
roys, ducs, et de aultres nobles hommes et femmes, lesquelz fortune
communement a abbaissiez de leurs haultains estatz.

7. Et si ne di pas que je escrive de tous roys, ducs, et autres
nobles hommes, car il n'est aucun engin si grant qui souffisist a
si grant labour et peine. Maiz des nobles hommes et femmes il me
souffist prendre aucuns des plus nobles, afin que quant les hommes
verront par escript les princes du monde estre floibles et vains et
les roys feruz et quotiz jusques a la terre par le jugement de Dieu,
ilz aient cognoissence de la puissance divine et de la floibesse et
muableté de l'estat de fortune, et que ilz ayent mesure et atrem-
pance entre les bieneurtez mondaines, et afin que par le peril ja
advenu aux aultres ilz puissent pourveoir a leur mesme profit.

8. Et afin que par continuel racomptement des hystoires je ne
face ennuy a cellui qui ce livre lira, j'ay determiné tant pour proufit comme pour delectation de reprendre et blasmer les vices des
personnes et de semer et mettre en aulcuns chapiltres admonnestemens pour vivre selon vertus. *9.* duquel hault commencement et
poursuite je prie humblement cellui envers qui est toute puissence
qu'il me vueille estre favorable, et que il garde et defende ce que
il me ottroiera escrire a la gloire de son nom.

PROLOGUE III

Tit.] C'est la translation…crestians] -*DE* — et envoye…cres-
tians] -*Y* — *1.* chose publique] rei publicae *Z* —representerent]
presentent *BC* presenterent *DEFY* — plaisir deshonneste] plaisirs
deshonnestes *DY* libidine *Z* — endormie…eussent] -*EY* —(fer) en]
a *EY* —*2.* durables] pardurables *DEY* — *4.* ce dis je] se dis je *F*
je dis *Y*— *cuer*] cueur *EY* — communauté] auditas *Z* — bien en-
langagiez] eloquentissimi *Z* —nobles…paroles] sacra pietate cons-
picui *Z* —saintes et douces] doulces et sainctes *DE* —somme] songe
D soume *F* —qui est semblable a la mort] letifero *Z* —*5.* ordes
delectations] oscenis voluptatibus *Z* —peines] grant peine *DY* grans
peines *E* —descrire] d'escrire *BE* describere *Y* — *7.* personnes]
sexum *Z* — tractions] tracterons *DF* traictons *EY* cadat duces *Z*
— (et) de] -*DEY* — communement] -*A* — aucun engin] engin
aucun *DE* —qui] qu'il *A* —floibles] febles *EY* foibles *F* fluxi *Z*
—floibesse] feblesse *EY* foiblece *F* —mesure] modum *Z* —mesme]
mesmes *DEF* — *8.* semer] finer *EY* inservisse *Z* — *9.* escrire] -*BC*.

Ci aprés sensuivent les rebriques des chapitres
du premier livre de Jehan Boccace des Cas des
Nobles Hommes et Femmes

LE PREMIER CHAPITRE CONTIENT le cas de Adam et
de Eve. Le second chapitre raisonne contre l'inobedience de noz
premiers parens et de tout l'umain lignage. Le tiers chapitre contient
le cas de Nembroth premier fondeur de Babiloine. Le quart chapitre raisone contre les orgueilleux. Le quint chapitre parle de
Saturne en exposant quele chose soit entendue par ce nom Saturne,

et aprés sont racomptez briément les cas de plusieurs nobles hommes et femmes.

2. Le VIᵉ chapitre contient le cas de Cadmus roy et fondeur de la cité de Thebes.

Le VIIᵉ en brief contient les cas d'un flot de maleureux nobles hommes et femmes.

Le VIIIᵉ contient le cas de Jocasta royne de Thebes et de pluseurs autres nobles.

Le IXᵉ contient la plaidaierie de Thiestes et de Atheus freres et roys de Micenes, et avec ce racompte les cas d'aucuns nobles.

Le Xᵉ contient le cas de Theseus roy de Athenes.

Le XIᵉ reprend et blasme les princes et tous aultres qui croient trop et tost ce que on leur rapporte.

3. Le XIIᵉ contient en brief les cas d'une grant campaignie de doleureux nobles hommes et femmes.

Le XIIIᵉ contient le cas de Priam roy de Troie la grant.

Le XIIIᵉ raisonne contre les nobles orgueilleux.

Le XVᵉ contient les cas de Agamenon et de Menelaus, freres et roys de Grece.

Le XVIᵉ contient la louange et recommendation de pouvreté.

Le XVIIᵉ contient le cas de Sampson juge et gouverneur du peuple Israel.

Le XVIIIᵉ raisonne contre les femmes en racomptant leurs vices et baratz.

Le XIXᵉ contient les cas de pluseurs nobles crians et plorans.

Tit.] Ci aprés...femmes] -*DE* —des chapitres...femmes] -*Y 1.* (Adam et) de] -*DEFY* —Eve] + et commence en (ou) latin *DY* —lignage] + et commence en (ou) latin *DY* —Babiloine] Babilonie *CE* Babilonne *D* —(contient) les] le *FY* — 2. VIIIᵉ] + chapitre *DY* —IXᵉ] + chapitre *DY* —la plaidaierie] la plaidoierie *BCF* le debat *DEY* — Atheus] Atreus *DF* Acreus *E* —Xᵉ] + chapitre *DY* —le XIᵉ] + chapitre *DY* l'unsieme *BC* —trop et] -*D* -et *EY* — tost] + a *DY* — 3. XIIᵉ] + chapitre *DY* —(brief) les] le *EF* —doulereux] douloureurs *C* douleureux *F* — XIIIᵉ] + chapitre *DY* — XIIIIᵉ] + chapitre *DY* —XVᵉ] + chapitre *DY* —(contient) les] le *CDEFY*—la louange et] + la *DE* —Sampson] Sanson *EF* Senson *D* —peuple] + d'*DEF* —vices et] + leurs *DE* —Le XIXᵉ —plourans] -*A.*

De Adam et Eve premier chapitre commençant en latin:
"Maiorum nostrorum et cetera"

QUANT JE CONSIDERE ET PENSE en diverses manieres
les plourables maleurtez de noz predecesseurs, a celle fin que du
grant nombre de ceulx qui par fortune ont esté trebuchiez je pren-
sisse au commencement de ce livre aulcun prince terrien assez digne
d'estre premier entre les maleureux, et voicy deux vieillars se arres-
terent devant moy si tres eagiez et si ancians qu'il sambloit que ilz
ne peussent trahiner leurs membres tremblans.

2. L'un de ces deux vieillars, c'est assavoir Adam, me arrai-
sonna et dist: "Beau nepeu Jehan Boccace, qui serches et enquiers
lequel tu mettes premier ou reng des maleureux, je vueil que tu
saiches comme vray est que ainsi comme nous deux qui sommes
les premiers homme et femme faiz a l'ymage de Dieu, qui par le
moyen et accroissement de lui avons premiers accreu et empli les
sieges de paradis par le merite de la mort de Jhesucrist, aussi nous
avons premiers esprouvé par l'admonnestement du dyable le trabuchet de fortune, et pour ce aulcun homme fors nous ne donnera
a ton livre plus convenable commencement."

3. Je fu moult esbahi et commencay merveilleusement resgarder
ces deux vieillars qui a peines povoient parler, qui avoient esté faiz
senz ouvraige de nature, et qui se disoient peres de tous les hommes
mortelz et qui habitoient en paradis terrestre, ains que ilz trespas-
sassent le commandement de Dieu, et pource je prins voulentiers ces
deux vieillars a les mettre au commencement de ce livre devant tous
les aultres maleureux.

4. Le premier Adam doncques fu fait par la main de Dieu du
lymon de la terre, et moyannant l'ame que Dieux lui mist ou corps
Adam fut fait vif homme et de eage parfait comme sont communement les hommes a trente ans ou environ. Et aprés Adam fut transporté par le commendement de son Createur ou paradis de delices,
il qui par avant estoit ou champ appellé Damas, depuis que Adam
eut imposé et mis les noms aux bestes et aux aultres choses du
monde. Et aprés par l'ouvraige de Dieu souverain pere, Eve femme
ja convenable a marier fut traite hors du coste d'Adam tandiz qu'il
dormoit la premiere foiz que oncques il dormi. Et fut Eve joincte
a Adam par ordre de mariage, nommie pour donner peine ne

soulci a Adam, ainsi comme font les femmes de maintenant maiz fut joincte Eve a Adam pour lui donner deduit et ayde.

5. Adam et Eve furent de Dieu ordonnez et faiz seigneurs de ce hault et noble lieu, paradis de delices, et furent constreins et enhortez de garder une loy seulement, c'est assavoir de non manger d'un fruit.

6. Eulx deux qui avoient plaisir l'un de l'aultre commencerent tournoier par paradis et resgarder toutes les choses d'illeuc, et penser entre eulx les delices du lieu et user joyeusement d'ycelles.

7. Adam et Eve povoient illec veoir la terre atournee de couleurs, et soy esbaudir et leesser de diverses flours et de perpetuelle verdeur. Ilz povoient illec veoir les arbres si longs qu'ilz sambloient toucher au ciel qui faisoient ombres gracieux par leurs perpetuelles fueilles.

8. Entre ces arbres estoit celle noble et delectable arbre de sapience de bièn et de mal, a laquelle arbre plantee ou milieu de paradis terrestre Dieux avoit donné tele proprieté et nature que qui du fruit d'icelle eust souvant mangié, il eust vescu tousjours senz maladie, angoisse et vieillesse. Et pourtant celle arbre avant leur peschié fut appellee arbre de vie, maiz pour la chose qui advint pour manger du fruict d'icelle, elle fut appellee arbre de science de bien et de mal. Car avant le peschié Adam et Eve ne savoient quoy estoit mal, car ilz ne l'avoient encores esprouvé. On appelle doncques bien la senté et fermeté de la vie, et l'en appelle mal la floiblesse et maladie.

9. Adam et Eve illeuc povoient veoir les rivieres saillens par merveilleuses sources d'une pure et vive fontaine dont les ondes sambloient argentees et couroient a pleins gors, et par leur souef son et par leur legier refloteis elles arrousoient toutes les choses de paradis terrestre et retendissoient par tel jargonneiz de oiseaux que onques homme ne ouy le samblable.

10. Pour dire la beneurté de noz premiers parens, je ne say presques en oultre plus quoi dire fors que en paradis terrestre estoit le souleil plus grant en vertu et la lune plus blanche et les estelles plus cleres que elles ne sont maintenant.

11. En paradis terrestre estoit netteté de air senz corruption quelconque; illec n'estoit aucune chose nuysible, illeuc estoit entiere seurté et paix perpetuele. Adam et Eve premiers habitans et roys de ce pays tant desirable, en lieu de compaignie de mesgnie criant

a l'environ, Dieux leur faisoit compaignie en parlant avec eulx, de la presence duquel toutes choses se esjoissent.

12. Adam et Eve en oultre avoient compaignie de angelz en lieu de officiers servens en divers offices dont les haulz seigneurs terriens usent de present, et nature bien aprinse de faire toutes choses plaisans leur faisoit belles robbes de pourpres texues d'or et de pierres precieuses ; vraye et continuele et resplendissant beauté environnoit leurs corps qui adonc estoient nus, car durant le saint estat de innocence onques robe ne fut.

13. Et afin que je ne parle plus longuement des biens et prou-fiz celestiax et mondains qui sont senz nombre et de quoy userent Adam et Eve, je di en somme que la bieneurté de noz premiers parens fut grant et tele que a elle aulcune autre ne se compare.

14. Mais atten un pou et tu orras tantost dire que ainsi comme leur bieneurté estoit tres grant, aussi fut elle soubdement tournee en si grant pouvreté que plus griefve ne puet estre.

15. Car tandiz que Adam et Eve nouveaulx habitans, et quant au monde nouvellement fait et quant au lieu de paradis terrestre a eulx nouvellement donné, frans et quittes de toute cuisançon usoient de celle joyeuse delectation, l'ennemi de l'umain lignaige meu de envie vint pour les decevoir.

16. Et pour l'ardeur que l'ennemi eust de leur faire trespasser la loy que Dieux leur avoit imposee et mise, il par faulx enhorte-mens attrahi le couraige de la femme et la femme attrahi le cou-raige de l'omme.

17. O laz, comment furent Adam et Eve aveuglez par la con-voitise des choses faulses et vaines. Ces deux a qui Dieux avoit donné la seignorie de toutes choses commencerent estre pouvres et mortelx si tost que par inobedience ilz cuiderent estre samblables a Dieu. Ce pecchié de inobedience qui est tant mauldit, il fut la racine de tous maulx et le detruiement de l'umain lignaige.

18. Par ce pecchié entrerent ou monde les vices a portes ou-vertes comme victorieux, pouvreté desnuee de tous biens, cusançons doulereuses, maladies pales et vieillesse piteable et pesante de son propre faiz, servitute et exil et labour continuel.

19. Et afin que je compreigne plusieurs choses en une, je te di que par ce pechié l'umain lignaige devint subget a fortune et a sa mocquerie, et avec ce fut mis le terme a la vie des hommes par

ainsi qu'ilz morroient de mort, laquelle rameinne presques toutes choses a neant.

20. Et ces deux Adam et Eve pecchans comme dit est et qui par leur mesfait dampnerent toute leur lignie, aprés que la clarté et beaulté dont ilz estoient couvers se departi de leurs corps, ilz considerans leur honte et leurs membres honteux se destournerent en lieux repostz et secretz et premierement commencierent tenser et rioter l'un l'autre. Aprés ilz furent boutez hors de ce noble pays, le paradis de delices, et vindrent entre les motes de la terre brehaingne et entre les espez buissons d'espines.

21. Adam et Eve qui furent constreins de faim commencerent a querir leur vitaille par le labour de leurs corps et commencerent aussi souffrir et endurer la crualté du ciel, une foiz par avoir froit aultrefoiz par avoir chault. Ilz commencerent a souffrir les espars, les esclaires avec la tempeste de l'air et pluseurs tonneurres et fouldres enflambees, et soubdeinneté de vens, morsures, et raiges de bestes sauvaiges et de serpens et de oiseaulx, et pluseurs perilz d'aultres choses contraire et ennemies.

22. Ilz commencerent creindre et doubter la mort, laquelle ilz avoient gaingné en desobeissant. Et en lieu de la leesse et du repos qu'ilz avoient perdu, leur survindrent aprés souspirs et larmes, et voix plaintives et tardive repentance de leur mesfait, et convoitise de paix mondainne qui n'est ferme ne durable.

23. Avec ce quelz pensemens cuides tu que Adam et Eve eussent quant ilz virent Abel un de leurs deux enfans murtry par la fellonnie de Cayn leur aultre filz, et quant ilz virent la charoingne du dit Abel senz ame, le corps gisant sur terre et baingnié de chault sang, ou quel aulcun sentement n'estoit : je croy que nul ne scet quelz pleurs, quelles larmes, quelles doleurs, quelles horreurs et paours eurent Adam et Eve quant ilz virent leur filz Abel ainsi comme dit est fellonnement murtry.

24. Aprés ilz virent Cayn leur aultre filz fuitif, banni et vagabonde, et qui a la fin se cachoit entre les espines et ronces, lequel fut tué de la saiette de Lameth son nepueu qui par mesprison le tua dedans un buisson, cuidant que Cayn feust aucune sauvaige beste. Et est a croire certainnement que de tant comme la chose fut plus nouvelle et advenue plus pres du commencement du monde, de tant fut elle plus dure a Adam et Eve et plus amere a souffrir.

25. Derrenierement quant Adam et Eve appercurent que leurs cheveulx devenoient chanuz et que les maladies avoient saisi leur vieillesse at avoient affloibloié les vertus et les forces de leurs corps, eulz que l'en dit avoir esté faiz immortelz par leur propre pecchié vindrent au jour de leur mort. *26.* Car aprés pluseurs labours passez et que ilz eurent veu les choses de ce monde rejouvenir et envieillir par neuf cens et **XXXII** ans, Adam delessant en ce monde grant compaignie d'enfans et de nepueux mourut en Ebron, qui lors estoit un lieu habile pour sepultures, mais maintenant y est fondee une cité mesmement appellee Ebron empres la valee Mambre ou pays de orient; et illeuc fut Adam enseveli et descendi son ame en enfer. Et par celle mesme loy et maniere Eve lasse et pleinne de vieillesse mourut.

CHAPTER I

Tit.] De Adam...commençant] Le premier chapitre contient le cas de Adam et d'Eve et commence *D* Premier livre de Jehan Bocas du cas des nobles. Et premierement de Adam et Eve premier cha-pitre commençant *F* —(commençant) en] ou *BCF*—*2.* ainsi] -*DY* —deux] -*DY* —accreu...Jhesucrist] authore deo caelum auximus *Z* —dyable] deable *EF*—trabuchet] trebuchet *EFY* —*3.* (et) qui] qu'ilz *BC* —les] -*DE* —*4.* l'ame...corps] divino adflatu *Z* —ou champ appellé] appellé au champ de *DE* — ja] -*DEY* —ne] et *EY* —Eve] -*BC* —*7.* esbaudir] esjouir *DEY* — *8.* vescu tousjours] tousjours ves-cu *EY* —science] sapience *DEY* — quoy] que *DEY* —senté et] + la *CE* —floiblesse] feblesse *E* foiblesse *Y* —*9.* illeuc povoient] po-voient illeuc *DE* —et par leur...elles] qui *DE* —terrestre] + invisa mortalibus nemora, leni aura percita *Z* —retendissoient] retondis-soient *CEFY* — jargonneiz] jargonnis *EY* — *10.* quoi] que *DEFY* — estelles] estoilles *EFY* — *11.* quelconque] quelconques *DFY* —avec] a *A* —esjoissent] esgoissent *BC* esjouissent *D* esjouissoient *EY* — *12.* angelz] anges *CD* —pourpres] pourpre *CDE* — *13.* ce-lestiax] celestiaulx *EY* celestielz *F* — *14.* en] a *DEF* — griefve] grant *A* — *15.* cuisançon] leur cure *DEY* — delectation] + lors *DEY* —l'umain] humain *DEY* — *16.* (femme) attrahi] -*BCD* — *17.* destruiement] destruisement *DEF*—l'umain] humain *DE* — *18.* faiz] pondere *Z* — *20.* leurs corps] leur corps *BF* — *21.* a querir] acquerir *E* aquerir *F* quaerere *Z*—par le labour] sudore *Z* —leurs corps] leur corps *BCD*— les espars...l'air] coruscationes crebras *Z*—esclaires] esclairs *F* esclers *Y* —soubdeinneté] soudainetés *F* soubdainetez *Y* — *22.* gaingné] gaignee *DEY*— aprés] aspres *BC* hinc *Z* — *23.* (baingnié) de] en *EF* — fellonnement] follement

BC — *24*. ronces] lustra ferarum *Z* — *25*. derrenierement] derniere-
ment *EF* —affloibloié] affoiblié *CY* afebly *D* afeblié *E* — *26*. re-
jouvenir] et enjovenir *DEY* revirer *X* revirescere *Z* —mesme]
mesmes *CF*—lasse] lassee *DEFY*.

CHAPTER II

Second chapiltre qui raisonne contre l'inobedience
de noz premiers parens et de tout l'umain lignaige,
et commence en latin: "Si cetera"

SE EN CE LIVRE N'ESTOIENT AULTRES EXEMPLES
fors que cestui qui racompte le cas de noz premiers parens, si
devroit il souffire senz aultre a nettoier les couraiges humains de
l'orgueil et cruaulté dont les nobles hommes et femmes sont cor-
rumpuz et enteschiez, en tant qu'ilz lievent leurs testes contre le
ciel et cuident de leurs piez soubmarchier les estelles. Nous deussions resgarder devant noz piez le mortel tresbuchet de fortune.

2.   Helas, se Adam qui fut fait de la main de Dieu a esté puni
par si grief peine pour un seul pecchié de desobeissance quoy penses
tu qui es homme né de femme? Quele punicion Dieu prendra de
toy, qui aprés ce que tu as relenqui et despité ses sains commendemens tu pecches encores chascun jour contre Dieu qui t'a ra-
cheté de son sang. Car tu ensuis faulses religions et convoitises
et rapines, fraudes et baratz et mil autres manieres de pechiez
tant contre Dieu comme contre toy mesme et contre ton prouchain.

3.   Et se de fait tu ne pues accomplir ton pecchié, tu le fais
par mauvaise pensee: nous mescheans hommes sommes esbahiz
des choses mondaines qui continuelment se changent, et nous com-
plaignons de Dieu le corrigeur debonnaire qui de ses legieres verges
nous chastoie et bat. En ce nous sommes fols car nous ne res-
gardons pas comment Dieux ne nous commende mie que nous
luitions contre la Chimere du pays de Licie qui est tant sauvage
beste que elle a la teste d'un lyon, le ventre d'une chievre et les
jambes d'un serpant, laquelle fut desconfite et tuee par un vaillant

chevalier nommé Bellorofon ou pays de Licie pres de la cité du Caire.

4. Dieux aussi ne nous commande point que nous voisions en l'isle de Colchos pour prendre la toison d'or caichee en celle isle et gardee par horribles bestes getans feu par les narines. Dieux ne nous commande pas que nous desconfisions par luicte cel horrible monstre appellé Minotaurus, qui par moitié eut la figure d'omme et de toreau, lequel Minotaurus fut filz de Pasiphe femme du roy Minos, lequel monstre fut desconfit et tué par le vaillant chevalier Theseus moyannant le conseil de Adriana fille du roy Minos et amye du dit Theseus.

5. Dieux avec ce ne nous commande jamais que nous accomplissions si grans labours en armes comme Euristeus le roy de Athenes commendoit a son escuier Hercules, qui apprist la discipline d'armes soubz le dit Euristeus le filz de Stelenus.

6. Dieux certes nous commande choses legieres a faire se nous voulons oster vanité et peresse de noz cuers et la faulse amour mondaine. Il n'est chose plus belle ne plus advenant a homme que de croire un vray Dieu et le honnourer devant toutes aultres choses, et lui amer de tout le desir de humainne pensee. Il n'est chose plus advenant a homme que de honnorer et hanter ses parens, et de garder ses amis par samblable amour.

7. Il n'est chose plus sainte ne plus legiere que de non vouloir et de non convoiter les richesses d'autri, et de soy abstenir d'amours desordonnees, et de non vouloir espandre le sang humain, et de soy abstenir de manteries et bourdes et de tous telz pechiez. Il n'est aussi aulcune chose plus sainte que prendre aspreté de vie et penitence contre les vices du monde, et de ensuivre Jhesucrist qui pour notre sauvement souffry soy ficher a cloux en l'arbre de la croix.

8. Telz sont les commendemens de Dieu, lesquelz se ilz ne nous estoient commendez si devrions nous entendre de toute nostre estude a les prendre et par faire, afin que nous hommes qui surmontons en dons et en prerogatives de grace les aultres bestes mues, nous soyons aussi souverains et excellens en maniere et courtoisie de vivre.

9. Ouvrons doncques noz yeulx chargiez et appoisentiz par pecchiez, et contre noz mauvaises voulentez ployons noz orgueilleuses testes afin que tandiz de notre plein gré nous offrons a sainte

obeissance les briefs jours de notre vie mortele, nous desservions envers Dieu avoir vie pardurable en la gloire de Dieu qui est perpetuele.

CHAPTER II

Tit.] Second] Le second *BCDFY* —(chapiltre) qui] *-BCD* — l'inobedience de] + Adam et Eve *BC*—et commence...cetera] *-BCE* —(commence) en] ou *FY* — *1.* (racompte) le] les *DEF* — estelles] estoilles *DEF*—nous deussions...fortune] Replaces a longer Latin passage in *Z*, see Introduction — *2.* grief] griefve *DEY* —quoy] que *DEY* —(penses) tu] + toy *EY* —mesme] mesmes *DEFY* — *3.* chastoie] chastie *DEY*—luitions] luitons *DEFY*— (teste) d'un] du *EF* — Bellorofon] Belosophon *DE* — ou] du *D* au *E* —de Licie] *-DE*—(cité) du] de *EF* — *4.* point] pas *DE* —voisions] voisons *DFY* —caichee] cachié *B* mucee *Y* —celle] ceste *DE*— narines Dieux] + aussi *DEY* —desconfisions] desconfisons *DFY* superemus *Z* —cel] tel *DE* celle *Y* —fut filz...monstre] *-DE* —Adriana] Adriane *DE* — *5.* accomplissions] accomplissons *DEY* —Hercules] Alcides *Z* —qui apprist] qu'il appreist *BC* qui l'aprint *D* — *6.* lui] le *DEY* — amour] charitate *Z* —(vouloir et) de] *-DEY* —aspreté de vie] suam crucem *Z* — *8.* lesquelz] lesquieulx *EF* —devrions] deverions *DE* —en dons...grace] ratione *Z* par raison *X*— *9.* appoisentiz] apesantis *DEFY* —orgueilleuses testes] turgida colla *Z* —(afin) que] *-EY* —(tandiz) de] que *EFY*—desservions] desservons *DEY* —la gloire de Dieu] sa gloire *DEY*.

CHAPTER III

Tiers chapiltre contenant le cas de Nembroth premier fondeur de Babiloine, commençant en latin: "Eripuit unda et cetera"

LE DELUGE DES EAUES QUE DIEUX FIST sur terre ou temps de Noe par la vengence des pecchiez des hommes a osté et aneanti la memoire des maleurtez qui advindrent aux ancians hommes qui furent entre Adam et Nembroth, car par le deluge des eaues furent perduz et gastez aulcuns livres ou estoient escriptz les cas advenuz a ceulx qui furent entre lesdiz Adam et Nembroth.

2. Et pour ce necessité me constraint que je face un grant sault depuis Adam le premier pere des hommes, car je ne trouve histoire ou je puisse ficher mon pie fors en Nembroth qui premier se enhardi de seignorier aux gens sotes et simples. Et certes ainsi comme le premier homme Adam convenablement a gaigné le premier lieu en ce livre, aussi par droit aura le second lieu Nembroth qui premierement seignoria en terre.

3. Aprés doncques que l'arche de Noe en quoy furent gardees huit justes personnes, aultretant hommes comme femmes, c'est assavoir Noe, sa femme, leurs trois filz, et les femmes d'iceulx se arresta en Ararath une montaigne d'Ermenie. Et aprés que l'umain lignaige commença croistre et multiplier pou a pou de un homme appellé Chus, nepueu de Noe, nasqui Nembroth gaiant qui fut homme hault, gros et fort plus que aultres hommes de ce temps.

4. Cellui Nembroth tant pour la grant estature de corps, comme pour la force de ses membres fut maistre des veneours et eut entre eulx seigneurie. Et par l'enhortement de lui les hommes conjurerent et firent complot contre Dieu et le ciel, c'est a dire que

Nembroth et ses compaignons proposerent et jurerent que voulsist Dieux ou non se le deluge advenoit aultrefoiz, ilz feroient tant que il ne leur pourroit nuire.

5. Et afin que le conseil de Nembroth et de ses complices sortist et prensist son effect, ilz firent Nembroth leur conduiseur et duc afin que il les menast ou pays de Senaar qui est environné du fleuve Eufrates. Et aprés ilz commencerent a mettre a œuvre le labour de leur folle entreprinse, c'est assavoir que ilz commencerent a edifier une tour qui par la haulteur d'elle surmontast les nues, afin que ilz ne feussent plus gravez ne destruitz par les eaues du deluge se aultrefoiz advenoit, et que la largeur feust tele comme la haulteur le requeroit selon la quantité et mesure de haulteur a largeur.

6. Il n'est homme qui n'eust lors creu que Nembroth ne cuidest nommie seulement soy estre le plus riche, plus puissant et plus eureux de tous hommes, mais il cuidoit soy estre un aultre dieu en terre quant il veoit si grant monceau d'ommes et femmes obeissens et servens a ses plaisirs. Mais estoit la chose tele que Nembroth povoit veoir tous les hommes et femmes perser les boyaux de la terre pour asseoir les fondemens de la tour qu'il avoit entreprinse, et aprés quant par la grant diligence et ardeur de tans d'ommes Nembroth veoit sercher par ferremens la parfondeur de la terre et sa tour hault eslever, et surmonter la terre jusques en l'air haultain.

7. Il n'est aussi homme quelconque qui ne cuidast que cellui feust tres puissant et glorieux qui lors eust tant de forces qui peust eslever si hault un tel edefice comme fut la tour Babel fondee par Nembroth. Certes la grant et merveilleuse monstre de ceste tour dure encores jusques a ce temps present ainsi comme dient ceulx qui l'ont veue, et comptent que par la longue espece de terre que elle comprent aulcun homme ne s'en ose approcher pour la puenteur des serpens venimeux dont le lieu est tout plein.

8. Et tesmoignent les ancians habitans d'illec avoir veue celle tour nommie a la samblance d'une tour mais comme un monceau de pierres a la maniere d'une montaingne haulte et eslevee a l'environ d'une plaigne, tant que elle samble monter presques ainsi hault comme l'air ou sont les nues, laquelle tour fut faite de pierre cuite a ciment de chaux vive et de sablon, lequel edifice fut si

grant que par adventure oncques aprés ne fu veu son pareil. Cestui fut le premier orgueil de Nembroth premier seigneur du monde.

9. Comme celle tour par sa haultesse touchast presques aux nues, il advint que une tres grant partie de celle tour chei ou par soubdeine force de vens ou par ordonnance de la puissance de Dieu, et illeuc furent accrauentez et mors pluseurs des ouvriers de Nembroth, quoy vous compteray je. Ceste partie de la tour tresbuchee, par quoy un saige ouvrier devoit cesser de massonner en oultre, fut atteinnement a Nembroth fol et orgueilleux de entreprendre plus oultre. *10.* Car adonc Nembroth reassambla sa puissence contre Dieu et refist en sa tour non pas aultretant seulement comme estoit ce qui fut abatu par la raige des vens ou par le courroux de Dieu, mais Nembroth proceda a faire la tour plus haulte que elle n'estoit par avant, ainsi comme se Nembroth voulsist trouver la voye et la maniere de eschever le peril du deluge des eaues se aultrefoiz advenoit, et pour oster le ciel a Dieu le maistre de toutes choses divines et humaines.

11. Ou temps de la folle entreprinse de Nembroth en massonnant sa tour advint une œuvre divine, si comme assez appart et qui est merveilleuse a dire. Car les ouvriers de celle tour qui tous parloient un langaige, ainsi comme se ilz eussent fait un complot entre eulx, parloient divers et differens langaiges. Et legier est a croire que les ouvriers de Nembroth changerent leurs couraiges aussi comme il changa le sien quant sa tour chey nouvellement, et si ne sçay se ce fut par leur propre mouvement ou par ordonnance de Dieu. *12.* Mais aprés que celle grant et seule assamblee d'ommes laissa l'ouvraige de la tour, ilz se diviserent en tans de parties comme ilz avoient entre eulx de diversitez de langaiges. Et ainsi comme se les ouvriers de Nembroth feussent ennuyez de demourer ou pays ou ilz nasquirent, puisque ilz orent laissié Nembroth leur roy et que aulcuns d'eulx mesmes eurent fait et ordonnez ducs entre eulx, ilz se departirent de Senaar et alerent en diverses parties du monde, un chascun pour querir et choisir nouvelles demourances pour soy.

13. Par ainsi Nembroth, qui un pou par avant avoit esté roy et seigneur de tres grant peuple, fut presque privé de son royaume et demoura tout seul en Senaar en resgardant sa tour dont il estoit possesseur qui n'estoit encores du tout parfaite; par laquelle il

cuidoit faire paour non pas seulement aux hommes de ce monde
mais a Dieu, car ainsi fortune changa son office contre Nembroth,
lequel si comme je croy se espoventa de ce lieu solitaire et devint
vieil, ou ainsi comme aulcuns historians dient il devint maistre
de enseigner aux hommes faulse et vaine religion, c'est assavoir
ydolatrie, qui est adorer pluseurs et divers faulx dieux. *14.* Et afin
qu'il seignoriast a une partie du monde il s'en ala en Perse, qui
est un pays qui se extend de oriant jusques en Ynde, et devers
occidant Perse touche a la Rouge Mer, et devers septentrion elle
joinct au pays de Mede, et de la part de Midi Perse touche a
Germanie que l'en nomme Alemaigne.

Chapter III

Tit.] tiers] le troisiesme *BCF* le tiers *DY* —Tiers chapiltre conte-
nant] s'ensuit le cas de *E* —contenant] contient *BCDY* —Babiloine]
Babilonne *DE* — commençant] et commence *BED* —en] ou *BCFY*
—Eripuit...cetera] -*DE*— *1.* par] pour *CDEFY* —sotes et simples]
simples et sotes *A* —*3.* Ermenie] Armenie *BCDEY* —de on]
+ lion *DY* —gaiant] geant *DEY*—aultres hommes] aultre homme
DE — *4.* cellui] cestui *BCD* —estature] statue *D* estatue *E* —des]
de *EF*—veneours] veneurs *DEY* —*5.* Senaar] Senear *BC* Sennaar
Z—qui] que *DE* —(haulteur) a] et *DEFY* — *6.* lors creu] creu lors
F creu *Y* —mais] et *DEY* —par ferremens] -*BC* —en] a *DEF* —
7. quelconque] quelconques *DF* —(forces) qui] qu'il *DE* —Babel]
de Babilonne *DE* —espece] espace *CDEFY* tractu *Z* —puenteur]
timore *Z* —serpens venimeux] serpens vemeux *A* noxiarum ferarum *Z* — *8.* les ancians] aucuns *DF*— plaigne] plaine *CDEFY*
—ainsi] aussi *DEY* — *9.* presques] jusques *DEY* —quoy vous
...tresbuchee] -*DEY* —en] et *DE* — *10.* aultretant seulement] seulement aultretant *DE*—divines et humaines] -*DEX* — *11.* ou] du *DE*
—parloient] parlerent *DEXY* loquerentur *Z* —sa] la *BC* —*12.* or-
donnez] ordonné *DE* —Senaar] Senear *C* Sanaar *D* —*13.* Senaar]
Senear *C* Sanaar *D* —faulse et vaine religion] superstitiosi dogma-
tis *Z* —*14.* Mede] Medie *CDEFY* —Alemaigne] Almaigne *DEY*.

CHAPTER IV

*Quart Chapitre qui raisonne contre les orgueilleux,
et commence en latin: "Ite nunc et cetera"*

VOUS, ORGUEILLEUX, NOBLES HOMMES, drecez main-
tenant contre le ciel voz haultes roches et orgueilleuses tours. Environnez vos chasteaulx de murs de fer, de paliz et de fossez.
Serrez les portes de aymant, et y mettez hommes armez qui veillent
a la garde de vous et de voz tours. Et pensez en voz cuers tout
ainsi comme se vous voulsissiez forger une seure forteresse pour
vous ayder garantir et sauver que Dieux ne puisse faire vengence
de voz iniquitez, ne changer les estatz des choses de ce monde.

2. Mais ains que vous drecez contre Dieux teles roches ne
que vous pensez teles follies, ramenez devant voz yeulx premierement le merveilleux amaz des pierres de Babiloine fondee par Nembroth, qui par la voulenté de Dieu fut cassee et demolie par une
petite fouldre. Afin que quant vous orgueilleux aurez veu voz chasteaulx floibles et meschaument bastiz au resgart de celle grant et
forte tour que massonna Nembroth, vous congnoissiez que ja soit ce
que engin ou bombarde faiz par subtilité d'omme ne se puisse
joindre aux murs, ne arbaleste ne dondaine. 3. Toutevoies selon
la desserte de voz pecchiez, le trembleiz de la terre abatra voz murs
jusques aux fondemens, ou dedans voz tours et chasteaulx se re-
bellera un trahiteur varlet qui rendra et liverra la tour et le seigneur
a ses ennemis mortelz.

4. Dieux a mil mains, Dieux a mil javeloz, Dieux a mil ars
et manieres de punir les pecchiez et peccheurs. Et se po de chose
fut a Dieu de abatre la haultesse de si grant edifice comme estoit

la tour Nembroth et a la part de fin de muer les langaiges, combien pensez vous que Dieux soit puissant contre noz petites maisonnetes.

5. Pourtant se vous estes saiges mettez juz orgueil et mettez votre conseil en humilité, car aulcune tempeste ne puet arracher humilité, nulle soubdeinneté de vent forsené ne la puet abbaissier. Quant vraye humilité est entre les tortuz et reploiez hurteiz contraires et divers flotz des adversitez mondaines elle ressault et se redresse plus flourie que elle n'estoit avant, et si veinc et surmonte tribulations quelconques.

Chapter IV

Tit.] Quart] Le quart *BCDFY*—(chapitre) qui] parle et *B* -*CD* —contre les] + nobles hommes *BC* —et commence...cetera] -*BE* —(commence) en] ou *FY* — *1*. orgueilleuses] celsas *Z* — voulsissiez] voulsisses *E* voulsissez *Y* —ayder] cuider *BCY*— *2*. drecez] dreciez *CEF* —amaz des pierres] turris Babel *Z* — Babiloine] Babilonie *C* Babilonne *D* —cassee et] -*DE* —aurez] avez *DE* —veu] veus *EY*— floibles] febles *D* foibles *Y* — meschaument] meschamment *BEY* meschantement *C* —congnoissiez] congnoissez *DEY*— engin... dondaine] an aries an phalarica mortalium an ballista *Z*— *3*. trembleiz] tremblis *DE* —fondemens] + ex nubibus fulmen ejiciet *Z* —(tours) et] ou *BY* —trahiteur] traistre *DEY* —liverra] livrera *BDEFY* delivrera *C* — *4*. (pecchiez) et] es *DE* —po] pou *DEFY* — a la part de fin] a la parfin *DEFY* demum *Z* — *5*. forsené] -*C* forcé *Y* —hurteiz] hurtis *DEY* — redresse] drece *A* —tribulations] turbines *Z* —quelconques] quelzconques *BEY*.

CHAPTER V

Quint chapiltre parle de Saturne en exposant
quele chose soit entendue par ce mot Saturne,
et aprés il racompte briément les cas de
pluseurs nobles hommes et femmes, et com-
mence ou latin: "Non incongrue et cetera"

LES RENOMMEZ POETES FEINGNIRENT par leurs vers
bien et pertinemment que Saturnus roy de Crette devoroit les enfans
engendrez de lui. Les poetes vouldrent dire soubz ceste rude maniere de parler que ce mot Saturnus soit prins pour ce nom temps.
Car certes toutes choses sont engendrees en temps et par temps sont
gastees et usees.

2. Car se le feu qui toute chose gaste et aneantit, se le fer
qui despiece les choses qui sont plus molles que lui laissent aulcunes choses senz les gaster et despiecer, le temps qui court et passe
les aneantira. Car par une taisible maniere et par un dent que l'en
ne puest sentir le temps admoindrit la chose que nature fist et
attennit tant que aulcune foiz celle qui avoit esté retourne en neant
ainsi comme se celle n'eust onques esté. Qui est cellui qui puisse
droit penser quans glorieux princes ont ja pieça esté, quans haulx
et subtilz philosophes, quans nobles poetes, quans auteurs historians ont ja pieça esté, qui a tres grant difficulté et peine ont desservi loanges, desquelx le nom a esté gasté et aneanti par cours
de temps et aussi leurs aultres choses que ilz firent. En tele maniere que de yceulx n'est du tout aucune memoire envers noz aucteurs historians. Et si croy qu'ilz ont esté senz nombre, entre lesquelz princes, philosophes, poetes et auteurs ainsi gastez et aneantiz,

c'est chose assez croiable que tous les nobles premiers hommes ou leurs faiz soient presques evanuiz et effaciez du tout.

4. Et pource le saige liseur de ce present livre ne se devra pas merveillier se a l'encommencement du monde, il trouve pou d'ommes abbatuz et trebuchiez par fortune. Certainement entre la mort de Adam et Nembroth edifiant sa tour eut grant espace de temps, c'est assavoir mil sept cens onze ans. Et pource des nobles hommes qui furent entre eulx deux, les vieilz historians n'en monstrent aulcune chose digne de memoire qui principalment appartiengne a ceste presente œuvre.

5. Il eut longtemps entre Nembroth et Cadmus, c'est assavoir mil cinq cens quatorze ans, duquel Cadmus nous commencerons tantost a compter l'istoire pour ce que ja soit ce que de Vixoses premier roy des Egypciens qui fut du temps de Nachor gouverneur des Hebrieux aprés Nembroth trois cens quatre vins et douze ans. Lequel Vixoses fist premier batailles non pas a ses voisins mais aux gens loingtaignes et nations estranges, et proceda en conquerant Egypte, et voult seulement pour soy la gloire et le nom, maiz il vouloit la seignorie pour son peuple des pays qu'il conqueroit. Duquel n'est demouré en memoire fors que le nom, et ce pou qui y ci est dit. *6.* Et ja soit ce aussi que de Thanaus premier roy des Scithois qui fut du temps de Saruch gouverneur des Hebrieux deux cens soixante deux ans aprés Nembroth edifiant la dicte tour. Lequel Thanaus fut aprés Minus et premier fist batailles pour convoitise de accroistre sa seignorie, et proceda en faisant conqueste par batailles depuis le pays de Scithie jusques a l'isle de Ponto n'en soit demouré en memoire fors que le nom. Toutevoies le temps trespassé depuis eulx jusques ci a telement effacié les aultres choses faictes par Vixoses et Thanaus, que aux historians latins et par espicial a moy aultre chose n'en est venue a congnoissance.

7. Aussi de Zoroastres roy des Battrians qui premiers ot nom Cham, aultre chose n'est venue a congnoissance fors que cest Zoroastres, roy de Thracie qui aultrement a nom Bactrie, si tost qu'il fut né il commença a rire dont ses parens et aultres jugerent que c'estoit signe de bieneurté advenir combien que la chose advenist aultrement. *8.* Car comme Ninus roy des Assiriens eust dompté et asservi les gens et nations demourans pres de soy, et il par accroissement de forces procedast plus aigrement a subjuguer les aultres peuples, car une victoire embrase le couraige de en avoir une aultre, la derreniere bataille de Ninus fut contre Zorastres. Lequel premier trouva les faulx ars de magique, il premier remira et enquist la nature des elemens du monde et les mouvemens des estelles. Il escrivi les sept ars libraulx en sept columpnes d'arein et en sept aultres columpnes de brique afin que elles ne perissent par deluge de eaue ne de feu.

9. Ffinablement les ars de magique trouvees comme dit est par le roy Zoroastres ne le peurent aider qu'il ne perdist son royaume et qu'il ne feust tué en la dicte bataille dont Ninus eut lors sa derreniere victoire, aprés laquelle Ninus mourut tantost, la mort duquel fut tele que elle n'est pas sceue par les historians.

10. Aussi a la cognoissence des historians latins et par especial de moy, des roys des Sodomes n'est aulcune chose venue fors que il nous souvient seulement avoir leu en histoires que comme yceulx roys et leurs peuples feussent frans et tres puissens ilz devindrent tributaires du roy des Assiriens dont Babiloine est le chief.

11. Et mesmement nous avons cogneu les pestilences advenues au roy Pharaon et a son pays de Egypte, et comment son ost fut noyé en la Mer Rouge ou temps que Moyse conduisoit de Egypte en la terre de promission le peuple de Israel. Car le dit Pharaon et son peuple de Egypte, persecutans le peuple de Israel souffrirent dix grieves persecutions racomptees en Exode qui est second livre de la Bible, et aultres diversse pestilences.

12. Car les Egypciens furent generalment pilliez par les Juifs, leurs temples et ydoles furent tous trebuchiez par un tremblement de terre. En Egypte fut grant occision d'ommes et de bestes par fouldre cheant du ciel. L'ost du dit Pharaon fut degasté en mer qui estoit de six cens chariotz batailleretz de cinquante mil hommes a cheval et de deux cens mil hommes de pie, armez, mais il ne me souvient pas avoir veu quele fut la gloire de la haultesse royale du dit Pharaon ne la fin de sa vie. 13. laquele chose est convenable a monstrer la mutation de fortune. Avec ce nous avons congneu par histoires quel fut le deluge des eaues qui advint en Grece ou temps du roy Oggigus qui regna a Thebes et fonda la cité que l'en nomme Eleusine du temps de Jacob le patriarche. Car en ce temps ou pays de Achaie, c'est a dire la Moree, fut un deluge de eaues par quoy

pluseurs nobles hommes et aultres furent periz et gastez tant par les excessives cretines des eaues, comme par la chierté de vivres qui pour ce s'en ensuivi.

14. Nous avons aussi vehu par les histoires le deluge qui advint en Thessalie ou temps de Amphion roy de Thebes et vivant le saint prophete Moyse, ou quel surabundance d'eaues destruisy et gasta la greigneur partie des gens, edifices et aultres biens de Thessalie. Et ce deluge les eust tous destruitz et noiez se ilz ne se feussent garantiz et sauvez ou mont appellé Parnasus et es rochiers d'illec, ou quel mont et a l'environ d'icellui estoit le royaune de Deucalion qui receut et soustint les gens de Grece qui illeuc s'en fuyoient a garant.

15. Nous avons aussi veu par anciannes histoires les grans chaleurs et embrasemens qui advindrent ou monde ou temps de Cycrops premier roy et fondeur de la cité de Athenes, ouquel temps une tres grant chaleur advint en Grece et es parties de oriant, laquelle chaleur de souleil naturelment fut engendree par l'infusion et vertu des corps celestiaulx.

16. Par ceste chaleur respendue et trassant au long et au large diverses parties du monde, les fontaines et pluseurs rivieres seccherent et tarirent les blefs et herbes furent converties en cendre, les forestz et bois moururent. Les habitans laisserent leurs citez et manoirs, les peuples relenquirent leurs pays et toute la mer sambloit bouillir. Et comme celle ardeur eust longuement duré il advint que par pluies elle fut esteinte vers le milieu de autumpne et fut nommé l'embrasement de Pheton qui en grec signifie feu ou chaleur.

17. Nous avons en oultre congneu par les histoires comment Ysis s'enfuy de Grece en Egypte. Ceste Ysis, femme de Apis roy des Arginoys, fut fille du roy Prometheus, laquelle aprés la mort de son pere fut laissee ou bail et gouvernement de Epymetheus son oncle, et elle percreue et de tres grant beaulté et ja preste de marier pleut a Jupiter roy de Crete, lequel par sa puissence ou par ses enhortements fist tant qu'il coucha avec Ysis. Elle finablement soy confiant en Jupiter son amy si puissant, ou par adventure elle qui fu surprinse de naturele convoitise de couraige convoite le royaume des Arginois. *18.* Et aprés ce que Ysis eut soldoiers de Jupiter, et d'aultre part elle eut assemblees ses forces, elle tira en bataille Argus le roy des Arginoys, qui ja estoit decrepit et ancian, mais il estoit encores homme soubtil et ingenieux. Comme Ysis feust descendue en bataille contre le roy Argus, les forces de Ysis furent froissees, elle fut prinse et de par Argus elle fut gardee prisonniere. Aprés du commendement de Jupiter Mercure son filz, homme tres bel parlant, plein de hardiesse et de subtilité, fist tant par ses baratz que le roy Argus fut tué, et par ainsi Ysis aprés fut delivree de prison.

19. Comme doncques les besoingnes de Ysis ne se portassent pas bien en son pays, elle soy confiant en sa malice monta sur une nef ou une vache estoit peincte et transnaga en Egypte avec Mercure qui lors estoit dechacié de Grece pour son propre mesfait. Et comme Apis feust tres puissant en Egypte Ysis se maria a lui. Et aprés ce que elle eust baillié aux Egyptiens les figures des lettres que ilz ne avoient encores eues et leur eut enseigné la maniere de labourer les terres, elle vint en si grant renom que elle fut reputee deesse et non pas femme mortele, tant que a son vivant les Egypcians lui firent honneurs divines en lui faisant sacrefices et adorations.

20. Mais son mary Apis qui comme dit est fut roy des Argines, filz de Jupiter et de Nyobe fille du roy Foroneus qui donna les loys aux Grecs, icellui Apis fut tué et detranchié par membres par Tifeus son frere par convoitise ainsi comme je pense de obtenir le royaume des Arginois. Et aprés que Ysis eut longuement serchié et quis, elle trouva a la fin Apis son dit mari par pieces detranchié ou temps de Ysaac le patriarche. Et pource que Ysis recueilli en un van les membres de son mari, il fut tourné en religion que es sacrefices de Febrius autrement dit Pluto le dieu d'enfer l'en oseroit de vens, et les os du dit Apis furent transportez par Ysis en une isle loingtaingne. Et afin que ou temps advenir l'en ne trouvast en hystoires l'orrible mort de Apis on lui mua son nom et fut appellé Serapis.

21. Nous aussi avons cogneu la grant famine de Erisiton noble puissant et riche homme du pays de Thessalie, qui telement fut constreint par default et par dissette de vitailles que aprés qu'il eut despendues et degastees toutes ses choses, et qu'il eut vendu en servage sa fille Driope pour acheter des vivres, il par constreinte de faim menga ses membres l'un aprés l'aultre.

22. Nous avons aussi cogneu par les histoires le bannissement et exil de Gelanor roy des Arginois qui succeda au roy Stelenus, lequel Gelanor fut dechacié de Argos sa cité et envoyé en exil, et tant que les Arginois en lieu de lui receurent Danaus filz de l'ancian Belus.

23. Et si cognoissons le voyage que fist en mer le dessus nommé
roy Danaus fils comme dit est du vieil Belus, aprés la mort de ses
quarante neuf nepueux. Car comme le roy Danaus eust de pluseurs
femmes, cinquante filles, et Egistus frere de Danaus eust aussi cinquante filz et les voulsist marier aux filles de Danaus, il qui avoit
eu respons des dieux qu'il mourroit par les mains d'un sien gendre,
il voulant eschapper le peril s'en vint en Argos la cité par navire.
24. Egistus aprés, indignant et courroucié pour ce que Danaus
l'avoit escondit de marier ses filles a ses filz, il commanda a ses
filz qu'ilz poursuissent Danaus jusques a mort. Et mist Egistus une
loy a ses filz, c'est assavoir qu'ilz ne retournassent par devers lui
jusques ad ce qu'ilz eussent tué leur oncle Danaus. Lesquelz enfans
comme ilz guerroiassent leur oncle estant lors et assiegié en la cité
d'Argos, ilz furent prins et deceuz par la barat de Danaus qui de
eulx ja se defioit. Car Danaus leur promist que il leur donneroit
ses filles en mariage selon le plaisir de Egistus, et Danaus leur at-
tendi sa promesse. *25.* Car les cinquante filles de Danaus qui par
leur pere furent subornees et duictes coucheront avec les cinquante
filz de Egistus qui toutes furent secretement garnies de cousteaulx.
Mais un cas dur advint, car comme le jour des noces les jouvenceaulx feussent eschaufez de viandes et vin et de leesse qui vient de
joir de ses amours, et feussent endormis chascun o sa chascune, les
cinquante pucelles obeissens a leur pere espierent lieu et temps de
murtrir leurs mariz. Et par ainsi chascune de elles tua son espoux
en celle nuyt, fors que Ypermestra qui meue de pitié et de amour
ne voult tuer son mary Linceus. Danaus monstra premiers aux Arginois la maniere de faire les puiz. Finablement comme Danaus roy
des Arginoys, puissant, riche et noble, eust regné par cinquante ans,
il fut tué de Linceus mary de Ypermestra et filz du dit Egistus frere
du roy Danaus.

26. Il me souvient avoir veu en histoires la miserable et pouvre
vieillesse de Pandion roy de Athenes aprés ce qu'il ot perdu sa fille
Philomena, pour la perte de laquelle il qui estoit vieil fina le surplus
de ses jours en doulour et misere ; et la maldicte et orde luxure de
Thereus roy de Trace, et la desloyaulté et ribaudie que il fist
avec sa serourge Philomena et la piteuse maleurté de Itis filz du dit
roy Thereus et de Prognes, lequel Itis petit enfant fut murtry par
sa mere Prognes. *27.* Car comme Thereus, filz de Astogixus prince
des Bistonois et roy de Trace eust persecuté par bataille Pandion

le roy de Athenes et finablement il feust venu a traittié de paix, il prist a femme Prognes la plus eagee fille de Pandion afin que la paix feust plus ferme entre les diz roys Thereus et Pandion. Comme Prognes femme de Thereus eust ja de lui un enfant appellé Itis et il feust venu en desir a la dicte Prognes de visiter sa plus juene suer nommee Philomena, Prognes requist au roy Thereus son mary que il la menast a Athenes ou que Philomena venist de Athenes en Trace. Thereus aprés alant a Athenes impetra et obtint du roy Pandion qu'il menast Philomena a visiter sa dicte seur Prognes.

28. Comme donques Thereus feust seurprins et eschaufé de l'amour de Philomena tres belle pucellete, laquele Thereus cognut charnelment en une logete de bergier, et il doubtant que Philomena ne l'accusast pour ce que elle l'en menaçoit, il lui copa la langue et la commenda estre gardee dedans celle logette. Le roy Thereus, retournant ort et souillié par ses pecchiez devers sa femme Prognes, lui afferma et dist que Philomena sa suer avoit esté mort en mer par trop vomir. 29. Philonema doncques envoiee de celle prison, envoya par une sienne chamberiere l'aventure du fait qui lui estoit advenu en escripture faite a l'aguille en un drap de soye. Prognes par feincte leesse caicha sa douleur jusques au jour que la feste de Bachus vint, laquelle faisoient en ce temps les femmes bistonnoises. Ce jour Prognes a la maniere d'illec fut de rainceaulx et pelliçons atournee, et s'en entra es boys et admena en la sale du roy Thereus sa suer Philomena atournee comme estoit Prognes, laquelle embrasee de raige pensa en son couraige a faire pluseurs choses contre son mary Thereus.

30. Finablemant Prognes lança son courroux contre son petit enfant Itis, qui faisoit feste a sa mere Prognes, laquelle lui copa la gorge et fist cuire l'enfant, et le donna en viande a son mary Thereus qui avoit de coustume soy desjuner a matin. Le roy Thereus qui la chose ne savoit, comme par pluseurs fois il appellast son petit enfant Itis, sa femme Prognes lui respondi tantost en disant, "Ton filz Itis est icy." Mais Thereus ne entendi pas telle parole. 31. Car ainsi que Thereus levast de table, Philomena qui sailli hors d'une chambre mist en un plat la teste de Itis son enfant que elle lui avoit estouyee. Pour l'orreur de ce fait Thereus aprés espoventé et confuz pour son mesfait, n'osa soy venger de la

cruaulté de sa femme Prognes, laquelle ne vint d'illec en avant en la sale royal, mais elle confuse pour la honte de son mesfait se vesti de robes noires et demoura reposte et caichee en un hault estaige du dit hostel royal, plourant son pechié et la dure fortune de Philomena sa suer qui pour honte et douleur s'en retourna es forestz soy caicher. Et le roy Thereus ort, difamé et courroucié, fina ses jours en dueil et pleur perpetuel.

32. Et si avons cogneu par histoires aultres pluseurs maleurtez advenues tant en Grece comme en aultres pays estranges, qui sont effacees et obliees envers nous par ancian temps passé, en tant que de yceulx maleureux nobles hommes et femmes je ne vueil parler presques si non en devinant se je en disoye plus. Car de surplus des hystoires touchans les maleureux dessus diz, je n'en ay peu trouver presques plus largement que j'en ay dit ci dessus.

33. Pourtant donques que ainsi sui constreint, je ne diray pas les hystoires en saillant maiz je les diray en volant de loing en loing, et de l'istoire de Nembroth je voleray jusques a l'istoire de Cadmus roy et fondeur de Thebes, en delaissant les aultres hystoires de ce chapiltre sanz en parler plus oultre.

Chapter V

Tit.] quint] Le quint *BCDEY* ce quint *F* —mot] nom *BC* — il racompte] sont racomptez *BC* —(briément) les] le *DF* —et commence...cetera] -*BC* —ou] en *DE* —et cetera] -*DE* Saturnum *Y* — *1.* feignirent] faignent *CD* —bien et pertinemment -*DE* —certes] -*DE* —*2.* toute chose] toutes choses *DEFY* —laissent...despieces] -*DE* —despiecer] + si delens aqua, si terra vorans *Z(X)* —aneantira] adneantire *B* aneantist *C* —(sentir) le temps] -*AE* — attennit] atteint *BC* actaint *DEFY* —retourné] retournee *EY*—(retourné) en] a *DEY* —ont ja pieça esté] -*DE*— *3.* princes...aneantiz] -*DE* —croiable] creable *BCDEF* — premiers] princes *BC* — *4.* devra] devera *D* debuera *E* — Adam et] + de *DEF* — *5.* l'istoire] histoire *A* — Vixoses] Vixores *DE* Vexoris *Z* — premier] vetustissimus *Z* —du] ou *A* —aux] a *DE* — estranges] -*BC* — et ce pou...dit] -*DE* —yci est] cy est *BCF* est cy *Y* — *6.* Saruch] Saruth *DEY* —Minus] mis juz *DEY* — proceda] + oultre *DEY* — conqueste] conquestes *CY* — par batailles...nom] -*DE* —Vixoses] Visoxes *C* Vixores *DE*

—n'en] en *A* —(venue) a] en *BC* — 7. Zoroastres] Zororastres *DE*
Zoroasties *F* Zoroastes *Y* Zoroastris *Z* —premiers] premier *BCDEY*
— Cham] Cayn *BC* —chose] -*DE* —(venue) a] -*DE* — (aultrement)
a] ot *DE* —Bactrie] Batrie *DE* — advenist] advint *DE* — 8. pro-
cedast] proceda *DE* —derreniere] premiere *C* derniere *DEF* — Zo-
rastres] Zoroastres *BC* Zororastres *DE* Zorasties *F* Zorastes *Y* —
estelles] estoilles *DEFY* —columpnes] coulonnes *DY* — elles] -*DE*
— 9. trouvees] trouvez *BCDE* —Zoroastres] Zororastes *D* Zororastres *E* Zorasties *F* Zorastes *Y* — derreniere] derniere *EF* —
10. sodomes] sodomies *BCEY* sodomi *Z* —du roy] des roys *E* -*Y*
— Babiloine] Babilonne *DE* —12. bataillertez] + et *DEY* — 13.
Thebes] Athenes *DE* —Eleusine] Elerine *DE* Esleusive *Y* — dire]
+ de *DY* — (deluge) de] des *DE* — cretines] craintes *BC* — cretines des] -*DE* — (cretines) des] de *FY* —chierté] charté *D* cherté
E —(chierté) de] des *DFY* —ensuivi] ensui *CD* — 14. gens] grans
EY — Parnasus] Pernasus *DE* — royaume] (le *E*) roy Amul *DE*
—15. chaleur] + de souleil — 16. large] + les *D* + en *F* —
tarirent] tairirent *CE* —blefs] blez *DEY* —(relinquirent) leurs] leur
DY — autumpne] autonne *DEY* — embrasement] incendia *Z* —
laissee ou] au *BE* — ses] -*DE* — amy] mary *BC* — 18. tira] tua
A— 19. pas] mie *BCDEF* —eues] euz *DE* — 20. Argines] Argi-
nois *DEY* —Nyobe] Nyoble *DE* — Tifeus] Tiseus *DE* Thipheus
Y —ainsi comme je pense de] de avoir et *D* de *E* — a] en *DE* —
Febrius] Febrinis *A* — 21. famine] famme *BDEF* fames *Z* —Erisi-
ton] Eriphiton *DE* Eusiton *FY* Erisicthonis *Z* —(default et) par]
-*DY* —dissette] disettes *BC* disecte *DE* — 22. Gelanor] Geranor
DE Gelanoris *Z* — 23. (aux filles) de] -*DEY* — 24. jusques a]
+ la *DE* — (lors) et] -*DEFY* — 25. coucheront] coucherent
BCDEY—vin] vins *DE* — o] avec *DF* a *Y* —voult] + pas *DEY*
— premiers] premier *BCDEY* Ypermestra] Ypermetra *DE* — 26.
ce] -*BC* — perdu] perdue *BCDEF* —ses jours] sa vie *A* — The-
reus] Theseus *CE* Therei *Z* — 27. Thereus] Theseus *BCE* —
Astogixus] Astogivus *BC* Astogisus *E* — la menast] l'amenast *A*
— que Philomena] + sa seur *DE* — 28. Thereus] Theseus *CDE* —
que Philomena] qu'elle *DE* —ort et...pecchiez] -*DE* — 29. envoiee]
enuyee *DY*. envoyé *E* —laquelle...bistonnoises] -*DE* —Thereus]
Theseus *CE* — ʀrosnes] Prognes *BCDEY* —(mere) Prognes] -*DE*
— en viande] a menger *DE* —(avoit) de] a *DE* — desjuner] des-
jeuner *DE* —(des uner) a] au *BCFY* — Thereus] Theseus *CE* —

(femme) Prognes] -*DE* —telle] ceste *DE* celle *FY* — *31*. Thereus]
Theseus *CE* —avoit estouyee] gardait *D* avoit gardee *E* avoit es-
tuyee *FY* —royal] royale *BCDY* —(forestz) soy] se *DE* — *32*.
effacees] effacez *DE*— obliees] oubliez *DE* — parler] hariolari *Z*
— presques] -*DEY* (twice) — *33*. (maiz) je] -*DE*.

CHAPTER VI

Sixieme chapiltre contient le cas de Cadmus roy
et fondeur de la cité de Thebes, commençant
ou latin: "Satus vulgatum et cetera"

ASSEZ COMMUNE CHOSE est envers les ancians historians
que Jupiter, roy de l'isle de Crete, ravist et prist par force Europa
la fille de Agenor roy de la cité de Thir, qui est ou pays de Fenice
qui devers Oriant touche a Arabie et devers Midi elle touche a
la Rouge Mer. Et pour ce ravissement Agenor fut constreint par
douleur et commends a Cadmus son filz qu'il serchast et querist
sa suer Europa. Et au commandement mist Agenor une loy, c'est
assavoir que Cadmus ne retournast point ou pays de Fenice senz
ramener Europa. 2. Aprés ce doncques que Cadmus fut monté
sur ses nefs avec les compaignons qu'il eut choisy et esleu pour
mener avec soy, il comme considerant que sercher par la mer les
voyes d'une femme c'estoit œuvre et mestier contraire a sa vertu
et prouesse, prist et esleut voulentiers et de plein gré l'exil et bannissement que son pere Agenor lui avoit imposé.

3. Cadmus doncques demandant et querant pour soy et
pour ses compaignons terres et pays habitables arriva par navire
en Grece. Et aprés ce que Cadmus eut receu du dieu Appollo en
son temple de Delphos une response contenant les choses qui devoient advenir a Cadmus, il se parti de la cité de Delphos et poursuivi une vache du nom de laquelle il nomma aprés le pays Boecie.

4. Depuis que Cadmus et les siens eurent refrein et appaisié
les assaulx et batailles que leur faisoient les gens d'environs ce lieu,
et que ilz eurent aussi osté et rebousté les Spartains qui les em-
peschoient de eulx loger illeuc, Cadmus edifia une cité laquelle

il nomma Thebes et de laquelle aussi ses compaignons l'appellerent roy et prince.

5. Comme doncques Cadmus samblast estre ja bien heureux, non pas seulement par son nouvel royaume de Thebes maiz mesmement par la resplendisseur de sa science par laquelle il trouva et bailla aux Grecs la figure et la façon des lettres, et si bailla aussi aux peuples de Grece qui encores estoient fols et rudes doctrine et loy de vivre et converser ensemble, le dit Cadmus pour engendrer lignie prist a femme Hermionne noble de beaulté de corps et de lignaige, ou temps que Gothomel successeur de Josue gouvernoit le peuple de Israel.

6. Aprés ce que Cadmus ot eu de sa femme Hermione quatre filles, c'est assavoir Semele, Anthonoe, Ynoe et Agane, qui estoient belles dames et nobles et delectables en leurs maintiens, elles furent donnees en mariage a quatres nobles jouvenceaulx dont elles enfanterent pluseurs nepueux a Cadmus. Cadmus jouvenceau, filz de Agenor roy de Thir en Fenice un pays noble, vit soy estre devenu roy de Thebes qui par avant estoit exillié et banni par la loy de son pere, et si vit la cité de Thebes que il avoit fondee accreue de habitans et florissant de richesses en joyeuse prosperité. Certes tous les biens de Cadmus, c'est assavoir dignité royal, riches cité et pays noble, et belle femme et planté de lignie sont a reputer tres grans. Mais encores n'est pas la fin de l'estat de Cadmus.

7. Semele, fille comme dit est du roy Cadmus, fut comme dient les auteurs amee et engrossie de Jupiter roy de Crete. Et ainsi comme elle mourut en laissant son hostel royal gasté par la fouldre du ciel, aussi elle laissa sa maison degastee par sa mort abhominable et par la ribauldie que elle commist avec le dit Jupiter. Aprés advint que Antheon, bel et plaisant jouvenceau, filz de Anthenoe sa mere et de Aristeus son pere, fut deciré de chiens devant leurs yeulx es forestz ou ilz chassoient.

8. Et aprés tandiz que les femmes de Thebes faisoient selon leur coustume les festes de Bachus, Agane fille du dit Cadmus devint forsennee et s'en vint le cours comme enraigee contre son filz Pantheus lequel elle avoit eu de Echion son mari, noble et puissant homme. Et Agane frapa et murtry son filz Pantheus qui se moquoit des sacrifices que l'en faisoit a Bachus, le dieu du vin, et comme aucuns dient elle le murtri d'un javelot ou d'une massue tandiz que le dit Pantheus pensoit en riens, ainsi comme Agane retournee en son sens oy aprés racompter. Certes ces choses advenues en la lignie de Cadmus lui furent dures a souffrir, car mesmement eussent elles esté dures a homme né de pouvres parens et de basse lignie.

9. Aprés ces maleurtez advenues a Cadmus par lesquelles il estoit lors plus mescheant selon toute opinion qu'il n'avoit onques esté, neantmoins il gardoit le surplus de sa vie a plus grieves mescheances, non pas que Cadmus le cuidast mais il advint ainsi par ordonnance de Dieu. Car il advint que Athamas, gendre de Cadmus, que l'en surnommoit ja roy de Thebes et auquel le peuple faisoit honneurs comme se il feust ja roy devint enraigié et sot, en tant que Athamas, cuidant que sa femme Ynoe fille du dit Cadmus feust une leonnesse et que ses deux petis enfans feussent deux leonceaux, fist un grant cri. 10. Et aprés par force il arracha de entre les bras de Ynoe Learcus leur commun filz, et le quoti et froissa de tout son effort contre une dure roche. Mais tandiz que Ynoe la mere de Learcus courroucee de sa mort doubtoit de Meleatrix un sien autre filz et fuyoit Athamas son mary qui la poursuivoit forseneux et enraigié, elle avec son dit filz Moleatrix se trebucha de la creste d'une montaigne en la mer Yonie, et par ainsi elle avec son filz fut transgloutie, et mourut en celle mer.

11. Et par ainsi Cadmus qui pensoit que son noble nom deust estre ou temps advenir plus renommé et plus noble tant par ses quatre filles comme par ses nepueux par le secours et aide desquelx il esperoit vivre seur en vieillesse, il par fortune fut mené en tres grant et dure pouvreté et misere. Car il ja estant vieil et qui avoit plus grant besoing de repos que il n'estoit habile de endurer exil et forbannissement, comme cellui qui ja estoit pesant par sa longue vieillesse fut bousté hors de son royaume avec Hermiona sa femme par le fait et malice de ses propres citoiens et subgetz ou par l'entreprinse de Amphion qui aprés Cadmus obtint le royaume de Thebes.

12. Cadmus doncques banni, pouvre et gemissant, s'en ala cacher ou pays de Grece lors surnommee Illirie et illeuc mourut d'une mort si estrange et si celee que presques les historians n'en ont peu riens savoir. Et par ainsi Cadmus noble homme filz de roy, pour lors qu'il laissa les Feniciens et la cité de Thyr, et qui aprés fut renommé et resplendissant ou pays de Boecie, et qui avoit seiz comme roy de Thebes en chaiere royale, il comme villain homme

et pouvre, deux foiz banni, morut en estrange pays entre les
Illiriens.

CHAPTER VI

Tit.] sixieme] le sixieme *BCDFY* —(contient) le] du *E* parle
du *Y* —(fondeur) de la cité] *-DEY* — commençant] et commence
DFY —commençant ou...cetera] *-BCE* — *1.* Rouge Mer] Mer
Rouge *BCEFY* —querist] quist *DY* — commandement] commencement *A* mandato *Z* — *2.* ramener] amener *DEF* — ce] *-DE* —
choisy] choisis *CFY* —esleu] esleuz *CEFY* — c'(estoit)] *-DE*
— (contraire a) sa] la *A* — *3.* (et) pays] sedes *Z* — habitables]
habiles *BC* — (la cité) de] *-BCEFY* —poursuivi] poursui *CE* —
le pays] provinciam *Z* + de *EF* — *4.* Spartains] Espartins *EY*
spartani *Z* — *5.* si] *-DE* —rudes] + de *A* — ensamble] + foelix
videretur exilio *Z* — *6.* c'est... Agane] *-DE* — Ynoe] Yone *C*
Ynone *Y* — Agane] Agave *BF* Agaven *Z* — quatres] quatre
BCDEY — (florissant) de] en *DE* — (richesses) en] de *DE* —
riches] riche *DEY* — *7.* fille comme dit est] comme dit est fille *EY*
— engrossie] engrossee *FY* — (et par) la] sa *BC* — Antheon] An-
cheon *D* Aucheon *E* Acteon *Z*— *8.* forsennee] agitata Furiis *Z* —
le dieu du vin] *-DE* — *9.* par lesquelles ...car il] *-DE* — Athamas]
Athanias *BCD* Athamas *Z* —(gendre) de] dudit *DE* — peuple] roy
DE — Ynoe] ainsnee *DE* — ses] les *BC* — un] *-BC* — *10.* (bras
de) Ynoe] sa femme *DE* —quoti et] *-DEY* coti *BCF* —(mere de)
Learcus] l'enfant *DE* — Meleatrix] Moleatrix *A* Melicerta *Z* —
11. (son) noble] *-BC* — et aide] *-A* — (avoit) plus] *-DE* —que
il...forbannissement] *-DE* — bousté] debousté *BC* — *12.* cacher]
caichié *F* mucer *Y* — noble homme] + et *CE* — renommé et] *-DE*
— chaiere] chaire *BCDEY* chaere *F* — villain homme et pouvre]
obscurus *Z*.

CHAPTER VII

Le septiesme chapiltre qui briefment compte
les cas de pluseurs nobles hommes et femmes
et commence ou latin: "Oti jam et cetera"

AINSI COMME PAR DIVERSES SUCCESSIONS ET GENE-
RATIONS d'ommes et femmes l'umain lignage, qui se espandi ça
et la, avoit presques occupé toute espace de terre, aussi fortune a
monstré que elle estoit dame des choses perissables et mondainnes
par les divers tournoiements et par la misere et pouvreté dont elle
a traveillié et batu pluseurs hommes et femmes. 2. Car ainsi comme
je par necessité avoie laissié trespasser pluseurs eages senz riens
escrire entre un maleureux et l'aultre, pour ce que j'ay trouvé pou
de cas maleureux advenus qui feussent tesmoigniez en escript, aussi
pour ce que les hommes sont maintenant multipliez et accreuz,
je me voy ja environné d'une grant compaignie de nobles hommes
et femmes plourans pour leurs cas maleureux. Car quant je queroie un noble homme maleureux pour racompter son cas, pluseurs
vindrent devant moy.

3. Et devant les aultres estoit Oetha roy de l'isle Colchos,
que les estranges gens cuiderent estre filz du souleil pour la noblesse et grandeur de lui, ou pour la grant resplendisseur de ses
richesses qui encores ne avoient esté veues si grans aulcune part
comme le dit Oetha les avoit.

4. Cestui Oetha, souvenant de son noble et riche estat, mal-
dissoit en soy complaignant la venue de Jason nepueu de Peleus
roy de Thessalie, qui avec aultres Grecs vint en la dicte isle de
Colchos. Et par le barat du dit Jason fut ravi et emporté le tresor
du dit Oetha qui estoit tel et si grant que en ce temps on l'appel-

loit une toison d'or pour ce que d'une toison l'en ne puet nombrer
les poils. Et par le barat samblement de Medea fille du dit Oetha
et Medea aussi fut embrasee de forsenee luxure et aprés devint
fuitive, et Oetha ja vieillart qui estoit ja de grant renom et noblesse fut par fortune bestourné en tenebreux et miserable estat.

5. Car ceste Medea fille du dit Oetha fut fiancee secretement
de Jason, et par le conseil de elle il prist et emporta les tresors de
son pere et aprés s'enfouy avec le dit Jason retournant en Thesalie.
Et afin que Oetha qui les poursuivoit ne les detenist, Medea tran-
cha par menues pieces un sien petit enfant appellé Egialus et sema
les membres par le chemin ou devoit passer Oetha, afin que elle
s'enfouyst tandiz que il recueudroit et enseveliroit les membres
du dit enfant. Aprés pluseurs tournoiemens faiz en la mer, elle
avec Jason vint en Thesalie. Jason finablement delaissa Medea et
prist Creusa fille de Creon roy de Corinthe. Comme Medea feust
de ce mal contant, elle envoya ses deux enfans a Creusa avec aulcuns joiaulx encloux en un coffret. 6. Sitost que Creusa ouvri le
coffre tout le palais de Jason et Creusa furent embrasez de feu
que Medea aboit ainsi appresté par art magique. Aprés comme
Jason courroucié voulsist punir Medea de si desloial mesfait, la
cruele femme murti ses deux petiz enfans et par ses enchantemens
elle eschapa d'illeuc et ala a Athenes, et se maria a Egeus roy
d'illeuc qui ja estoit vieillart, duquel elle eut un filz que elle appella
Medus.

7. Mais comme Medea eust appresté un beuvraige au filz de
son mari appellé Theseus, noble chevalier qui retournoit d'une si
loingtainne et si longue guerre que le roy Egeus ne recognoissoit
son filz Theseus, et Theseus eust apperceue la mauvaistie de Medea
sa marrastre, elle se eschappa par fuite. Medea finablement fut
reconciliee a Jason par une maniere incogneue et retourna avec lui
en Colchos, et par l'aide et force de Jason comme dient aulcuns,
Oetha fuitif et decachié fut remis en son royaume.

8. Pres du roy Oetha estoit Minos filz de Asterius, ou comme
les aultres auteurs dient de Jupiter roys de Crethe et de Europa
fille de Agenor roy de Thir. Cestui Minos fut delectable et beaulx
par la multitude de tiltres et louanges, car devant toutes louanges
et tiltres Minos estoit resplendissant et noble par lignie, que ja soit
qu'il feust filz de Asterius roy de Crete et de Europa fille comme
dit est de Agenor roy de Thir. Toutevoies Minos pour sa noble

justice et pour ce qu'il bailla premiers les loyz a ceulx de Crete, il fut tousdiz reputé estre filz de Jupiter.

9. Avec ce le roy Minos fut noble tant par le royaume de Crete dont il tint le siege et porta la coronne, comme par le tres noble mariage de Pasiphe fille du soleil roy de l'isle de Rodes que Minos eut a femme, en laquelle il engendra assez noble lignie tant filz comme filles se ilz eussent bieneureement vescu, entre lesquelz fut Androgeus son filz, Adriana et Phedra ses deux filles.

10. Mais ainsi comme Androgeus qui mauvaisement et par enuye fut tué des Megarensois et Atheniois pource qu'il surmontoit en force et prouesse de luicte tous aultres, la mort duquel Androgeus fut cause d'une tres grant douleur qui survint a son pere Minos, celle douleur atteinna le courage de Minos et fut embrasement digne de recorder. 11. Car en une bataille qui sourdi pour la vengence de la mort Androgeus, son pere Minos desconfisi non mie seulement les Atheniois, mais après ce que Nisus, roy des Megarensois fut occis moyannant le barat de sa fille Cilla, Minos les fist tributaires a soy avec les Atheniois et leur commenda et a ce les constreingni que chascun an en Crete ilz envoyassent certains nobles enfans, lesquelz il mettoit en lieu de pris d'un gieu qu'il trouva pour soy conforter de la mort de Androgeus son filz.

12. Helas, homme, considere commant est muable la gloire et estat des choses morteles. Certes le roy Minos plein de larmes se complaignoit de fortune pour ce que ou milieu de sa gloire et bieneurté s'estoit levee une nue qui ordoioit toutes les choses que Minos avoit faictes par avant. Ceste orde nue dont Minos se complaignoit, c'estoit l'advoultire de Pasiphe sa tres amee femme et sa ribauldie prouvee par un filz que elle enfanta, qui fut en elle engendré de Taurus un secretaire et clerc du dit Minos tandiz qu'il guerroioit en estrange pays.

13. Minos se complaignoit pour les Atheniois qui par la victorieuse force de leur roy Theseus furent affranchiz du treuage que Minos leur avoit imposé de lui envoier chascun an certain nombre de nobles enfans pour la cause ci dessus dicte. Le roy Minos aussi se garmentoit pour ce que sa femme Pasiphe et Adriana et Fedra ses deux filles s'enfuirent hors de son royaume, car Pasiphe honteuse et confuse de l'advoultire que elle fist avec Taurus le clerc de son mari Minos ne se osa en après comparoir ne monstrer devant lui. 14. Adriana et Phedra s'enfuirent avec Theseus

lors messagier en Crete envoié de par les Atheniois, car Adriana
s'enamoura du dit Theseus qui aprés secretement coucha avec elle
et lui bailla la foy de l'espouser et de enmener a Athenes Phedra
sa suer pour Ypolitus son filz. Adriana doncques ainsi enamouree
et creantee de Theseus lui enseigna par quelle maniere il enterroit
en la tour appellee Laberint que l'en dit la maison Dedalus ou
estoit encloux Minotaurus, et comment il le desconfiroit et aprés
sauldroit hors du laberint par une cordelete atachee a l'entree.

15. Aprés celle chose faicte Theseus, voulant retourner a
Athenes, mist en sa nef Adriana et Phedra et se parti coyement et
descendi en l'isle Chyos, ou comme aulcuns dient en l'isle Naxos, es-
queles isles tres abundans de vin Adriana s'enyvra et par yvresse
mere de luxure se abandonna a divers hommes. Et Theseus d'illeuc
partant de nuyt laissa illeuc Adriana dormant; laquelle esveillee
voyant soy toute seule, commença a plourer et tant que de son cry
elle empli tout le rivaige.

16. Mais comme Bachus roy de Thebes par illeuc nageant d'a-
venture eust veu Adriana et se feust enamouré d'elle, li l'espousa et
eut de elle Thoas roy de Lemnos. Aprés que Bachus eut desconfit les
Yndois et leur roy et eust prinse en amour sa fille, il espousa icelle.
Et Adriana, soy longuement complaignant de ce que Bachus avoit
suresposé la fille du roy de Inde, il la rapaisa par accolemens et
flateries. Aprés Bachus lui osta la couronne que elle portoit comme
royne et lui tolli tout estat.

17. Phedra doncques et suer Adriana, qui comme dit est partirent de Crete et vindrent avec Theseus, aprés que Theseus eust
laissiee Adriana yvresse et endormie, ceste Phedra fut femme de
Theseus, dont elle eut deux enfans Demophon et Anthilocus. Finablement tandiz que Theseus avec son compaingnon d'armes appellé
Perithous estoient alez en certain bas pays de Sicile pour ravir
Proserpine fille de Jupiter et de Ceres, ceste Phedra pria son fillastre
Ypolitus de coucher avec soy. Comme il ne se voulsist consentir a
ce mesfait, elle embrasee de courroux accusa Ypolitus par devant
Theseus retourné a Athenes, en disant que Ypolitus l'avoit voulu
cognoistre a force.

18. Pour la quele chose Ypolitus voulant eschever le courroux
de son pere s'enfuy, et en fuyant ses chevalx pour aulcune occasion
se espoventerent sur le rivaige de la mer qui le trainerent et mur-
trirent. Comme toutevoies renommee feust ou pays que Ypolitus

feust tué, Phedra soy repentant de la faulse accusation faitte par elle confessa son pechié a Theseus. Aprés elle se tua de l'espee de Ypolitus ou comme aucuns dient elle se pendi a un corde.

19. Entre les maleureux nobles plourans devant moy estoit Sisara, gemissant pour ce que comme il feust jadiz noble connestable de Jabin roy des Chananeois qui demourerent ou pais de midi, c'est assavoir en Affrique et Fenice, il avec son grant ost fut desconfit et foulé par Delbora une femme prophetesse qui lors gouvernoit le peuple de Israel, et aussi par Barach son mari filz de Abinoen de la lignie de Neptalim, lequel Barach fut aultrement surnommé Lapidoch.

20. Et oultre en gemissant disoit le dit Sisara que il qui nagueres estoit espoventable aux Juifs est maintenant paoureux et espoventé de Juifs et de toutes aultres gens, et que depuis que Sisera eust beu du laict en l'ostel de Jabat une bonne femme thenelidoise, il a causé de son grant traveil, et du laict qu'il eut beu s'endormi tres fort et en dormant il fut tué d'une cheville que la dicte Jabet lui appointa aux temples quant il s'estoit destourné en sa maison pour paour qu'il avoit de la dicte Delbora et Barach son mary.

21. En ce temps perdirent les Arginois leur roy et leur royaume et furent transportez aux Mecenois qui aultrement sont nommez Lacedemonois, et Ilus fonda Ilion qui aprés fut nommé la grant Troie.

22. Il n'est mestier que je racompte les roys et princes des Madianites qui me suivent gemissans pour leurs maleureux cas, lesquelz jadiz furent destruictz par pou d'ommes armez, c'est assavoir par trois cens, desquelz estoit chevetainne Gedeon qui aultrement eut nom Jeroboal fils de Joas de la lignie Manasses tres fort homme de corps capitainne et defenseur des Juifs.

23. Il n'est aussi besoing que je racompte le cas de Jabin roy des Cananeois, c'est a dire des Affricois et des Feniciens qui premierement avoit vaincu l'ost des Juifs et qui depuis fut chacié hors de son pais et tué, car se je comptoie son cas je sambleroie estre trop long. Et avec ce la noble Jocasta royne de Thebes qui est la plus marrie de tous les maleureux nobles, nommez en ce chapiltre et qui me vient a l'encontre en grant majesté, non obstans ces maleurtez a peu tant faire envers moy que maintenant je escrivisse l'ystoire et le cas d'elle.

Chapter VII

Tit.] le septiesme] -le *A* —qui briefment compte] contient en
brief *BC* en brief contient *B* —ou] en *DE* — oti jam et cetera]
-*DE* — *1.* toute] tout *DE* — *2.* cas maleureux] maleureux cas *BC*
— *3.* isle] + de *DY* — estranges] barbari *Z* — Oetha] Oeta *A*
Oetes *X* Aeta *Z* — *4.* du dit Jason] + et de Medea fille de Oetha
DEY + nepueu de Pelleus roy de Thessalie *C* —samblement] pa-
reillement *E* samblablement *F* —(Oetha) et] -*BC* — (estoit) ja] roy
BCEFY —tenebreux et] + en *BC* — *5.* s'enfouy] s'enfuy *BCE* —
Egialus] Egeolus *BC* Agialus *F* Aegialeus *Z* Egyalius *X*—s'en-
fouyst] s'enfuist *BCE* — recueudroit] recueilleroit *BCY* reculdroit
F —contant] contente *CDEFY*— *6.* art] — *BCEF* —desloial] desleal
DE — petiz] -*DE* — Medus] Medeus *BCDY* — *7.* (appellé Theseus)
noble] + le *DEFY* — apperceue] apperceu *BCY* — se] -*DE* —
finablement fut] fut finablement *DEF* — *8.* ou comme...Jupiter]
-*D* ou comme...Thir] -*E* — (Jupiter) roys] roy *DFY* — beaulx]
beau *BY* —louanges] decora *Z* — que] car *CY* qui *F* — soit] + ce
BCEFY — premiers] premier *EY* —tous diz] tousjours *EY* — *9.*
entre] avec *EF* — *10.* Androgeus] Endrogeus *B* Adrogeus *C* Androgenes *E* Androgeus *Z* — Atheniois] Athenois *E* Atheniens *Y* —
11. Androgeus] Endrogeus *BC* Androgenes *E* Androgeus *Z*— des-
confisi] desconfist *CFY* — Atheniois] Athenois *E* Atheniens *Y*
athenienses *Z* — lesquelz...gieu] quos loco praemii statuebat *Z*
—gieu] jeu *BEFXY* praemii *Z* — *12.* (gloire et) estat] + l' *CEFY*
— (que) Minos] Minois *A* — (dont) Minos] Minois *A* — com-
plaignoit] plaignoit *BC* querebatur *Z* — ribauldie] ribaulde *DE* —
— dit] + roy *BC* — guerroioit] guerreoit *BDE* guerriot *F* — *13.*
Atheniois] Athenois *DE* Atheniens *Y*— victorieuse] vigoreuse *BC*
victoris *Z* — Theseus] Thereus *EF* Theseus *Z* —treuage] truage
CDEY—(de) lui] leur *BC* —garmentoit] guermentoit *D* dementoit
Y —(Pasiphe) et] -*BC* — mari] + le roy *BC* — en] -*DE* — *14.*
Atheniois] Athenois *D* Athomois *E* Atheniens *Y* — car] ca *A* —
creantee] creante *C* creancee *EY* — enterroit] entreroit *BCDEFY*
— aprés] + il *DEY* — *15.* celle] ceste *BCDE* — l'isle] + de *A*
—ou] + si *A* — vin] vins *BC* — divers] pluseurs *A* — d'illeuc]
-*BC* —(partant) de] par *BC*— illeuc] -*CDE* — voyant soy] soy
voyant *DE* — (commença) a] -*BF* — *16.* Lemnos] Lemmos *BCEF*

Lamos *Y* — *17.* qui] *-BC*— laissiee] laissié *BCY* — enfans] + c'est
assavoir *BC*— Anthilocus] Anthiocus *DEY* — *18.* chevalx] chevaulx
BEFY — feust] estoit *BCEFY* — Theseus] + et *CE* — (l'espee) de]
-BC — *19.* Sisara] Sisare *BC* Cisara *DE* — chananeois] chanançois
BD cananei *Z* — demourerent] demeurent *BDEFY* — Affrique]
Aufrique *DF* — foulé] defoulé *A* — prophetesse] propheteresse *DF*
— Barach] Barath *BCF* le barat de *D* Barat *E* Baruth *Y* Barachus
Z — Abinoen] Abineon *EY* Albineon *D* — (lignie) de] *-DEF* —
Neptalim] Neptalin *BCDEFY* — surnommé] nommé *DE* — *20.* Si-
sara] Sisare *C* Cisara *DE* —(espoventé) de] des *BCDY* — (et) que]
-DE thenelidoise] chenelidoise *BC* *-DE* celenida *Z* tenelide *X* —
Delbora et] + de *BDEFY* — Barach] Barath *BCF* Baruth *Y*
— *21.* Mecenois] Micenois *DEFY* — Lacedemonois] Lacedonomois
EF — Ilus] Islus *EF* — nommé] nommee *BE* — *22.* (princes) des]
de *DEF* — Madianites] Medianices *BC* Madianiti *Z* — me suivent
gemissans] mesmement gemissoient *D* me suivent] mesmement *E*
— jadiz furent] furent jadiz *DF*—Joas] Joab *BC* — *23.* cananeois]
canonçoys *BC* chananois *DE* — nobles] marrie qui soient *D* *-EF*
— ces] ses *BCDEY*.

CHAPTER VIII

VIIIe chapiltre contenant le cas de Jocasta royne de Thebes, et de Edipus son filz et son mari, commençant ou latin: "Erat equidem et cetera"

CERTES IL SOUFFISOIT QUE UNE FOIZ je eusse entré en l'istoire de la cité de Thebes quant je parlay ci devant de Cadmus fondeur d'icelle, mais la grant maleurté de la royne Jocasta a peu tant faire que encores je y retourneray. Ceste Jocasta donques qui certes fut engendree de noble lignie, en la premiere flour de son aage fut conjoincte par mariage a Laius roy de Thebes. Aprés que le ventre de Jocasta fut engroissié d'enfant, Laius ala au temple d'Apollo et lui demanda conseil de l'enfant encores a naistre. 2. Laius oyant par le respons d'Apollo que il mourroit par la main de son enfant a naistre, il commanda tantost que l'enfant qui naistroit feust getté aux bestes sauvaiges afin qu'il feust devoré. Ceste chose Jocasta souffri mal paciemment, especialment quant elle congnut soy avoir enfanté un filz masle, et de ce je en remet le jugement aux meres. Si tost que l'enfant fut né il fut baillié a Forbantus bergier du roy Laius afin que il le portast a devorer aux bestes sauvaiges. Mais l'enfant trouva ou bergier la pitié que il ne peut trouver en Laius son pere. 3. Cestui bergier ayant compassion a l'eage de l'enfant innocent, attrempa par sa franche voulenté le commandement du roy. Car aprés qu'il eut perciez les piez de l'enfant a un coustel, il le pendit par un osier a un arbre et le laissa braiant comme pour mort. Et tost aprés voici un bergier estrange vint illeuc qui coppa les loyens a quoy l'enfant pendoit, qui ja avoit les piez enflez. Et pour ceste cause le bergier aprés lui mist nom Edipus et le receut entre ses bras en soy merveillant du cas, et en mauldissant la cruaulté de cellui qui l'enfant avoit pendu.

4. Aprés un pou de temps l'enfant fut donné a un homme de la cité de Corinthe, qui le presenta a Meropa femme de Polibus roy de Corinthe qui n'avoit aulcuns enfans, laquelle Meropa a avec son mari Polibus receurent et eurent l'enfant en lieu de filz si longuement comme il voult, tout ainsi comme se les dieux leur eussent envoyé. 5. Mais or considerons comment les choses de ce monde trouvent soubdaines et despourveues adventures, car cest enfant Edipus qui fut baillé pour getter hors aux bestes sauvaiges dont Jocasta sa mere avoit grant douleur et tristesse, icellui mesme enfant est receu en grant joye et leesse de Meropa femme estrange. L'enfant Edipus qui de son pere Laius avoit esté refusé et condempné a mort, icellui enfant est adopté en l'eritage du royaume de Corinthe par Polibus homme estrange. 6. L'enfant Edipus qui es forests avoit esté laissié afin qu'il mourust, icellui mesme enfant a esté porté en l'ostel du roy Polibus afin qu'il y vive. L'enfant qui nagueres crioit amerement es foretz, icellui maintenant oyt en ses oreilles les doulx confors et esbatemens du roy Polibus. Et Edipus qui par un bergier avoit les piez perciez, icellui est maintenant oinct et mediciné par la grant cusançon du dit Polibus. Je ne say plus quoy dire des adventures soubdaines et despourveues.

7. Comme doncques Edipus feust devenu fort et beau jouvenceau et feust enseigné en bonnes meurs et plein de noble couraige, et il eust ouy dire par aulcuns de la court du roy Polibus que il n'estoit pas filz du dit Polibus mais que il avoit esté prins es forests, il chey en desir de cognoistre et savoir qui estoit son pere. Et aprés qu'il eut laissié le dit roy Polibus qui de ce n'estoit pas bien contant, il vint en la cité appellee Cyrra en laquelle Apollo avoit un temple ouquel il donnoit respons sur ce que l'en demandoit, 8. et illeuc prist le respons de Apollo que il trouveroit et occirroit son pere en une montaigne appellee Phocis, qui est en Grece empres une cité mesmement nommee Focis, et que Edipus au derrenier espouseroit sa mere.

9. Edypus esbahi de celle response vint finablement en la montaigne Phocis, et comme illeuc descort feust meu entre les citoyens de Phocis, et autres estrangiers et Layus qui illeuc estoit s'efforçast de souverainnement ordonner en bataille les citoiens qui couroient çà et la, il advint que Edipus se joingny a la partie des

estrangiers et frapa de son espee le dit Laius meslé avec les aultres et lequel il ne cognoissoit point, en tant que Edipus occist Laius son pere. *10.* Finablement il retournant a Thebes senz estre cogneu d'aulcun qu'il eust tué son pere Laius, icellui Edipus fut conjoinct par mariage a Jocasta qui encores plouroit la mort de son mary Laius. Jocasta prist Edipus a mari pour l'une de deux causes. La premier fut pour le beau fait de prouesse que Edipus fist quant il occist un cruel et merveilleux serpant appellé Spinx qui reperoit environ Thebes, qui aux hommes et femmes trespassens le chemin faisoit diverses et obscures questions, et quiconque ne les savoit souldre il estoit devouré par ce serpant.

11. La seconde cause fut comme aultres historians dient pour ce que Jocasta et ceulz de Thebes cuidoient que Edipus feust filz de Polibus roy de Corinthe. Et aussi Edipus espousa voulentiers Jocasta afin que il ne advenist que il ne preist Meropa laquelle il cuidoit estre sa mere. Et ainsi Edipus par ygnorance entra ou fait qu'il cuidoit eschever.

12. Aprés ces choses ainsi faictes, Edipus roy de Thebes regna joyeusement et eut quatre enfans de Jocasta sa mere et espouse, c'est assavoir deux filz Etheocles et Polinices, et deux filles Anthigone et Ysmene. Et comme elle aymast Edipus son filz et son mary, elle pensoit estre beneuree tant pour son espoux comme pour la lignie qu'elle avoit de lui, mais il fut au contraire car une pestilence survint en la cité de Thebes et ou pays d'environ, tandis que les citoiens selon leur coustume enqueroient la cause et aussi la maniere de oster celle pestilence. *13.* Il fut dit de Thiresia un grant magician et divineur que la pestilence ne cesseroit jusques a ce que cellui qui avoit murtri son pere et qui avoit espousé et couchié avec sa mere feust deposé et desmis de son royaume, et par l'enhortement des dieux ce divineur Thiresia monstroit a ceulx de Thebes que c'estoit Edipus par qui la pestilence advenoit.

14. Thiresia ne fut pas creu de son divinement jusques a ce que Edipus fut un pou plus certifié par sa mere et femme Jocasta et par un vieillart homme de Corinthe qui disoit que Edipus devoit estre successeur aprés la mort de Polibus roy de Corinthe. De ceste chose fut troublee toute leesse en la cité de Thebes et ou pays d'entour, et si grant doulour survint que pource que Jocasta ploroit et regretoit ses nopces difamees et ordes, son mari Edipus convoiteux et desirant de mourir arracha de ses propres mains ses yeulx et se condempna a tenebres perpetueles, aprés que de son chief il eut getté a terre sa coronne et son septre.

15. Edipus donques triste et dolant fut telement atteinné par la moquerie que ses deux filz lui faisoient pour ce qu'il avoit trait hors les deux yeulx de sa teste, que presques tant comme Edipus vesqui il depria aux dieux que ilz destruisissent ses deux filz Etheocles et Polinices dessus nommez. Depuis que les dieux eurent exaucié et receues les prieres de Edipus, il advint que convoitise de regner et de seignourir entra pareillement dedans les cuers de Etheocles et de Polinices freres. *16.* Et comme entre eulx deux ne peussent accorder ilz vindrent en une tres mauvaise et dommaigeuse dissention, laquelle fut finablement accordee par ceste loy: C'est assavoir que l'un des deux freres regneroit chascun un an entre changeement et l'aultre yroit en exil hors du royaume. Ceste chose monta en dommaigeuse raige et en forsenerie ainsi comme Edipus leur pere la desiroit.

17. Car quant Etheocles eut accompli l'an de son regne il ne voult rendre le royaume a Polinices, combien que Etheocles en feust requis par Tydeus le preu et vaillant chevalier. Aprés le refus de Etheocles, Adrastus roy des Arginois et duc de la guerre, duquel cestui Polinices espousa la fille, meut guerre contre Thebes avec une partie de Grece et a diverses foiz fut faitte grant occision des gens combatens d'une partie et d'aultre.

18. Aulcuns sont qui par adventure croiroient que Edipus estant en une fosse et en tenebres eust joye, comme se il eust la chose qu'il desiroit quant il oyoit les divers apparaulx des batailles, et les sons des trompetes, et les hennissemens des chevaulx, et le bruit des peuples combatens, et les hulemens des femmes plourans pour leurs mariz, et toutes choses confuses et meslees en noise et tumulte. Mais quoy que les aulcuns dient, je croy a peines que aulcunes villenies puissent rumpre l'amour du pere envers ses enfans. *19.* Et pour ce il est a croire que quant Edipus oy dire que ses deux filz s'estoient entretuez par armes corps a corps, que il ne puet recevoir teles nouvelles senz grant amertume de cuer, et si est a croire que Edipus par complaintes et par abundant pleur reprist soy et blasma pour les prieres qu'il avoit faittes aux dieux encontre ses enfans, et si blasma les dieux qui exaussié avoient ses prieres.

20. O las, com grant est la follie de pere et de mere. Car ja soit que nous condempnons et blasmons les enfans que nous en-

gendrons, toutevoies nous ne les povons heir quant aulcunes maleurtez leur adviennent. Aprés ces griefs maulx quant Jocasta ramena a sa memoire le temps passé, c'est assavoir que le premier
filz que elle eut de Laius son premier mari avoit esté getté hors
pour estre devoré de bestes sauvaiges, et que elle avoit ja pleuré
la mort de son dit mary Laius et que elle avoit espousé son filz
Edipus qui avoit delaissié et renoncié son royaume, et avoit arrachié
ses yeulx en signe de repentence, et aussi Jocasta considerans ses
quatre enfans telement quelement engendrez, l'un c'est assavoir
Etheocles qui estoit assiegé et Polinices son aultre filz tenant le
siege devant Thebes et banni et privé du dit royaume, et finablement
Jocasta voyant que les champs et villages d'environ Thebes estoient
gastez et du long et du lé et que le royaume estoit desolé, et que
ses deux filz en bataille corps contre corps avoient assailli l'un
l'autre en armes crueles et maudictes, et que par leurs propres
plaies tous deux s'estoient entretuez en champ, elle qui ne puet
souffrir ne endurer tant de larmes tans de douleurs et mescheances
prist l'espee du maleureux Edipus dont Laius avoit esté occis et
se coucha sur la pointe. *21.* Et parmi la plaie que elle se fist bousta
et mist hors son ame doulereuse avec le sang, et par ainsi fina ses
povretez maleureuses. Aulcuns historians toutevoies veulent dire
que elle fina ses miseres par un laz a quoy elle se pendi.

22. La flour doncques de la juenesse de la noble Jocasta fut
ainsi muee et convertie en foin et devint seche et flestrie. La resplendisseur et la gloire de la royne Jocasta fut muee en fians et
se evanuy avec le vent. Sa leesse muable et malseure fut convertie
en larmes et en angoisses, en reprouche et en moquerie. *23.* Mais
Edipus ja approuchant a vieillesse, privé et desmis de son royaume,
privé de ses deux yeulx et de ses deux enfans, et ja vefve de Jocasta
sa mere et sa femme, en lieu du confort qu'il esperoit avoir en sa
vieillesse, fut chargié et loyé de chayennes de fer et envoyé en exil
par le commendement de son cousin Creon, lors roy de Thebes.
Duquel exil le dit Edipus mist hors du corps son ame, lassee et
froissee par les travaulx et labours qu'il avoit soustenus, maiz il
ne me souvient pas avoir leu en histoires comment Edipus morut.

CHAPTER VIII

Tit.] VIIIᵉ] le VIIIᵉ *BCDFY* — contenant] contient *BCDFY*
— commençant] et commence *BCDFY* — et cetera] -*DEF* — 1.

souffisoit] soufiroit *D* suffiroit *E* — certes] -*DE* — lignie] lignee *FY*
— roy de Thebes] + summa cum alacritate ex viro se filium con-
cepisse percepit *Z (X)* — engroissie] engrosse *DY* encroissie *F* —
2. soy] -*A* — Forbantus] Forbancus *BCE* Forbancas *Y* Phorbantus
Z — (portast) a] -*A* — mais l'enfant...pere] -*DE* — la pitié] ce
BC — perciez] percié *CY* — coustel] gladius *Z* — tost] tantost *DF*
— loyens] liens *DEY* — 4. de la cité de Corinthe] de Corinthe la
cité *A* — (Meropa) a] -*BCDEF* — en lieu de filz] -*DE* — si longuement... voult] dum passus est *Z* ... il voult] ilz vouldrent *D* ilz vou-
lerent *E* — 5. hors] -*A* — mesme] mesmes *BCF* -*DE* — l'enfant
Edipus] et luy *DE* — icellui enfant] -*DE* — homme estrange] alie-
nigena *Z* — mesme] mesmes *BCDEF* — porté] apporté *BC* — y]
-*CDE* — vive] + Qui nuper pendebat ex arbore nudus: regali cir-
cumvolutus pallio regiis baiulatur ab ulnis *Z (X, Y)* — (Et) Edipus]
luy *DE* — cusançon] + et voulenté *DE* — dit] + roy *BCDEF* —
Je ne say...despourveues] -*DE* — 7. fort] grant *BC* robustus *Z*
— bonnes] nobles *BCEFY* regius *Z* — dit] + roy *BC* roy *DE* —
(forests) il] luy *DE*— ouquel] auquel *DE* — le respons] ab oraculo
Z — 8. prist] print *DEY* — occirroit] tueroit *DE* — empres...
Focis] -*DE* — Focis] Phocis *BCFY* — au derrenier] au dernier
DEF demum *Z* — 9. le dit] -*DE* — dit Laius] + son pere *DEY*
— (aultres) et] -*DE* — (point) en] et *DEY* — occist] tua *DE* —
10. a Jocasta] + sa mere *DE* — prist] print *DEY* — le beau ...
prouesse] meritum *Z* — (que) Edipus] il *DE* — appellé Spinx] -*DE*
— aux hommes et femmes...serpant] devorait les hommes et femmes
trespassans le chemin *DE* — quiconque] quiconques *FY* — 11.
aultres] aucuns *DE* — (que il) ne] -*BC* — advenist...preist] print
DE — 12. Etheocles...Ysmene] et deux filles *DE* — Anthigone]
Anthigosne *BC* Antigona *Z* — pensoit] pensa *DE* — mary] + re-
gnans luxuque regio sibi indulgens *Z* also in *X* — Car une] + grant
BCDFY ingens *Z* — aussi] -*DE* 13. (dit) de] par *BC* — Thiresia]
Tirestra *D* Thirasia *F* Thiresia *Z* — divineur] devineur *EY* — avoit]
-*DF* — espousé et] -*BC* — 14. Thiresia] Tirestra *D* Thierresia *F*
— divinement] devinement *FY* — plus] -*EF* — plus certifié] certior
redderetur *Z* — leesse] liesse *DE* — 15. donques] -*BC* — hors les
deux yeulx] les deux yeulx *E* les deux yeulx hors *F* hors les yeulx
Y — comme] que *DE* — Etheocles... nommez] -*DE* — exaucié]
exaulcees *BCE* essaulcé *D* essauceez *Y* —Etheocles...freres] ses

deux filz *DE* — *16.* comme ... pere] comme leur pere Edipus *EY*
— la] le *CDEF* — *17.* Polinices] Polinites *EF* Polynices *Z* + son
frere *DE* — que Etheocles] qu'il *DE* — Tydeus] Thideus *DEFY* —
(occision) des] de *BCDEF* — *18.* oyoit] oyt *D* avoyt *F* — bruit]
strepitus *Z* — les hulemens] le hullement *D* les hurlemens *Y* —
choses] -*BC*— puissent] peussent *C* puisse *D* — *19.* reprist soy]
se reprint *DE* — exaussié] exaulcé *E* exaucees *F* essauceez *Y*—
20. soit] + ce *CDEF* — maulx] mots *DE* — (devoré) de] des *BDEY*
— Polinices] Polinites *EF* — en armes crueles] gladiis infestis *Z* —
occis] tué *DE* — bousta] bouta *BCDEF* — laz] laqs *BC* lacs *DE*
lacqs *F* — *22.* fians] fiens *Y* fumum *Z* — leesse] liesse *DE* —
angoisses] angoisse *DY* — *23.* (lieu) du] de *DY* — loyé] lié *DEY*
— chayennes] chaines *BY* chesnes *E* — comment] + quando *Z*.

CHAPTER IX

Neufviesme chapiltre qui en maniere d'un debat contient les cas de Thiestes et de Atreus freres roys de Micenes, et commence ou latin: "Sumpseram calamum et cetera"

JE AVOYE PRINS MA PLUME et estoie tout prest de escrire le cas du vaillant Theseus roy de Athenes, qui de ce me prioit, et voyci Thiestes maleureux filz du roy Philistenes et de la royne Pelopes s'en vint hastivement criant que je me arrestasse et que je ne escrivisse pas le cas du dit Theseus, disant le dit Thiestes que il n'estoit pas moins digne de memoire ne que est Edipus ou Jocasta, et qu'il ne devoit pas estre laissié derrier puisque dist il tu as grant ardeur et voulenté de lessier en escript a ceulx qui aprés toy venront les cas des mauvaiz et maleureux hommes qui sont prouvez par pluseurs tesmoingnages .

2. Je me arrestay. Et Thiestes me poursuivoit en disant, "Mon frere Atreus, homme desloyal qui par ses pecchiez est cogneu par tout le monde, estoit mon ennemi et si cuidoye qu'il me aymast comme son frere que je suy, mais point ne me amoit dont j'ay juste et digne cause de moy plaindre de lui pour le mal qu'il m'a fait. Car sanz ce que je racompte les grans estatz et noblesses de mes predecesseurs de ma juenesse, je vueil venir a compter un tel miserable cas qui oncques ne fut oy jusques au temps qu'il advint.

3. Certain est que mon frere Atreus qui me avoit for banni du royaume de Micenes par force et violence soubz ombre que je eusse couchié avec sa femme, ce que pas ne avoye fait, il aprés par divers admonnestemens me appella et par barat me enhorta de retourner a mon pays de Micenes, ainsi comme se il se repentist des maulx que il me avoit fais et feingnoit qu'il voulsist moy faire per-

sonnier et compaignon du royaume de Micenes dont mesmement
la moitié apartenoit a moy. Quant je vins ou pays de Micenes je
fu receu de par les habitans en grant joye et leesse, mais comme
folz je chey es filez de Atreus mon frere qui adonc fut joieux
comme se il eust prins la praye que il desiroit. 4. Il ne seroit ja
mestier que je comptasse les feinctifs acollemens, les desloiaulx
baisiers ne les larmes que il plora pour la joie qu'il avoit de ce
qu'il m'avoit prins, ne les doulces paroles et amiables qu'il me dist
a mon retour. Entre ses amiables paroles il me dist que pour la
joye de mon retour il vouloit sacrifier aux dieux du pays de Micenes.

5. Je ne savoie quelz sacrefices mon cruel frere Atreus avoit
entention de faire. Je lui souffri qu'il sacrifiast aux dieux et je
mesme feusse voulentiers alé au sacrifice se mon frere me eust
souffert y aler. Je qui estoye simple et confiant pour la grant leesse
que je avoie d'estre restitué en mon royaume avoie oublié moy et
mes enfans, en tant que point ne m'en doubtoye.

6. Je cuidoie que mon frere Atreus eust en son cuer les choses
qu'il monstroit par sa feincte parole. Mais tandiz que il me admonnestoit reposer, il comme cruel homme fist apprester un autel
par ses ministres et varletz qui estoient consentens de celle mauvaistie. Mon frere Atreus desirant accomplir sa cruaulté se defioit
de ses gens, combien que entre tous ses ministres n'eust illeuc aucun
si mauvaiz comme lui. Et pour ce il ne voult pas mes trois enfans
innocens tuer par la main d'aulcun sien varlet, mais Atreus mesme
appointa un coustel a leurs gorges et leur fist maintes plaies par
quoy il espandi leur sang, et bousta hors les ames de leurs corps
et ceste craulté fist il en une tres secrete fosse de son hostel royal.
7. Cestui sacrefice que fist mon frere Atreus de mes trois filz innocens fut ort et puant aux diex d'enfer, ja soit ce que ceulx de
Trace qui demeurent pres de la Dinoe l'eussent fait et si sont ilz
cruelz et senz pitié. Cestui sacrifice aussi fut ort et puant aux dieux
privez, ja soit ce que les Grecs appellez Spartains l'eussent fait et
si sont ilz doulx et piteux .

8. Ce cruel fait ne souffisi pas a mon frere, mais ainsi comme
s'il me voulsist apprester un grant disner, il quant je me seoie a
table me presenta les membres de mes trois enfans, les aulcuns cuiz
en eaue et les aultres rostiz sur les charbons. Se ceste chose fut
mauvaise et cruele, je ne vueil mie que tu adioustes foy a mes

paroles, maiz au miracle qui apparut ou ciel. *9.* Car le soleil qui regarde tout ce que l'en fait ou monde fut tesmoing de ceste cruauté, lequel souleil estant lors ou plus hault point du ciel et a heure de midi pour l'orreur de si desloial fait envolopa son visaige d'une nue obscure et retrahi son cours en oriant. Et la nuyt qui par le souleil s'en estoit alee de sur terre elle retourna ou pays de Grece pour couvrir l'oreur de si desloyal fait.

10. En cest horrible fait ne fut pas la fin de la mauvaistie de mon frere Atreus, car puisque il eut destrempé le sang de mes enfans innocens, il commenda quant je auroie soif que les coupes d'or et de pierres precieuses qui escumoient du sang feussent mises devant moy. Je qui ne savoie aulcune chose de ceste horrible entreprinse mengay les membres et beu le sang de mes propres enfans. Je ne sceu riens de la chose jusques a tant que mon frere Atreus, desloyal homme, me presenta les testes de mes enfans quant je les appelloie pour les veoir devant moy.

11. Je laisseray a compter la maniere de mon exil par quoy mon frere Atreus me banni, et les peines que je souffri durant mon bannissement qui sont tres grieves a endurer et ont une maniere de tres grant maleurté. Je laisserai a compter les larmes qui me vindrent aux yeulx durant mon bannissement, et les povretez et misere que je souffri. Et je mescheant vueil proposer devant toy Jehan Boccace une chose, c'est assavoir que tu advises et resgardes saigement se par droite sentence aulcun puest estre appellé plus maleureux que moy, et si vueil proposer que tu advises et juges se par droite sentence aulcun puet estre dict plus cruel que Atreus mon frere et mon ennemi."

12. Thiestes roy de Micenes ja finoit ses paroles quant son frere Atreus, cruel homme et eschaufé de courroux, au visaige traversain, vint devant moy et s'arresta et me dist en criant:

13. "Pourquoi est ce, dit Atreus, que Thiestes ce gentil accuseur et vieil ribault respant et seme ses mauvaises paroles contre moy et aultrui. Je confesse de plein gré que je sui maleureux et Thiestes est homme desloial et cruel. Et afin que je ne compte toutes les choses qui affierent a mon cas maleureux, saiches mon ami Jehan Boccace se ja tu ne le sces que moy estant puissant en eage et en beaulté espousay la noble Europa, de laquelle mon frere Thiestes corrumpi la chasteté et l'entiere pensee par les admonnestemens et flateries de lui qui couloure et agense mauvaistiez et baratz.

14. Et aprés que mon frere Thiestes eut deceue ma femme Europa qui estoit chaste et entiere, il corrumpi et ordoia mon lit et eut enfans de ma femme, lesquiex je cuidoie estre miens pource que je estoie simple homme et n'estoie point souspeçonneux de mon frere. Et me dist Atreus, "Mon ami Jehan Boccace, ne te esmerveille pas de ce que je t'ay dit. *15.* Car Thiestes, porc voulentif et eschaufé de luxure, a son esciant et de sa voulenté despucella et corrumpi sa fille Pelopia, laquelle conceut de Thiestes son pere et enfanta un filz appellé Egistus par qui fut destruit et gasté tout le lignaige de Tantalus roy de Frige, qui fut tres avaricieux et qui ne eut onques soing ne diligence de la chose publique.

16. Cestui Egistus, filz de Thiestes et de la dicte Pelopia, si tost qu'il fut né on le porta es forests pour estre devoré des bestes afin que Thiestes couvrist le diffame de soy et de Pelopia sa fille et sa ribaude. Par ordonnance de Dieu ou de fortune Egistus ne fut pas devoré ains le nourri par aucun temps une chievre sauvaige. Aprés Egistus fut recongneu de ses parens et vint en l'ostel du roy Thiestes son pere, mais pour ce que l'en ne tenoit compte de lui. Il se informa des choses que on lui avoit faites et occit moy Atreus son oncle, puis succeda a mon royaume mon frere Thiestes. *17.* Et coucha Egistus avec Clitemestra femme du roy Agamenon lors estant en la bataille de Troie. Egistus aprés ce tua le dit Agamenon nouvellement retourné de la dicte bataille, et finablement fut tué par Horestes filz du dit Agamenon.

18. Mais Jehan Boccace dist Atreus, considere se tu pues l'orreur que fist le roy Edipus en cognoissant sa mere charnelment, et tu trouveras se je di tout, que le pecchié de Thiestes est presques aultretant horrible. Le royaume de Micenes dont un seul roy povoit estre contant est divisé et parti a deux, c'est assavoir a Thiestes et a moy. Et si s'efforce Thiestes par ses espies de l'avoir tout pour soy, Thiestes controuva que il avoit juste cause de moy bannir en moy amettant sur telz pecchiez qui onques ne furent ouys qui sont importables.

19. Afin que je purgasse les pecchiez de mon frere Thiestes, j'ay deliberé en mon courage de muer seulement ma maleurté, c'est assavoir de faire mon frere ainsi mescheant comme moy. Et pource que par adventure je ne povoie mie faire ceste chose par ma force et puissence, je me sui pourpensé de user d'art et de barat contre Thiestes mon frere, pour ce que il qui de ce faire est noble maistre m'en avoit monstré et enseignié la maniere, car il a esté cause que je aye fait contre lui ce dont il me accuse.

20. Je, Atreus, confesse que a Thiestes mon frere je donnay ses enfans a mengier, l'un bouli, l'autre rosti, car il les me eust ja par avant donnez a manger se il n'eust cuidié qu'ilz feussent ses enfans Thiestes est maleureux par ce qu'il a mangié ses deux enfans, maiz je suis maleureux par la fornication que Thiestes fist avec ma femme Europa. Je suis maleureux par le barat de mon frere qui m'a deceu. Je suis maleureux par ce que je ne puis contrevancher et punir le delict que mon frere a commis contre moy et si en ay grant desir. Le desir de soy contrevancher est un commun desplaisir qui vient es pensees des hommes. *4.* Je sui maleureux car il m'a convenu faire cruaulté et raige contre les deux enfans de Thiestes qui estoient mes nepueux ou fillastres. J'ay voulu poiser en pareille balance la punicion avec l'offense que mon frere me fist. Il avoit corrompu et ordoié mon lit par l'advoultire qu'il fist avec ma femme. J'ay corrumpu et ordoié sa table en lui donnant a manger ses deux enfans conceux ou ventre de ma femme qui est comme mien propre. Et je me sui pensé de caicher et remettre dedans son ventre ses deux mesmes enfans.

22. Je ne povoye aultrement faire que ses enfans retournassent ou lieu dont ilz estoient partiz, se non en les faisant menger a leur pere. Car desloialment ilz estoient engendrez de son ventre, et par ce que leur pere les a mengez ilz sont retournez en leur premier lieu et sont ainsi comme se ilz n'eussent oncques esté. Mon frere Thiestes ordonna en son couraige qu'il occuperoit par fraude le royaume de Micenes.

23. Mais pour ce que sa part ne lui souffisoit pas a vivre en franchise et en paix, je par barat l'ay mis en exil et en prison, loyé de chaines de fer. L'en doit, dit Atreus, jouer d'art et de barat pour estre seigneur de toutes ses choses. Je me repute tres maleureux pour les choses que mon frere m'a fait, toutevoies je repute mon frere Thiestes plus cruel que quelconques bestes sauvaiges.

24. Le vieillart Thiestes, qui par les paroles de Atreus fut atteinné et plus aigre que devant, se levoit contre ces choses que le dit Atreus lui opposoit. Mais je qui fu envoyé de escouter choses si crueles et si bestiales donnay congié au dit Thiestes, et l'escondi, et aprés je prins la plume pour escrire le cas de Theseus roy d'Athenes.

Chapter IX

Tit.] neufviesme] le neufviesme *BDFY* —(chapiltre) qui] -*BDF*
—(contient) les] le *DE* —freres] + et *BCD* + es *F* — et cetera]
-*DEY* — *1.* derrier] derriere *DEFY* —dist il] + que *CDE* —
mauvaiz et] -*BCD* —desloyal] desleal *DE* — *2.* estoit] est *BCDE*
— point] + il *DY* — moy] me *DE* — les grans estatz] fulgores *Z*
— jusques au] puis le *DE* jusques ou *Y* — *3.* for] fors *BC* —
appella] rappella *FY* —(retourner) a] en *DE* — en] a *BCD* —
leesse] liesse *DE* — folz] fol *BDFY* — praye] proye *DEFY* — *4.*
feinctifs] feintiz *BF* — ses amiables paroles] lesquelles *DE* — *5.* sa-
crefices] hostias *Z* — Atreus] -*BC* —leesse] liesse *CDE* — *6.* (mais)
Atreus] luy *DE* —mesme] mesmes *DEFY* — coustel] cousteau *DY*
— (hors) les] leurs *BCDE* — *7.* Atreus] -*DE* — diex] dieux *BDEFY*
— diex d'enfer] diis inferis *Z* — ja soit...puant] -*DE* — aussi] -*BC*
— puant] + et *DE* — dieux privez] diis domesticis *Z* — *8.* ce] le
DE — souffisi] soufist *DEFY* — aulcuns] ungs *DE* — *9.* (desloial)
fait] facinus *Z* — envolopa] envelopa *DE* — nue obscure] stygia
nebula *Z* — retrahi] retreyt *DE* — retrahi son cours] contractis
equis rediit *Z* — elle] -*DEF* — Grece] Danais *Z* — desloyal] desleal *DE* — *10.* cest] ce *DE* — Atreus] Acreus *EF* — soif] souef *D*
seuf *E* — *11.* Atreus] Acreus *EF* — tres grieves] fere intolerabilia *Z*
— et mon ennemi] -*D* Bocace *E* — *12.* Atreus] Acreus EF Atreus
Z — cruel... traversain] ex transverso adspectu ferox, ardens *Z* —
au] a *BC* — traversain] -*DE* — et s'arresta] -*DE* — *13.* ses mauvaises paroles] sua scelera *Z* — desloial] desleal *DE* — compte]
+ pas *BC* — se ja tu ne le sces] -*DE* — lesquiex] lesquelx *BD*
lesquieulx *E* lesquelz *FY* — *15.* porc] ort *BC* sus *Z* — eschaufé
de luxure] luxurioso semper aestuans igne *Z* — *16.* l'en] on *EF* —
17. ce] -*DE* — *18.* orreur] errorem *Z* — le pecchié...horrible] sed
plura supersunt *Z* — soy, Thiestes] + mon frere *DE* — moy amettant me chargeant *DE* — ouys] + et *BDEF* — *19.* mon frere
Thiestes] luy *D* luy mon frere Thiestes *E* — ainsi] aussi *DE* — pour
ce] -*DE* — *20.* Atreus] Acreus *EF* — bouli] + et *DY* — n'eust]
- n' *BD* — deux] trois *BC* — contrevancher] contrevanger *EFY* —
deux] trois *BC* (three times) — poiser] peser *DEY* — en pareille
balance] en balance pareille *A* — *22.* (partiz) se] si *DEY* — des-
loialment] desloyaument *FY* — *23.* loyé] lié *DEY* — Atreus] Acreus

EF — fait] faites *CDF* fetes *Y* — quelconques] quelconque *BC*
quelzconques *DY* — bestes] beste *BCD* — sauvaiges] sauvaige *BD* —
24. Atreus] Acreus *E* Acteus *Y* — atteinné] actainé *EF* courroucé
Y — envoyé] ennuyé *DEFY* — prins] reprins *DE*.

CHAPTER X

*Le Dixiesme chapiltre contient le cas de Theseus roy
de Athenes, commençant ou latin: "Athene et cetera"*

ATHENES, QUI JADIZ FUT NOBLE CITE, nourrice de philosophes, de poetes, de orateurs, fut seule et singuliere lumiere de Grece. Elle fut renommee de nobles tiltres senz nombre et eut roys tres nobles, entre lesquelz Theseus filz du roy Egeus qui succeda par lignaige, qui fut presques le plus noble de tous les ancians roys, tint et posseda le royaume de Athenes. Comme cestui Theseus feust monté d'enfance en l'eage de adolescence forte et viguereuse, il donna a ceulx d'Athenes si grant esperance de sa prouesse que deslors ilz croioient que Theseus seroit tel comme après il apparut. Et ceste esperance donna Theseus aux Atheniens quant Minos roy de Crete les guerroioit tant qu'ilz estoient lassez par batailles et constreins a lui paier treuages.

2. A peines Theseus avoit encores ses joes couvertes de prime barbe rousse et crespe, quant par sa merveilleuse force il desconfisi un toreau qui gastoit toutes choses a l'environ d'Athenes, lequel toreau par sa force et barat avoit desconfiz aulcuns fors et aspres jouvenceaulx, et tua Theseus ce toreau et le sacrifia a Jupiter en son temple. Ceste prouesse il fist en un champ appellé Marathon pres de Athenes, ouquel anciennement estoient fais les grans effors et les gieux d'armes par les nobles du pais.

3. Aprés ce Theseus fut compaignon avec Jason du navire que les Gregois menerent en l'isle de Colchos pour ravir la toison d'or. Et retourna Theseus de Colchos chargié de praye, et avec louange et honneur. Depuis ce fait Theseus assailli les Amazones avec Hercules le preu, et eulx deux avec leur ost repoulserent les grans

effors d'icelles. *4.* Et aprés ce que ilz les eurent battues par grieve et pesante bataille, Theseus comme victorieux en amena avec son aultre praye Ypolite royne des Amazonnes qui sont femmes qui ne ont entre elles aulcuns hommes et neantmoins elles ont royne et loix et policie selon lesquelles elles vivent, et est leur pais environné de la mer Egee que l'en dit le bras saint George, et sont assez pres des Scitois et des Gethes.

5. La prinse que fist Theseus de la royne Ypolite lui donna aussi grant noblesse de renom comme fist la prouesse par quoy il eschappa le peril ou il fut, quant le jour des nopces de son compaignon Perithous il combati et vainqui les Centaures orgueilleux et hardiz pour leur force, lesquelz eschaufez de vin et de viandes s'efforcerent de oster Proserpina femme du dit Perithous. Cestui Perithous fut filz de Ysion et de Ypodamia, et fut Ysion cellui qui en Grece premierement s'efforça de occuper royaume et seignorie par violence. Il assembla cent souldeurs armez et montez sur chevaulx lesquelz Ysion nomma Centaures. Iceulz occit en bataille Theseus pour la cause avant dicte.

6. Et comme le dit Theseus et Perithous son compaignon larrecineusement alassent ravir une noble pucelle nomme Proserpina, fille de Jupiter et de Ceres et femme de Pluto roy des Molosses, Perithous fut tué d'un chien horrible appellé Cerberus.

7. Et avec ce depuis que Theseus en bataille corps a corps eut vaincu et occis ce terrible homme Minotaurus dont nous parlasmes en comptant le cas de roy Minos, Theseus affranchi les Atheniois lors tributaires comme dit est du dit Minos et de la gent de Crete, et rassambla en leur propre pays lesdiz Atheniois, qui par pluseurs males fortunes estoient a tant menez qu'ilz s'estoient respanduz en divers lieux pour la cruele et longue guerre que faicte leur avoit le dit Minos. *8.* Depuis ce le dit Theseus comme citoien et prince bailla aux Atheniois forme de vivre et maniere de converser ensemble, et il aprés par sa merveilleuse force appaisa les descors et les dissencions qui lors estoient en la cité et ou pays de Thebes aprés la desconfiture et mort de Etheocles et de Polinices et de aultres sanz nombre, tant roys comme aultres nobles qui devant Thebes moururent en bataille.

9. Aprés laquelle chose Theseus desconfisi et tua le roy Creon, orgueilleux pour la nouvelle seigneurie du royaume de Thebes qu'il avoit usurpee. Et avec ce le dit Theseus occit tres vilment ceulz qui estoient de la partie de Creon dessus dit, pource qu'il ne vouloit souffrir ardoir les corps des roys et des nobles hommes qui avoient esté mors en la bataille de Thebes. Et ceste chose ne vouloit souffrir le dit Creon pour ce que Meneceus son filz avoit esté occis des Grecs en icelle bataille. *10.* Il n'est historian qui puisse assez pleinement compter les grans fais de Theseus par lesquelx il adjousta moult de clarté et de renommee au nom de Athenes et au sien. Car se Theseus n'avoit fait autre chose fors que rassambler et mettre ensemble les remenens du peuple d'Athenes qui estoient respars en divers lieux a cause de la guerre que fist le roy Minos, si samble il que Theseus ait acquis plus de noblesse et de gloire que aultre qui soit entre quelconques nobles hommes que tu vouldras nommer. *11.* Car de ces remenens du peuple de Athenes nasqui nommie seulement la noblesse et l'onneur de toute Grece mais celle mesmement de tout le monde, c'est assavoir la lumiere de philosophie par quoy l'en est venu a vraye cognoissance des choses divines et humaines. Tandiz doncques que Theseus roy d'Athenes seoit en l'ancian siege de ses predecesseurs roys, fortune pou a pou muça ses ars et ses engins pour trebucher Theseus. *12.* Car comme Theseus aprés aulcune espace de temps meu de courroux eust tué sa femme la royne Ypolite dont par avant il avoit eu un filz appellé Ypolitus, et comme la femme que son compaignon Perithous avoit espousee feust trespassee de ce monde, iceulz Theseus et Perithous alliez ensemble par tres ferme amistié se esleverent en orgueil pour le honeur et pour la bieneuree fortune qu'ilz avoient eue en leurs entreprinses et entre eulx s'accorderent que ilz ne prendroient aulcune femme se non des filles de Jupiter. *13.* Durant ce temps Theseus, boullant et juene, avoit ravie Helene pucellete fille de Jupiter et de Leda, tandiz que la dicte Helene folletement se jouoit au jeu de palestre ou pays de Laconie en Grece. Et ainsi comme aulcuns veulent dire Theseus mena avec soy Helene a Athenes. Electra mere de Theseus rendi Helene entiere de corps a Castor et a Pollux ses freres qui la redemanderent lors que Theseus aloit en Crete. Aulcuns toutevoies veulent dire que Theseus se transporta en Egipte avec la dicte Helene et la recommanda a garder a Protheus roy d'Egypte, et de Protheus fut restituee a ses freres dessus diz.

14. Mais neantmoins je vien au fait du cas de Theseus. Car comme il retournant de Crete victorieux eust laissié en l'isle Yloxas

s'amie Adriana yvresse et formant endormie, il prist Phedra a femme, laquele il avoit ravie ou nom de Ypolitus son filz. Et Perithous,
demourant en son propos, appella Theseus pour estre son compaignon a ravir Proserpina fille de Jupiter et de Ceres, qui estoit ma-
riee a Orchus roy des Molosses demourant en un bas pays pres
de la mer, lequel ravissement Theseus et Perithous entreprindrent de
maleur, car Perithous fut occis de Cerberus un tres cruel chien
que avoit le roy Orchus. *15.* Et Theseus mesmement fut moult
blecié et courroucié en son cuer pour la male adventure de son
ami et si fut detenu prisonnier, laquele chose mist une grant tesche
de honte a la premiere prouesse de Theseus. Car qui est plus laide
chose, il ne povoit par sa force eschaper de prison se le preu Hercules qui d'aventure retournoit victorieux d'Espaigne et qui avoit
desconfit le roy Gerion n'eust delivré le dit Theseus, aprés que le
dit Hercules eut occis le chien Cerberus qui avoit trois testes.

16. Comme doncques Theseus retournast a Athenes par adventure pour soy reposer aprés ses grans travaulx, il trouva tout
son hostel ordoié et sa cité troublee par une meschant et doulereuse
adventure. Car tandiz que Theseus avoit esté hors de son pais,
Phedra sa femme embrasse de grant chaleur de luxure admonnesta
par ribauldes prieres son fillastre Ypolitus, beau jouvenceau et de
gentil maintien, qu'il la congneust charnelment. Ypolitus qui eut
mis en sa pensee de garder perpetuele chasteté, refusa de congnoistre charnelment sa marrastre Phedra.

17. Elle de ce courrouces fist plainte et clamour comme se
Ypolitus lui eust voulu faire violence. Il s'estoit parti d'Athenes
quant son mesme pere Theseus illeuc retourna, qui a sa femme
Phedra crut plus tost que il n'appartenoit quant elle accusa son
fillastre Ypolitus. Theseus, lors escumant et tantost forseneux,
commenda que l'en serchast partout le jouvenceau Ypolitus et que
on le tourmentast si tost qu'il seroit prins. Mais Ypolitus comme
bien souvenant de l'ancian courroux de Theseus son pere, qui durant son yre rencontra Ypolite mere de Ypolitus, il monta sur un
legier cheriot et s'enfuy hors de la cité d'Athenes. Et quant Ypolitus
estant sur son cheriot vouloit faire courir les chevaulx qui le me-
noient et les frapoit d'un fouet, il advint que aulcunes baleines
paiscens selon le rivaige de la mer saillirent hors d'aventure. *18.*
Ces baleines soubdeinement effraiees du bruit et du tripilleiz des
chevaulx retournerent soubdeinement dedans la mar, par quoy les

chevaulx du cheriot furent espouentez et malgré Ypolitus ilz lesse-
rent le chemin du rivaige, et rompirent leurs brides, et isnelment
transporterent le cheriot par ronces, par espines et par rochiers
cornuz.

19. Le jouvenceau Ypolitus en soy contregardant fut hors get-
tié du cheriot ja rompu, et il par sa male fortune fut entortillié des
cordes et des loyens a quoy les chevaulx traioient, lesquelz se
mistrent a tost courir et trahinerent Ypolitus par aspres buissons
et par montaignes, par quoy Ypolitus ne fut mie seulement tué et
mort mais le corps de lui fut desnervé et froissié par membres,
et le lessierent ses chevaulx ça et la derompu en pieces par les rochiers et buissons qu'il avoit rencontré. *20.* Certes c'estoit chose
dure et plourable non pas seulement au roy Theseus son pere maiz
aussi aux ennemis du pere et de l'enfant de veoir sa charoingne mur-
trie par les traversains chemins des bois et des montaignes. *21.* Toutevoies Theseus qui estoit courroucié pour la mort de Perithous
son compaignon et doulant pour ce qu'il avoit esté prisonnier du
roy Orchus, et qui estoit mescheant pour la laide mort de son filz
Ypolitus, afin que Theseus feust feru de aultre plaie il advint que
male fortune et le pitieux cas de son tres amé filz Ypolitus ne
esveillerent pas seulement les chaleurs de la maleureuse Phedra qui
ja estoient a moitié refroidees, maiz la male fortune de Ypolite et
le piteux cas esleverent les chaleurs de Phedra en trop plus grans
flambes que elle n'avoit eues par avant. *22.* Car comme elle eust
oy et vehu le dommaigeux et nuisant cas de Ypolitus, elle vint a
tardive repentance de son pechié et fut tant demenee de male raige
que elle desira la mort et promist aux dieux que par ses propres
mains elle feroit de plein gré sacrifice de soy mesme pour l'ame
de Ypolitus. Et elle surprinse de hastif conseil, en gemissand pour
le pechié que elle avoit fait, le desclaira et dist a son mari Theseus
qui encores plouroit pour son hastif courroux et fureur dont il s'estoit esmeu contre Ypolitus son filz.

23. Phedra n'avoit pas encores cessees ses paroles quant devant
son mari elle se trespersa de l'espee que Ypolitus lessa quant il
s'enfouy pour la paour de son pere. Ainsi doncques Phedra par
sa cruele mort nettoia le barat et le pecchié que elle avoit pensé
contre Ypolitus son fillastre et son amant. Theseus considerant ce
cas eut horreur, et il qui fut meu de affection et amour paternele,
plouroit le cas et la mort de Ypolitus son filz, lequel il avoit cuidié

estre coulpable. *24.* Et estoit constreint Theseus a gemir par larmes plus ameres pource qu'il savoit Ypolitus son filz avoir esté innocent et condempnoit sa tres merveilleuse cruaulté. Et de aultre part le constreignoit a plorer la pitié du sang de Phedra, sa tres chiere femme que elle avoit espandu en soy tuand devant lui, combien que elle l'eust desservi par son pechié. Theseus pour la victoire qu'il eut des Centaures, et quant il affranchi la cité d'Athenes du truaige que la cité devoit chascun an a Minos roy de Crete, ne sambla onques estre plus joyeux, ne que il fut mescheant ou temps des exeques de son bon filz Ypolitus et de sa mauvaise femme Phedra. Mais les plus griefs et plus durs cas sont ci aprés comptez.

25. Les Atheniois ingrats, c'est a dire rendans mal pour bien, se rebellerent contre Theseus, privé de son loyal amy Perithous et de son filz Ypolitus et de Phedra sa femme. Tandiz qu'il estoit environné de tans de douleurs comme dessus est dit, et les Atheniois jadiz fuitifs lesquelz Theseus ramena en leur pais et lesquelz il affranchi comme dit est, et auxquelz il avoit baillié maniere de vivre civilment c'est a dire honnestement l'un avec l'aultre, ilz dechacerent Theseus leur roy de son pays et le bannirent a tousjours aprés ce qu'ilz lui eurent osté le gouvernement honteusement du royaume d'Athenes. *26.* Or povons doncques veoir quele puissence aient eu contre fortune la marrastre les noblesses des ayeulx de Theseus et les resplendisseurs et gloires acquises par vertu corporele. Nous aussi povons veoir combien vaille puissence terrienne et royaume contre fortune la marrastre des hommes, Certes tandiz que un prince puest constreindre ses subjectz toutes choses lui obeissent. Et se il advient que noblesses, puissence et royaume demourent a ceulz qui sont boustez en povretez et misere, laquelle chose advient tres pou souvant, toutesvoies puisque fortune l'obscure bestourne toutes les choses precedens, la misere de l'omme n'est point allegee par le souvenir de teles choses passees, ains en est la misere plus grande.

28. Et afin donques que nous mettions aulcune fin au compte des povretez et meschiefs que souffri Theseus le roy de Athenes, il parti de son royaume plourant, vieillart et tout seul et privé de dignité et office royal, et fina le derrenier jour de sa maleureuse vie en la petite isle de Thyr.

CHAPTER X

Tit.] le Dixieme] dixieme *A* — contient] contenant *A* — commençant] et commence *BCDFY* — et cetera] -*DE* — *1.* poetes] + et *BCDY* — cestui] celuy *DE* — viguereuse] vigoureuse *DE* — croioient] creoient *CDE* — Atheniens] Atheniois *BCF* Athenois *DE* — guerroioit] guerrioit *BF* guerreoit *DE* — treuages] truages *E* truage *Y* — *2.* joes] joues *DE* — rousse] aurea *Z* — aspres] apars *BS* atticae *Z* — gieux] jeux *BEFY* — praye] proye *CDEFY* — *4.* praye] proye *DEFY* — royne] regne *D* resgne *E* — policie] -*D* polices *Y* — Egee que... Gethes] -*DE* — *5.* et de viandes] -*A* et de viande *DE* — cestui Perithous] qui *DE* — royaume et seignorie] royaumes et seignories *CY* — souldeurs] souldoiers *EF* souldaiers *Y* — Ysion nomma Centaures] et *DE* — occit] tua *DE* — *6.* des] de *CDF* — *7.* (cas) de] du *CDEFY* — Atheniois] Athenois *DE* Atheniens *Y* Athenienses *Z* — dit] roy *DF* — Crete] + quod perpetua laude dignum fuit *Z* — males fortunes] casibus *Z* — pour] par *EF* — *8.* Atheniois] Athenois *DE* Atheniens *Y* — (et) les] -*DE* — Etheocles] Theocles *BCDY* — Polinices] Polinites *EF* — *9.* occit] tua *DE* — vilment] vilainement *DE* foeda strage *Z* — de Creon dessus dit] dudit Creon *BCFY* du roy Creon *DE* — avoient esté] estoient *A* — Meneceus] Menesteus *XY* Mnesteus *Z* — *10.* fais] facinora *Z* — estoient] estoit *BC* — respars] respandus *DE* espars *Y* — divers] plusieurs *DE* — quelconques] quesconques *BC* quelzconques *EY* — *11.* lumiere] + inextinguibile *Z* — seoit] + post tot insignia *Z* — *12.* tué] tuee *CD* — iceulz Theseus et Perithous] eulx deux *DE* — bieneuree] bieneure *A* — (femme) se] si *DEY* — *13.* et de Leda... a Athenes] et la mena le dit Theseus avec soy a Aᵗhenes *DE* — jeu de] + la *BC* — Electra] Aethra *Z* — Pollux] Polus *DFY* Pollux *Z* — *14.* prist] print *DEY* — Proserpina] Proserpine *BCDEFY* Proserpina *Z* — Orchus] Archus *DE* Orchus *Z* — Molosses] Molesses *BC* molossi *Z* — bas pays pres de la mer] apud infernum mare *Z* — occis] tué *DE* — *15.* male adventure] sinistro casu *Z* — une] un *A* — tesche] tasche *BCDEY* — prouesse] promesse *A* claritati *Z* — Car qui ... il] et *DE* — eschaper de prison] remeare ad superos *Z* — occis] tué *DE* — occis le] + dit *BDEFY* — *16.* meschant] meschance *F* meschante *Y* — doulereu-

se] douloureuse *BD* — beau... maintien] ob pulchram adque venus-
tam rusticitatem *Z* — gentil] noble *A* — Ypolitus] Ypolite *ABF* —
eut] avoit *DE* — en] -*DE* — *17.* mesme] mesmes *DEF* — (Ypolitus) il] -*BC* + pavescens *Z* — de la cité] -*A* — baleines] phocae
Z — paiscens] pessans *DE* passans *Y* — *18.* tripilleiz] trepilleiz
BFY trepillis *DE* — *19.* loyens] liens *DEY* — mistrent] misrent
DE misdrent *Y* — montaignes] aggeres *Z* — froissié] defroicié *DE*
defroissé *Y* — *20.* charoingne] spectaculum cadaveris *Z* — *21.* Pe-
rithous] Peritheus *CY* — refroidees] refroidies *DF* — Ypolite] Ypolitus *BCDFYZ* — *22.* cas] eventum *Z* — desira] desiroit *BC* —
mesme] mesmes *DEFY* — surprinse] infestata *Z* — (fait) le] lequel
elle *DE* — (pour) son] le *BCD* — hastif courroux] insaniam *Z* —
23. Phedra] elle *DE* — encores] -*A* — ce cas] casum *Z* — *24.* estre
coulpable] occire *DE* — merveilleuse] malheureuse *CD* inexcogita-
tam *Z* — constreingnoit] contraingnirent *DE* — soy] se *DE* — plus
joyeux] alacrior *Z* — griefs et] + les *BDEY* — *25.* Atheniois]
Athenois *DE* Atheniens *Y* Athenienses *Z* le gouvernement honteusement du] honteusement le gouvernement du *BDEFY* honteusement le *C* — *26.* eu] eue *DE* — (Theseus) et] -*BC* — *27.* noblesses]
noblesse *DE* — la misere] l'injure *BC* — *28.* mettions] mettons *DE*
— (seul) et] -*DE* — derrenier] dernier *DEF* — en la petite isle de
Thyr] apud Cyprum minorem insulam *Z* Thirus *X*.

CHAPTER XI

Le chapiltre XIe reprend et blasme les princes
et tous aultres qui croient trop et tost a ce que
on leur rapporte, et commence ou latin: "In pre-
cipitem et cetera."

COMBIEN QUE IL NE APPARTIENGNE QUE AULCUNS HOMMES se tournent et ploient ainsi comme les fueilles des arbres, toutevoies par especial c'est laide chose et dommaigeuse que ceulz se tournent et ploient qui ont si grant puissance qu'ilz accomplissent de legier ce que ilz veulent. Car combien que dure et tardive croiance ait esté aulcune foiz nuysant, toutevoies legiere hastive croience a tres souvent esté la destruction de pluseurs.

2. Aulcune chose n'est si mortele ne si dommaigeuse a homme que de avoir les oreilles du cuer ouvertes a toutes fables et de y donner foy comme a paroles tres certainnes et vraies, car nous voions que les estudes des hommes sont entre elles ainsi diverses comme les hommes sont divers entr' eulz. Il n'est chose si fole que de cuider que tous hommes prononcent leurs paroles d'un couraige et a une entention. Il affiert a l'omme de saige et de ferme couraige que il ne desprise aulcun et qu'il prise chascun selon les merites de lui. 3. Et afin que l'omme ne puisse par sentence hastive estre deceu des choses incongneuses, il doit assambler en soy le sentement corporel et la raison de l'ame. Et comme en advisend d'une haulte tour, il doit resgarder par vray jugement de pensee qui et quel est cellui qui parle, pour quele besoingne il parle, qui est cellui contre qui il parle, en quel lieu, en quel temps, se il soit courroucié ou appaisié en couraige, se il est ennemi ou ami, s'il est homme difame ou honneste. Le roy Theseus qui en ses aultres faits fut prudant

homme n'estoit pas saige en advisend les choses ici dictes, car il devoit avoir cogneu par longue experience la maniere des femmes. Et par la maniere de la ribaulde Pasiphe la mere de Phedra, Theseus eust veu la maniere de sa femme se d'aultre lieu il ne la peust veoir. 4. Se Theseus eust assamblé en soy le sentement corporel et la raison de l'ame, il eust veu et consideré que son filz Ypolitus habitoit seulement es forests et es bois et es haultes montaignes, et que il courant a pie poursuivoit a l'arc et aux saiettes les bestes sauvaiges et espioit les oyseaulx a les prendre aux laqs, et qu'il estoit contant de chaste vie et que pareillement il desprisoit toutes femmes et refusoit tous mariages, et si vivoit telement que il ne faisoit aulcune chose contraire a Dieu ne aux hommes selon droit naturel. Toutes les choses que Ypolitus faisoit estoient contraires a l'accusation que sa marrastre Phedra proposa contre lui.

5. Se Theseus d'aultres part eust adverti la generation et lignie des femmes estre desloiale, muable, mensongiere et tousjours ardant de luxure insaoulable, il n'eust pas creu sa femme Phedra parlant contre Ypolitus. Et combien que Theseus eust cuidé que les aultres femmes feussent tres chastes, si ne povoit il cuider que les femmes de Crete feussent teles puisque il lui souvenist de Pasiphe femme du roy Minos et de Adriana sa fille, qui toutes deux avoient esté ribaudes l'une mere et l'aultre suer de Phedra. Se Theseus eust advisié ces choses il eust attaint et prouvé contre sa mauvaise femme Phedra ce que il pensa senz deliberation contre son filz Ypolitus innocent. 6. Il n'est chose plus enragee que de adjouster foy de verité a parole de flateur et de croire que simplesse soit en un barateur, que innocence soit en un murtrier et que chasteté soit en un homme ribault. C'est dure chose a croire que aulcun face proprement contre nature et profession de son couraige, ou que il ne se essaie a aulcune chose faire par couvert barat puisque il soit corrumpu en couraige. Et pource que les feures manient fer, tenailles et marteaulx, l'en doit croire a l'omme selon ce que il est.

7. Il me souvient que tres souvant j'ay ris quant je voioie que les princes en lieu publique aloient environnez d'une compaignie de sergens, et si avoient huisiers veillans en leur maison dont les portes estoient closes, et que nul homme s'il n'estoit desarmé et non puissant ne entroit en leur maison, et si avoient a leur table essayeurs de vins et de viandes afin que on n'y eust mis aulcune chose nuysible a la santé du corps. 8. Mais je voioie que les princes

avoient les oreilles et le couraige ouvers a tous parlans comme se
les paroles ne portassent aguillons, espies ne venins. Las, commant
est vaine la soubtilité des seigneurs! Nous ne avons pas ouy dire
que aulcune part les bourgeois de aulcun petit chasteau aient esté
ensamble mors par poysons ne par venins. Nous ne trouvons que
aulcuns peuples advisiez de quelconque petite cautele aient esté
destruitz par tele mort comme Ypolitus filz de roy.

9. Les paroles des poetes tragiques, escrivains les ortz et puans
faitz des roys, crient par chascun quarrefour que les paroles miellees
et les enhortemens de ceulx qui ont deux langues ont esté cause de
destructions et de arsins de citez, de roberies de pays et de bestour-
nemens de royaumes et de destruction a ceulx qui tost et follement
croient les paroles et les admonnestemens de ceulx qui ont deux
langues. 10. Se les paroles de ceulx qui ont deux langues ne faisoient
aultre chose a cellui qui tost les croit fors que elles soubdeinement
boutent et retirent le mescheant couraige et le delictent et troublent,
et le adoulcissent et atainnent et le meinnent une foiz en espoir
aultrefoiz en desespoir, et soubdainnement le meinent et demeinent
comme l'eau de la mer qui maintenant est poulsee de galerne et
aultrefoiz de bise, et si ne y a aulcun seingneur ne prince qui mette
garde a ses oreilles ne qui ordonne essaieurs de paroles. Ceulx qui
ont enquis les natures des bestes dient qu'il est une maniere de
serpans qui par sentement naturel cognoissent que en leur dormir
puet aulcune foiz estre peril de mort.

11. Afin doncques que par les doulz chans des chasseurs ces
serpens ne se endorment, ilz fichent contre terre une de leurs oreilles,
et l'aultre ilz estoupent de leur queue reversee. Mais les hommes
veillans sont mescheans plus que les bestes mues, car nature leur
a plus donné d'entendement et si ne leur chaut de pourveoir a eulx
mesmes maiz font le contraire. Car ilz desirent et serchent flateurs
et vont a l'audevant de ceulx qui par leurs flateries ont entrepris
de leur oster congnoissence et raison.

12. Mais comme soubdeine creance soit mere d'erreur, marrastre de conseil, cause de feintises, trabuchet de son obeisseur et
tousjours voisine de repentance, se nous sommes hommes, se
nous sommes cler voians, se nous sommes caux et advisiez, se nous
ensuivons les auctorités des honnorables loix qui tant recreingnent
soubdeineté de croiance, que selon leur conseil il est commendé
aux juges qu'ilz ne croient riens follement, qu'ilz ne facent rien de

soubdein et tousjours avant le jugement se ilz pevent ilz escoutent
l'une et l'autre partie, afin que tandiz que nous reprenons Theseus
de son soubdein conseil, nous ne rencontrions la male fortune de lui.

CHAPTER XI

Tit.] Le chapiltre XI] l'unsieme chapitre *BC* Le XIe chapitre
DEF — (trop) et] -*DEY* — In precipitem et cetera] -*DE* etsi
minime *XZ* — *1.* cest] est *D* ceste *E* — (dommaigeuse) que] quant
DE — croiance] creance *DEFY* — *2.* mortele] stultius *Z* — donner]
adiouster *DE* — ainsi] aussi *C* -*E* — (chose) si] plus *BDEFY* —
l'omme] homme *FY* — (saige et) de] -*DE* — saige...couraige]
credula existimatione *Z* — qu'il] -*BC* — *3.* la raison de l'ame]
specula mentis *Z* — par vray...pensee] librato iudicio *Z* — qui
est...parle] -*DE* — (prudant) homme] -*BC* — *4.* eust] -*BC* (forests)
et] -*BCDEY* — courant a pie] pede volucri *Z* — laqs] lacs *DEFY* —
desprisoit] + et abhorrere *Z* — vivoit...hommes] caelo vivere teste
Z — *5.* generation] + effrene *Z* — lignie] ligniee *CY* lignage *DE*
— de Phedra] + sa femme *DE* — *6.* dure] a dire *AF* durum *Z* —
aulcun] + ne *BC* — que les feures...marteaulx] -*DE* — fer...mar-
teaulx] fabrilia *Z* — l'omme] homme *DE* — *7.* voioie] veoie *BDEFY*
— lieu publique] litum *Z* — leur maison] leurs maisons *BC* — ne]
n'en *A* — leur table] leurs tables *BC* — vins] poculorum *Z* — viandes]
epularum *Z* — *8.* voioie] veoie *BCDEFY* — le couraige] les couraiges
BC — chasteau] opidi *Z* — trouvons] + pas *DE* — quelconque] quel-
que *DE* — *9.* escrivains] escrivans *BDFY* — ortz] hors *A* — quarre-
four] trivium *Z* — miellees] meslees *FY* mellita *Z* — (cause) de] des
CDEY — (destructions) et de] des *DE* — (arsins) de] des *CDE* —
(citez) de] des *DY* — roberies de pays] incendia regionum *Z* —
bestournemens] populationes et subversiones *Z* — *10.* le mescheant
couraige] les meschans courages *DEFY* — (couraige et) le] les
DEFY — (troublent, et) le] les *DEF* et le] elles *Y* — (attainnent,
et) le] les *DEFY* — (soubdainnement) le] les *EFY* — galerne]
austro *Z* — bise] borea *Z* — ne qui...paroles] -*DE* — leur dormir]
leurs dormis *D* leurs dormirs *E* — *11.* chans] champs *BC* modula-
tionibus *Z* — a plus donné] a donné plus *A* — flateurs] gnatonicos
Z — a l'audevant] au devant *DEY* obviam *Z* — (cognoissence) et]
de *CF* — *12.* feintises] feintise *BCY* — les auctorités] l'auctorité

BCFY — recreingnent] restreingnent *BCY* abhorrent *Z* — croiance] creance *BDEFY* — juges] exequutoribus *Z* executeurs *X* — (croient) riens] rien *DEF* — follement] temere *Z* — (facent) rien] riens *BC* — (peuvent) ilz] -*BDEFY* — rencontrions] rencontrons *BCXY* incurramus *Z.*

.

CHAPTER XII

Le XIIe chapiltre qui en brief contient les cas d'une
grant compaignie de douleureux hommes et femmes

JE AVOIE AINSI PARLÉ CONTRE CEULX qui hastive-
ment croient a ce que on leur raporte et puis avoie tourné mon
couraige a querir par les hystoires aulcuns nobles hommes et femmes descheuz et abatuz par fortune, quant une grant compaingnie
de nobles hommes et femmes fut devant moy senz ce que je les
huchasse. Et devant les aultres abatuz par fortune je congneu la
royne Althea fille du roy Testius et femme de Oeneus roy de
Calidoine. Ceste royne Althea pour sa dure fortune plouroit abun-
daument et avoit le visaige froncié, ses cheveulx despeciez a ses
crueles ongles, et vestue de robes de plour.

2. Ceste Althea entre pluseurs siens enfans eut un filz appellé
Meleager, duquel elle ouy dire par divineurs que selon l'ordonnance
des destinees il vivroit tant comme un tison qui lors estoit ou feu
de l'ostel de la royne dureroit senz estre brulé. Si tost que Althea
eust enfanté son dit filz Meleager, elle leva et osta le tison hors du
feu et le mist et garda en lieu repost. 3. Or advint que quant elle
sacrifioit aux dieux a la guise des payans pour l'onneur que son
filz Meleager avoit eue en la chace et en la prinse d'un horrible et
fort sanglier qui lors gastoit en hommes et en biens terriens le
pays de Calidoine en Grece, et adonc elle ouy dire que son filz
Meleager avoit tué Thoseus et Plexipus deux nobles jouvencialx,
freres et oncles de la dicte Althea, pource que le dit Meleager maistre
de celle chace avoit donné la hure du dit sanglier a une pucelle
Athlanta fille de Jasius roy de Archadie, laquelle pucelle avoit
donné le premier cop au sanglier dessus dit. 4. Lesdiz Thoseus

et Plexipus s'efforcerent de tollir a Athlanta la dicte hure, par quoy
Meleager embrasé de son amour tua ses deux oncles avant nommez
et leur osta la hure et la rendi a la fille du roy. La dicte Althea oyant
celle nouvelle, comme forsenee chey a terre, et aprés pour la vengence du delict que fist Meleager elle bousta ou feu le tison que elle
avoit gardé jusques lors. Aprés lequel fait Meleager tomba a terre.
5. Et il aprés comme repentant de la mort de ses oncles que il
avoit tuez se coucha sur s'espee, et ainsi se tua en finend mescheau-
ment sa vie. Et la dicte Althea. saichant ces durs cas de ses deux
freres Thoseus et Plexipus et de son filz Meleager occis aprés
pluseurs complaintes, tua soy mesme.

6. Avec ceste royne Althea estoit Hercules filz de Jupiter et de
Alcumena femme du roy Amphitrion. Hercules monstrant son attour
et maintien avoit le visaige hideux, barbe noire mal agencee, aspres
cheveulx, et une robe faicte de la peau d'un leon lequel il prist et tua
en une forest de Grece appellee Nema, et portoit en sa main dextre
une massue. Et en monstrand le cas de sa dure fortune il croit des-
cordeement en tous lieux ou il aloit, en disend que par ses bons
merites il devoit estre mis devant tous hommes pour les horribles
monstres et tempestes du monde qu'il avoit surmontees et vaincus
par sa force et saigesse. 7. Et oultre disoit Hercules qu'il avoit
accompli par œuvre et de fait tous les commendemens de Euristeus
roy de Athenes, soubz qui et de qui le dit Hercules apprist la discipline de chevalerie, disant icellui Hercules que il fut surmonté
et vaincu par la seule pestilence d'amours qui tant le constreingny
que comme il reposast ou giron de la mescheante Yole une de ses
amies, il par le commendement de elle attourna ses cheveulx a guise
de femme et arrousa son visaige de oingnemens et de fars, et vesti
robes de pourpre a façon femenine et mist en ses doiz anneaulx
a pierres precieuses, et aprés vint en la compaignie des femmetes
afin que elles prensissent plaisir en lui. 8. Et se ceste chose fut
tres laide au noble, fort et preu Hercules, pas n'est merveille, car
ceste chose est tres desconvenant et orde mesmement a un homme
villain, floible et paoureux comme femme. 9. Comme doncques
Hercules par ses choses ordes et feminines eust ahontagié les nobles
œuvres que par avant il fist, il m'eust attrait de sa partie pour
escrire ses fais. Mais je me suy pensé que chose impertinant seroit
que par mon rude langaige je appetissasse la noblesse et la gloire
du dit Hercules, duquel tous les dictiez des glorieux poetes s'ef-

forcent de lui eslever par dessus les estelles pource qu'il fut che-
valereux et philosophe ensamble.

10. Aprés donques que Hercules eut par sa force et sa prouesse
desconfit et tué un tyrant appellé Busiris qui lors regnoit en Egypte,
pour ce que il soubz ombre et couleur de courtoisie et de liberalité
recevoit joyeusement en son hostel tous hommes trespassans, mais
aprés qu'ilz avoient mengié et beu et s'estoient retraitz et endormiz
il les occisoit, puis en faisoit sacrifice a Jupiter son dieu. Hercules,
comme couraigeux et preu, fut adcerteigné de la cruaulté du tyrant
Busyris. *11.* Et il considerant qu'il n'est sacrifice plus agreable a
Dieu que le sang d'un tyrant, il vint soubz ombre de soy herbergier
en l'ostel du dit roy. Et aprés que Hercules l'eut repris et blasmé
de ses cruaultez et baratz, il le occist et aprés sacrifia son sang a
Jupiter. Et de illec en aprés le pays d'Egypte, qui pour le pecchié
du tyrant ainsi comme aucuns croient avoit esté breheing par deffaut
de pluyes par neuf ans precedens, devint abundant et riche de tous
biens.

12. Hercules aussi estant en Espaigne entendit que ou pays
de Libie estoit un roy gayant a merveilles grant et fort appellé
Antheus avec lequel par bataille entreprise luicta Hercules. Antheus
roy de Libie qui de coustume avoit quant il estoit moult traveillié
et les soy coucher sur la terre, par cest remede se relevoit et plus
frec et plus fort qu'il n'estoit par avant. Mais tandiz que aprés
longue luicte il fut levé en l'air, Hercules apperceut qu'il n'avoit
aultre force ne que ont les communs hommes. *13.* Il le serra et
estreingny si forment entre ses bras que il lui rompi et effroissura
les os et les entrailles, et ainsi mourut le dict roy Antheus selon
ce que tesmoignent presques tous les poetes. Aussi font les historians
se non que ilz comptent plus ouvertement la chose, c'est assavoir
que Hercules qui pluseurs foiz en bataille avoit desconfit et vaincu
le dit roy Antheus dedans les metes de son royaume et il aprés
ses desconfitures refreschissoit son ost de nouveaulx hommes
d'armes assamblez de son pays, Hercules doncques comme caut et
subtil le tira hors de son royaume en estrange contree, et ainsi dis-
confisi et tua lui et son ost. *14.* Il desconfisi le roy Gerion pour ce
qu'il estoit tant cruel envers ses hommes, et le dechaça hors de trois
isles d'Espaigne dont il estoit seigneur, c'est assavoir de Maillorgue
la grant et la petite, et de Ebuse. Il destruisi et tua un terrible et
grant chien appellé Cerberus qui estoit a Pluto le roy des Molosses,

et delivra de prison Theseus le roy d'Athenes qui estoit mis en fers et en prison par le dict roy des Molosses. *15.* Il par sa force et proesse prist et occist un toreau moult grant et forsenné qui degastoit le pais de Crete tant en hommes comme en biens terriens. Hercules par sa vertu et prouesse tua un leon en une forest de Grece appellee Nemea, lequel leon par avant avoit occis pluseurs hommes et femmes. De cestui leon prist Hercules la pel et selon la coustume ancianne la vesti afin qu'il espoventast en bataille ses ennemis mesmement par l'orreur de cel pel. *16.* Il prist et tua un porc sanglier de merveilleuse force et plein de grant cruaulté qui lors reperoit en une montaigne de Grece nommé Ermianthus. Il dechassa une grant multitude de oiseaulx qui habitoient environ une riviere de Grece appellee Stiphalus qui ordoient le pais d'environ, et faisoient divers griefs et empeschemens aux hommes de la contree du roy Fineus, qui a la requeste d'une sienne seconde femme avoit occis ou consenti d'estre occis deux siens enfans qu'il avoit euz de sa premiere femme. *17.* Hercules donques a force de son arc delivra le pais de ces cruelz oiseaulx. Il tua aussi un cerf cruel et dommaigeux qui tant estoit ysnel et legier que homme ne beste ne le povoient acconsuivre. En la montaingne appellee Aventin estoit un bois et en ce bois qui estoit moult pres de Romme habitoit un larrron appellé Cacus qui roboit et tuoit hommes. *18.* Hercules qui aprés la desconfiture du roy Gerion retournoit d'Espaigne avec grant praye de buefs et de aultres diverses choses passa par le mont Adventin, et en la forest fist pasturer ses aumailles et ses gens refreschir cuidant illeuc estre seur. Hercules, le landemain voulant partir avec sa praye, trouva que Cacus lui avoit robé trois buefs et les avoit tirez en une caverne a reculons par la queue. *19.* Les buefs qui mugissoient en la caverne descouvrirent le larrecin de Cacus. Et Hercules qui trouva l'entree de la caverne moult formant estoupee de grosses roches advisa un pertuis comme un tuyau de cheminee et bousta la dedans grant quantité de busche et de feu tant qu'il estoufa Cacus et ses compaignons, et rendi le bois et la montaigne seurs qui par avant estoient non habitez et doubtables.

20. Hercules aussi du temps de Theseus roy de Athenes fut en une bataille contre les Amazones ou pais de Feminie, et en ycelle bataille selon le tourment de fortune Hercules fut prins de la royne Ypolite. Elle en signe de victoire prist la centure d'or que portoit Hercules, mais il voulant recouvrer sa renommee fist alliance et jura loyaulté de compaignie avec le dit Theseus. *21.* Ces deux avec leurs gens envayrent par armes les dictes Amazones et si vertueusement combatirent a elles que aprés elles desconfites Ypolite leur royne fut prinse. Et en tesmoing de sa desconfiture elle rendi au dit Hercules sa ceinture d'or, et qui plus fut, Theseus l'en admena avec soy en cheriot triumphal et puis la prist a femme.

22. Hercules pour accroistre la gloire de son nom aultrefoiz vint en Affrique, et comme il eust oy dire que Athlas tres grant astrologien, frere de Prometheus roy de Afrique, eust un jardin ouquel estoient pommes et rainceaux d'or qui estoient gardez par un serpant telement fait par magique que il sambloit tousjours veiller pour la garde de cest riche vergier, cestui Hercules comme fort chevalier et bien enseigné en l'art de astronomie entra ou jardin et prist des pommes d'or tant comme bon lui sambla. *23.* Et combien que ceste chose samble estre feincte et poetiquement dicte, toutevoyes est elle assez pres de vraye hystoire. Car il fut vray que le dit roy Athlas qui eust trois filles, c'est assavoir Neptusa, Egle et Arecusa, fut moult grant et expert homme en astronomie et de celle science composa et escrivi pluseurs et divers volumes diligemment gardez et encloux, lesquelz Hercules par sa vertu et prouesse conquesta et les apporta en Grece afin que les hommes d'illeuc peussent savoir astronomie qui est du ciel et des estelles qui sont precieuses comme l'or au resgard des choses du bas monde, et afin que la vertu de Hercules feust par ses glorieuses œuvres congneue en tous les climatz du monde. *24.* Aprés que Hercules entendi que ou pais de Trace estoit un roy appellé Diomedes qui a maniere de tyrant senz misericorde persecutoit les hommes et degastoit leurs chevances, Hercules justement considerant que un chascun par soy doit estre nez pour tous vint ou pais de Trace et par prouesse de armes destruisi le dit tyrant et tous ses complices, multriers et robeours. Il parti et divisa une riviere en pluseurs et divers ruisseaux moiannant grant labour et avec grant despense. *25.* Ceste riviere appellee Achelous, qui en aulcuns temps estoit moult excessive, faisoit empeschemens et dommaiges, et puisque elle fut divisee en pluseurs ruisseaulx, elle proufita aussi et engressa pluseurs pais et les fist abundans. Il fut un des chevaliers principaulx en la desconfiture des Centaures, qui par eschaufement de vin et de viandes vouldrent prendre par force Proserpine la femme de

Pirithous le jour qu'il celebroit ses nopces. *26.* Il estoupa un lac
en Archadie appellé Lerna, qui avoit tans de sources qu'il degastoit
le pais et gastoit les labouraiges champestres. Hercules selon raisons
natureles assambla sur toutes les sources exceptee une grant quantité de busches et mist le feu dedans, par quoy la terre sarra et
restreigny ses vaines et par ainsi la dicte paluz ne eut fors que
une source et un reot par ou elle couroit.

27. Tele fut la prouesse, la science et la gloire de la labourieuse
vie du bon chevalier Hercules, qui pour l'excellence et grandeur
de ses faitz fut reputé et tenu estre filz de Jupiter. Hercules espendi
et sema son nom par tout le monde, il bourna et mist columnes
aux quatre principaulx angletz du monde. Mais escoute sa fin qui
tant fut doulereuse et miserable. Car ainsi comme aulcune chose
mortele soubz le ciel n'est du tout bieneuree ne parfaitte, ains
souffre chascune chose en soy aulcun default ou vice, aussi convient
il que de celle partie vicieuse et imparfaite viengne le peril et trebuchet des choses.

28. Comme doncques Hercules eust guerroié et desconfit Eritheus roy de Oethalie en Grece, il prist et admena o soy Yole fille
du dit Eritheus qui lors moult estoit belle, jeune et advenant, et
de elle se enamoura oultre mesure. Cestui Hercules saoul et ja
ennuyé de l'amour de ceste Yole, il en la delessand, prist a amie
et espousa Deyanira fille du roy Calidoine. En ce mesme temps
un des Centaures gayans appellé Nessus estoit surprins et eschaufé
de l'amour de Deyanira. *29.* Or advint que Hercules, qui avec soy
admenoit sa femme Deyanira, vint a la rive d'un fleuve appellé
Hebenus qui lors estoit moult creu et enflé des naiges diver fondues.
Et tant que pour la grandeur de l'eaue Hercules a peines trouvoit
passage, il donques quil seulement doubtoit le peril de sa femme
getta oultre la riviere sa massue, ses fleches et son arc, et sur son
col pour miex nager troussa son tarquois et la robe qu'il eut de la
peau du lion qu'il tua en la forest Nemea. *30.* Et aprés qu'il eut
baillee sa femme en garde au dict gayant Nessus, qui au dict Hercules prommist de la sauvement passer oultre a l'autre rive, pource
que le dict Nessus hault et fort de membres savoit les passages et
les guez de ce fleuve, comme donques Hercules senz adviser les
guez par sa force eust transnaigé la riviere et feust venu a terre
secche, il en recueilland ses fleches, son arc et sa massue, ouy la
voix et le cri de sa femme Deyanira encores estant avec Nessus a

l'aultre rive du fleuve. *31.* Cestui Nessus comme faulx et oultrageux vouloit par force cognoistre Deyanira. Hercules doncques esmeu et courroucié escria ainsi Nessus: "Escoute moy, faulx et oultraigeux Nessus. Penses tu eschaper par tost fuir, ne pren ma femme ne les choses qui sont miennes. Ton pere Yxion pour les rapines qu'il fist est en enfer, tourne sur une roe. Saiches Nessus que ne me eschaperas combien que tu feusses monté sur un cheval legierement courant, car je te blesseray de ceste saiette trempee en venin d'un serpant." *32.* Et aprés ce que Hercules eut ainsi menacé Nessus il tendi son arc, il entesa sa saiette comme dit est trempee en venin, et parmi le piz frappa le dict Nessus qui tantost aprés tira hors la saiete et recueilli le sang qui decouroit de la plaie. Et lors dist Nessus coyement a soy mesme: "Certes, dist il, je me vencheray de Hercules puisque je sens qu'il me convient mourir." Si prist un moult belle chemise et la teingny et baigna ou chault sang de sa plaie. *33.* Et en lieu d'un tres espicial don cestui Nessus donna a Deyanira celle chemise et lui dist que elle auroit en soy tele vertu que se Hercules accointoit aultre femme, il ne failloit fors que vestir celle chemise a Hercules et il ne pourroit amer aultre que Deyanira. Et elle joyeuse et voulentive de ceste chose, garda par longtemps ceste chemise. Et comme Hercules, de qui la renommee voloit par toutes terres, feust retourné en son pais de Thebes et il sacrifiast a son dieu Jupiter pour la victoire qu'il avoit eue contre Eritheus roy de Oethalie et pere de Yole. *34.* Et voici Dame Renommee la jangleresse, qui mesle verité et faussseté tout ensamble et qui de pou de choses engenre grans mençonges, denonça a Deyanira que Hercules la vouloit deguerpir et reprenre sa premiere amie et espouse. Deyanira qui Hercules fort aimoit crut la nouvelle et fut espovantee, et selon la maniere femenine elle commença a plourer et par ses larmes elle mist hors et admoindri sa douleur et proposa que elle ne ploureroit oultre pour ce que Yole amie de Hercules en auroit joye.

35. Deyanira doncques, soy hastant de trouver nouveau remede ains que Yole feust receue en l'ostel d'Ercules, et entre pluseurs conseilz elle delibera en son couraige envoier celle chemise au dict Hercules sanz aulcun mal penser fors afin que elle le retirast et refroidist de l'amour Yole et que il renforçast son amour envers Deyanira, pour ceste chose faire appella Lichas un sien varlet auquel elle commanda que de par elle il donnast a Hercules celle chemise et la recommendast tres doulcement a lui. *36.* Hercules, qui en celle chemise ne eut aulcune souspeçon et qui voult a s'amie complaire, prist le presant et tantost la vesti combien qu'il feust encores ou temple de Jupiter a qui il disoit sa derreniere oroison et espendoit sur l'autel du vin pour exteindre le feu du sacrifice qu'il avoit illec, ars selon la maniere payanne. Mais le venin de la chemise qu'il eut vestue commença soy embraser et le feu soy espandre par tous les membres de Hercules. *37.* Il qui tousjours vesqui comme vertueux et fort ne fist aulcuns plaincts ne gemirs si longuement comme il s'en peut tenir. Mais depuis qu'il ne peut plus endurer la violente ardeur du venin qui le bruloit, il fist les criz si grans qu'il emplisi toute la forest appellee Oetha en laquelle il adonc sacrifioit. Il parti de l'aulter et adonc s'efforça de devestir celle chemise en la detirant aux mains, mais de celle part dont il tiroit sa chemise el arrachoit la peau et descouvroit les membres jusques aux os.

38. Le sang de Hercules boillonnoit et se cuisoit par la force du venin ainsi comme l'eaue se cuist et boillonne quant l'en boute dedans une bande de fer ardant. La chaleur du venin lui devoroit les boyaulx. La sueur lui degoutoit de tout le corps. Les nerfs lui petilloient, les mouelles des os fondoient par l'ardeur du venin. Lors Hercules tendi les mains au ciel en soy escriand envers fortune et en priend qu'elle meist son ame hors de son miserable corps. *39.* Car par la douleur qu'il sentoit si tres grieve, il couroit par la forest comme un toreau qui porte un javelot fichié dedans son corps. Il transgloutissoit dedans soy les gemirs et les pleurs, il trembloit. Il s'essaioit a arracher celle mortele chemise. Il par raige rompoit les arbres de la forest, il arrachoit les pierres de la montaingne, il tendoit aultre foiz les braz devers le ciel.

40. A la par de fin Hercules estant en celle grant fureur rencontra Lichas le varlet qui la chemise lui avoit apportee, qui s'estoit destourné dedans une caverne. Si le hapa Hercules et le roa a l'environ de lui, puis le frapa contre un rocher pres d'un rivaige de mer et la chey tout froissié et tout mort. Et aprés que Hercules eust donné a Philotetes son escuier son arc et son tarquoiz plein de saiettes, aprés il lui commanda que pour l'amour de lui il les portast en la bataille de Troye se aultrefoiz les Grecs faisoient guerre contre les Troyans comme de fait il advint. *41.* Car ce dist Hercules: "Je les en apportay quant je revins de la premiere destruction de Troye, qui fut du temps de Laomedon." Et ces paroles finees Hercules chey mort. Et aprés longs plours et haulx criz Philotetes son escuier dessus dit selon la maniere ancianne gardee entre les nobles brula le corps du preu et noble chevalier Hercules.

42. Narcisus, Biblis, et Mirra venoient aprés Hercules, et tous trois plouroient les maleurtez qui leur advindrent par les difamees chaleurs qu'ilz eurent en deshonnestes amours. Cestui Narcisus filz de nobles parens, c'est assavoir de Cephesus et de Liriope demourans ou pais de Thebes, fut moult bel jouvenceau et de telle beaulté formant s'enorgueilli. Les jouvenceaulx et pucelles du pais d'environ moult desiroient mesmement senz pecchié estre en sa compaignie. *43.* Mais Narcisus tant sorisa sa beaulté qu'il despita tous aultres tant hommes comme femmes ou VIII° an de son aage, c'est assavoir ou temps qui est entre adolescence et juenesse. Cestui Narcisus comme fol et orgueilleux pour la beaulté de lui proposa en son cuer de non amer quelconque femme se elle n'estoit tant belle et tant juene comme lui.

44. Comme doncques il qui se adonna a chacer par les forests aux bestes sauvaiges en defuiend la compaignie des hommes se feust enamouré d'une femme moult belle appellee Echo, laquelle congnoissant l'orgueil de Narcissus ne se voult point abandonner a lui fors que en lui rendend une parole pour l'aultre.

45. Comme Narcisus donques aveugle en son propre jugement selon lequel il desprisoit chascun au resgard de soy mesme, un jour entre les aultres eust longuement chassié aux bestes parmi une forest, et pour relever son traveil par repos et pour appaiser sa soif et torcher sa sueur, feust venu en un lieu ombraigeux de celle forest pres duquel estoit une fontainne tele et ainsi descripte comme le noble poete Jehan Clopinel de Meun la figura par vers en son livre de la Rose, et pour tant plus n'en parle.

46. Cestui Narcisus surprins de forsenee amour qui tres mue et renverse toutes choses mondainnes assist soy les la fontaine et ramena en son couraige la grant beaulté, la doulce juenesse et le noble lignaige de lui, par le moyan desquelles choses il ne povoit accomplir son desir dont il estoit surprins de l'amour de Echo, si se aboucha sur la fontainne pour boire. Sur la nette et argentee gravelle rayoit le cler souleil, par quoy Narcisus povoit veoir la figure de soy moyannens les rayes ferens sur l'eaue. *47.* Il senz manger, tout seul et fort pensif considera longuement l'ombre de son visaige qui noiz lui sambloit plus frec, plus poly, et plus bel que il ne l'avoit aultrefoiz veu en soy mirand. Et il aussi pensand au refus et moquerie de Echo en qui il avoit mise s'amour sanz en povoir jouir, il se coucha sur l'erbe, et pour les causes ci par avant comptees, avec grant douleur et desdaing qui griefment le constreignirent il mourut et descendi en enfer et illec se mire en l'eaue de Stix qui est un des quatre fleuves qui courent par enfer.

48. Or vien je a compter le cas de la desordonnee Biblis qui est pour exemple aux hommes et aux femmes de amer honnestement senz enfreindre les coustumes approuvees. Ceste Biblis suer gemelle d'un jouvenceau appellé Channus furent enfans de Miletus filz du roy Appollo et de Cyane fille du roy Meander. Ces deux Biblis et Channus, enfans gemeaulx, furent ensamble nourriz, et aprés qu'ilz furent parcreuz ceste Biblis fut enflambee de l'amour de son frere Channus et l'aima non pas de tele amour comme elle devoit.

49. Au commencement de son amour elle n'avoit aulcunes chaleurs de luxure et en aimand son frere elle ne cuidoit point peccher ne en lui baisand ne en lui accolland. Ainsi elle l'aima longuement soubz ombre de honneste amour. Maiz finablement aprés elle commença encliner son amour a pecchié et proposa un jour que elle venroit veoir son frere. Si se attourna bien et richement comme celle qui grant desir avoit de sambler belle a son frere, car neiz elle avoit envie quant elle veoit devant son frere aulcune plus belle que elle ne estoit.

50. Channus le jouvenceau ne savoit riens du couraige de sa suer, et elle aussi en son amour n'avoit pas determiné encores que son frere la congneust charnelment, et neantmoins si souffroit elle dedans soy grans chaleurs de luxure. Biblis commença a lui appeller seigneur et si ne le vouloit jamais appeller frere. Afin qu'il ne samblast qu'il eust entre eulx lignaige, elle vouloit que Channus l'appellast Biblis et non mie sa suer. Combien que Biblis sceust que il n'appartenoit mie ainsi aimer son frere, toutevoies si avoit elle tousjours son couraige a pecchié et tant que souvent en son dormant il lui sambloit que son frere joingnoit son corps au sien, dont elle avoit en son dormant grant honte. Aprés que elle estoit esveillee elle coyement et longuement pensoit a son songe, et puis commençoit parler comme chancellant et doubteuse.

51. "Laz moy meschante, disoit Biblis, quoy signifie et a quoy tend mon songe de nuyt. Car une chose me samble estre vraye

et si ne la vouldroie mie. Mon frere Channus me samble moult bel devant mes yeulx, et si me plaist et si le puis amer se il ne feust mon frere. Et aussi il est digne de moy amer, mais le lignaige me nuist car je suis sa suer. Et certes, si redisoit elle, je puis bien avoir mon frere a ami ou a espoux, car les dieux qui monstrent exemple de vivre ont eues leurs suers a femmes. *52.* Occeanus le dieu de la mer espousa sa suer Thetis, Saturne espousa sa suer Opis, Jupiter eut a femme sa suer Juno. Machareus le filz du roy Eolus aima Canace sa suer dont elle eut un enfant. Puisque les dieux celestiaulx et les aultres aussi ont aimé leurs suers ceste coustume puet assez estre gardee entre mon frere et moy, et se mon frere eust premierement moy requise d'amer je par adventure me feusse consentue a lui, pourtant je le requerray d'amours."

53. Biblis doncques aprés divers et pluseurs pensemens delibere avec soy escrire unes lettres a son frere Channus, par quoy elle lui admonnestoit par grant art et malice que il se condescendist a son desloyal amour, et elle comme forsennee d'amour bailla ses lettres a un varlet qui les apporta a Channus. Channus comme jouvenceau saige et vertueux blasma moult et menaça le varlet. Combien qu'il ne sceust quel messaige il avoit apporté, si s'enfuy le varlet et racompta a sa dame la cruele response de son frere Channus. *54.* Biblis qui une foiz accusoit la negligence et la follie de son varlet et aultrefoiz blasmoit soy mesme pour ce que elle n'avoit choisi et advisé plus convenable temps de envoier ses lettres, elle devint toute enraigee et folle. Et tant que elle confessa publiquement le desloial propost de sa male pensee et s'enfuy hors de son naturel pays en huland et criant par prez, par champs, par bois de Trace et de Licie et d'aultres pluseurs pais, en poursuivend son frere Channus qui pour la honte et l'orreur de Biblis sa suer s'enfuyoit d'une contree en aultre.

55. Finablement fortune, qui en punissand les mauvaiz est chamberiere de la justice divine, voult refreindre et punir les faulx desirs et la desloiale volenté de la dicte Biblis, en qui il ne remaint pas que elle ne meist a effect le pecchié que elle avoit conceu en son corrumpu couraige, car elle paumee et defecte chey a terre, ses cheveulx espanduz sur l'erbaige, et illeuc mist hors de son luxurieux corps son ame lassee et maleureuse assez pres d'une fontainne qui pour la memoire d'elle fut et est appellee Biblis.

56. Aprés donques que par le cas de Biblis nous avons brief-ment compté sa honteuse maleurté advenue par le vice et pecchié de sa volenté corrumpue et encline a delectation detestable et maul-dicte, je vien a compter de Mirra enteschee et orde de plus grant et plus horrible vice. Ceste Mirra fille de Cinara roy de Chipre fut moult belle de corps. Ceste fille esquillonnee de luxure ficha en son couraige se faire se elle povoit dormir avec son pere. *57.* Et pour ceste conduire la dicte Mirra corrumpi par prieres ou par dons sa nourrice, laquelle espia convenableté de temps de accomplir celle entreprinse. Car comme la femme du dict roy feust alee aux sacri-fices de Ceres la deesse des blefs qui duroient par neuf jours, celle nourrice enyvra Cinara si faictement que Mirra sa fille se coucha avec lui. Il comme eschaufé de vin et hors getté de l'usaige de raison, cuidant par adventure en leiu de sa fille avoir sa femme couchee a son coste, il la congnut charnelment comme aprés apparut, car la dicte Mirra conceut et enfanta un filz appellé Adonis.

58. Comme doncques le pere, justement esmeu et courroucié pour si grant et si detestable pecchié et mesfait, voulsist punir Mirra sa ribaulde fille qui de ce se doubtoit, elle se mist en fuyte. Mais la vengence chemina aussi tost comme fist le pecchié. Car Cinara punisseur de cest delict la chaça et poursuivi jusques en Arabie et illeuc la consuivi, et d'une tranchant espee telement la frapa que par la grandeur et ouverture de la playe l'enfant dont elle estoit enceincte sailli hors et par ainsi mourut.

59. Aprés les maleureux dessus dictz venoit le noble Orpheus, qui desespereement plouroit tant pour s'amie Erudice qui lui fut tollue par force comme pour ce qui arrier il la perdi par ce que il ne garda mie la loy qui lui fut mise en lui rendend sa femme. La loy estoit que Orpheus en remenand sa femme ne resgardast derriere lui, mais de ce riens ne fist pour tant de rechief elle lui fut tollue et ramenee a celui qui premiers l'avoit prinse. Celle loy assez estoit legier se amour d'omme a femme peust garder aulcune loy. *60.* Cestui Orpheus tesmoings historians et poetes fut filz du roy Ap-pollo et de Calliope sa femme. Il nez du pais de Trace, fut noble en sciences et en armes et moult expert et bien aprins en tous instrumens de corde pour les singuliers dons de science et de prouesse. Il comme compaignon ala avec Jason pour conquester la toison d'or en l'isle de Colchos. Il espousa la noble Erudice et l'aima moult, mais ou pour la grant beaulté de elle ou pour aulcun droit de marque qui deslors estoit d'un gentil homme a aultre Erudice lui fut ravie par force et comme dict est lui fut rendue soubz la loy ci devant dicte. *61.* Et combien que Orpheus en son temps eust moult grant nom en sciences et renommee en faitz d'armes, fortune neantmoins accompaignee de vertu lui donna auctorité et puissence tele comme jadiz envers les payans avoient les evesques. Car il premierement ordonna en une montaigne appellee Cytheron les festes et sacrifices de Bachus dieu du vin, et selon loix sur ce faictes et approuvees il commenda aux hommes de Trace que les femmes du pays feissent les festes et sacrifices ou temps que elles souffrent le flux. *62.* Orpheus en ce faisend eut principalment resgard afin que les hommes ne habitassent a elles durant leur maladie, maiz enten et advise com grief salaire receut le noble Orpheus pour si honneste loy et si belle ordonnance. Car comme les femmes crueles et senz raison advisassent que par ceste ordonnance estoit descouverte aux hommes la laidure des femmes, elles conjurerent toutes a tuer Orpheus. Orpheus, qui povoit quant a ce juger soy innocent et bien voulu de tous, ne se contregarda point de la faulse entreprinse des femmes de Trace qui contre lui tendoient leurs espies. Si le trouverent ou tout seul ou moins fort et le tuerent de hoes, et puis getterent son corps dedans le fleuve Ebrus.

63. O laz, il samble a fortune que elle n'avoit mie assez esté marrastre et adversaire au noble Orpheus en lui ostand Erudice sa tres amee femme et le beau don de vie. Ains aprés la mort fortune lui osta les saincts droiz funeraulx et l'onneur de sepulture.

64. Aprés le noble Orpheus estoient Marpesia jadiz royne des Amazones et Orithia sa fille. Ces deux nobles dames se clamoient maleureuses comme de fait estoient. Car ceste Marpesia et Lampedo, suers germaines et ambedeux roynes des Amazones, furent jadiz si glorieuses et si vaillans en armes que elles se appellerent filles de Mars qui est le dieu des batailles, et tans firent victorieuses batailles aux peuples voisins que elles conquesterent grans pays en Asie et Europe. *65.* Ces deux suers tindrent entre elles tele cautele maniere a garder leurs pays que l'une demouroit pour la garde, et l'aultre aloit en conqueste. Or advint que convoitise de accroistre seignorie entra ou couraige de Lampedo, et tant que elle meut guerre contre les peuples voisins. Marsepia donques, ordonnant aulcunes de ses filles a la garde de son pais, ala avec grant ost de femmes en l'aide de Lampedo sa suer, et selon l'eschange de fortune

qui pou souvant demoure en un estat ceste Marpesia avec grant
partie de ses Amazones fut desconfite et tuee en icelle entreprinse.

66. Orithia fille de la dessus dicte Marpesia fut royne des Amazones avec Antiope sa suer. Elle accrut moult leur seignorie et fut
tres chevalereuse. Hercules le noble chevalier vint avec douze grans
nefs ou rivage de la mer de Feminie, et en despourveu fist contre
les Amazones grans assaulx et fortes guerres tant que il les desconfisi et prist selon droit de bataille Menalipe et Ypolite suers de
Antiope. Antiope aprés reampsonna Menalipe pour la ceinture d'or
de Orithia que elle donna a Hercules en paiment de reampson. 67.
Mais comme Orithia qui lors n'estoit pas ou pays eust entendu que
Theseus compaignon de Hercules emmenast Ypolite, elle meut
guerre contre toute la gent de Grece et illeuc fut desconfite par les
Athenioiz et aprés elle confuse retourna a son pays. Et combien que
les hystoires taisent la maniere de sa fin, si est il vray que elle
mourut tres miserablement, laquele chose exteint et aneantit toutes
les bieneurtez precedens.

68. Il n'est homme qui peust escrire ne compter tous les mescheans nobles hommes et femmes qui venoient devers moy afin que
je escrivisse leurs cas. La renge des maleureux estoit longue et leurs
complainctes qui en hault se eslevoient estoit moult confuses en tant
que je ne povoie entendre les choses que ilz me disoient. Je estoie
en cucançon commant je eschaperoye senz escrire les cas de tans de
maleureux. 69. Mais de celle cusançon me delivra Priam et Hecube
sa femme qui aprés moy venoient comme les plus mescheans, si
tournay mes yeulx vers eulx et toute ma pensee. Et pour ce que
lesdictz Priam et Hecube ont esté a tout le monde le noble mirouer
et exemple commant fortune bestourne et treschange les haultains et
grans estatz des hommes, je ay deliberé avec moy de racompter
leurs cas.

Chapter XII

Tit.] qui en brief contient] -qui *BDE* contient en brief *CF* —
doulereux] + nobles *FY* — femmes] + et commence en latin *DY*
— *1.* ceulx qui] + si *B* + ainsi *C* — Oeneus] Oenus *DE* — fortu-
ne] + elle *BC* — abundaument] abundamment *FY* abundement *E*
— robes] robe *BCDFY* — *2.* de l'ostel de la royne] de la royne en
son hostel *D* de la royne *E* — tost que] + la royne *A* — *3.* et fort]

-DE — Calidoine] Calidonie *BC* Calidome *F* — Thoseus] Theseus
CDEFXY Toxea *Z* — jouvencialx] jouvenceaulx *BDEFY* — freres
et oncles] frere et oncle *BC* — cop] coup *DY* — au sanglier dessus
dit] au dit sanglier *BC* — 4. Thoseus] Theseus *CDEFY* — celle]
ceste *CE* — ou] au *EY* — 5. s'espee] son espee *CDEY* — mes-
cheaument] mescheamment *BEFY* — Thoseus] Theseus *DEFY* —
mesme] mesmes *DEF* *-Y* — 6. (femme) du] dudit *FY* — leon]
-E lion *FY* — lequel... Nemea] Nemeaei *Z* — prist] print *DEY*
— (massue) et] *-DE* — monstre et tempestes] pestes *Z* — vaincus]
vaincues *DEFY* — 7. force et saigesse] virtute inclyta *Z* —
Euristeus] Euristenes *BC* Aristeus *E* Euristeus *Z* — apprist]
aprint
DY — amours] Cupidine *Z* de Cupido *X* — fars] fartz *B* farcs
C — (femenine) et] *-BDF* — en] a *BC* — anneaulx] agneaux *EY*
— 8. femetes] femmes *CD* mulierculas *Z* femmelettes *X* — prensis-
sent] prissent *C* preissent *F* — merveille] merveilles *BC* — des-
convenant] desconvenante *FY* — homme villain... femme] homini
effoeminato *Z* — floible] feble *DE* foible *Y* — ses choses ordes et
feminines] suo infortunio *Z* — mon rude langaige] literalis *Z* mes
petites lettres *X* — 9. lui] le *DE* — estelles] estoiles *DFY* — 10. sa]
-CDE — occisoit] tueoit *DE* occioit *F* — adcerteigné] acertené
BDEFY — 11. roy] Busiris *BC* — aprés... baratz, il] *-DE* — occist]
tua *DE* — (occist et) aprés] *-DE* — ainsi ... croient] *-DE* — brehe-
ing] brehegne *DE* — deffaut] defaulte *D* faulte *E* — precedans]
-DE — 12. gayant] geant *DEY* — merveilles] merveille *DEF* —
Antheus roy ... avant] *-DE* — cest] ce *CF* — frec] fres *BFY* —
13. forment] fort *CY* — roy] *-DE* — selon ce que...royaume, et il]
-DE — se] si *FY* — desconfisi] desconfit *FY* — 14. c'est assavoir...
Ebuse] *-DE* — Maillorgue] Maillorgues *BCF* — Molosses] Molesses
CF — 15. prist et occist] tua *D* prist et tua *E* — avoit occis] occist *BC*
avoit tué *DE* — prist] print *DEY* — pel] peau *DEY* — cel] celle
BCFY telle *E* — prist] print *DEY* — 16. lors] *-DE* — nommé
nommee *BDEFY* — Ermianthus] Erimanthus *CFY* Ermanthus *B*
— ordoient] ordoioient *BDF* — divers] + *EY* — Fineus] Sireus
DEY — (avoit) occis] tué *DE* — (consenti) d'] *-DE* — (estre) occis]
tuez *DE* — 17. arc] art *EF* — povoient] povoit *BY* — tuoit] +
les *BD* — 18. (grant) praye] proie *BDY* — Adventin] Aventin
DEF — aumailles] omailles *DE* — refreschir] rafreschir *BDE* —
(sa) praye] proie *DFY* — 19. (descouvrirent) le] la *CE* — estoupee]
+ et *BC* — non habitez] inhabitez *DE* — 20. Feminie] Femenie

BEF — tourment] tourniement *BC* tournoyement *E* tournement *F* — centure] cainture *EF* ceinture *B* — 21. vertueusement] vigue-reusement *C* villamment *E* — 22. Affrique] Auffrique *EF* — par magique] par magique art *F* par art magique *Y* — cest] ce *EFY* — 23. Arecusa] Aretusa *B* Arepensa *Y* — estelles] estoiles *FY* — tous les climatz] toutes les parties *DE* tous les engletz *C* — 24. degastoit] gastoit *DE* — nez] né *BDY* nes *F* — (vit) ou] au *DE* — multriers] meurdriers *DEY* murtriers *BCF* — divisa] advisa *A* — Achelous] Athelous *BCEY* Athelons *F* — 25. Pirithous] Piro-theus *C* Perithous *DEY* Perichons *F* — 26. gastoit] -*D* aussi *Y* — exceptee] excepté *DEY* — sarra] serra *CDEY* — (ainsi) la] le *DY* — reot] ruot *B* rien *D* riuot *F* — 27. Il bourna...monde] -*DE* — souffre] + a *A* — convient] convint *DE* — 28. Oethalie] Cethalie *BC* Thesalie *DEY* — prist] print *DE* (twice) — o] avec *CDEY* — lors] -*DE* — Deyanira] Dyanira *DF* — roy] + de *CDFY* — Calidoine] Calidonie *C* Calidome *E* — mesme] mesmes *CDF* — des Centaures] -*DE* — gayans] geant *DEY* — 29. or] et *EF* Deya-nira] Dyanira *DF* — (vint) a] -*D* de *E* — naiges] neges *DEY* neiges *F* — donques] dont *BC* — miex] mieulx *BDEFY* — tarquois] tour-quoys *F* quarquois *Y* — peau] pel *A* — Nemea] -*BDEY* Nemee *CF* — gayant] geant *DEY* — (gayant) Nessus] -*DEY* — (dict) Nessus] geant *DEY* — 30. secche] seiche *FY* — Deyanira] Dyanira *DF* — (avec) Nessus] le dit geant *DEY* — (cestui) Nessus] geant *DEY* — (ainsi) Nessus] le geant *DEY* — (oultraigeux) Nessus] Nexus *DF* — ne pren] + point *DE* + pas *Y* — (saiches) Nessus] -*DE* — Nes-sus que] + ja *DE* + tu *Y* — 32. (menacé) Nessus] Nexus *DF* — (en-tesa) sa] la *DEF* — (dict) Nessus] Nesseus *C* geant *E* Nexus *F* — decouroit] couloit *DE* — (dist) Nessus] le geant *DE* — mesme] mesmes *CEFY* — vencheray] vengeray *EFY* — prist] print *DE* — 33. (cestui) Nessus] geant *DE* — Deyanira] Dyanira *DF* Deynira *C* — auroit] avoit *DY* — Il ne] + la *DE* — (longtemps) ceste] celle *BCDE* — voloit] couroit *DE* — toutes] + les *DE* — Oethalie] Cethalie *BC* Thesalie *DEY* — 34. choses] chose *EY* — Deyanira] Deynira *C* Dyanira *D* — fort aimoit] aimoit fort *CEF* — et admoin-dri] -*DE* — 35. Deyanira] Deynira *C* Dyanira *DF* — refroidist] refroidast *BCD* — renforçast] retournast *E* enforçast *Y* — 36. Lichas] Dyanira *D* -*E* — combien...payanne] -*DE* — 37. emplisi] emplist *CDFY* — Oetha] Cetha *BC* — l'aulter] l'ostel *D* l'autel *EF* — el] il *FY* — (descouvroit) les] ses *DY* — 38. meist] mist

BCDEY — *39.* Il trembloit] -*DE* — *40.* a la par de fin] a la
parfin *EFY* en la parfin *D* — apportee] portee *DE* — roa] rua
DEY — (saiettes) aprés] -*BCDE* — *41.* ce] se *DF* — Laomedon]
Laomedes *E* Leomedon *Y* — Philotetes] -*DE* — *42.* Narcisus,
Biblis et Mirra... par enfer] To section *48* -*DE* — jouvenceau]
jouvencel *CF* — telle] celle *FY* — *43.* sorisa] prisa *BFY* — VIIIᵉ]
vingtiesme *BY* — *44.* l'aultre] autre *FY* — *45.* mesme] mesmes
BFY — la figura] l'adfigura *BC* — *46.* argentee] agencee *BC* — *47.*
rayes] rays *FY* — pensif] pensifz *BC* — noiz] neiz *BC* -*F* — frec]
fres *FY* — qui est] + l' *BCFY* — *48.* or] aprés lequel *DE* — (je)
a] vien *DE* — Channus] Caymes *DE* Chainus *Y* — gemeaulx]
jumeaulx *BC* — aima] ama *CDF* — comme elle] qu'elle *DE* — *49.*
(peccher, ne en) lui] le *DE* — (baisand, ne en) lui] l' *DE* —
neiz] -*DEY* — envie] enuye *DEY* — *50.* riens] rien *BDE* — enco-
res] -*A* — (commença a) lui] l' *DE* — qu'il] + y *BC* — (que)
Channus] son frere *DE* — (pensoit) a] en *BC* — *51.* Biblis] elle *DE*
— quoy] que *EY* — (signifie) et] ne *DE* — samble] sembla
DF — se il ne feust ...moy amer] -*A* car il est mon frere. Et aussi
il est digne de moy aymer *Y* — (certes) si] se *DF* — ou a] et *DEY*
— eues] eu *BC* — *52.* aima] ama DF — aimé] amé *BCDF* —
53. Channus] Caymus *DE* Chainus *Y* — ses] ces *BC* — apporta a]
+ son frere Caymus *DE* — apporté] porté *D* rapporté *Y* — *54.*
mesme] mesmes *CEF* — desloial] desleal *DE* — pais] -*BCD* —
Channus] -*DE* Chainus *Y* — l'orreur] horreur *A* — (de) Biblis]
-*DE* — *55.* (desirs) et] de *DE* — desloiale] desleale *DE* — il ne
remaint pas] ne tint pas *DEY* — elle ne] + i *A* — meist a] mist
en *DE* — paumee] pasmee *CF* — luxurieux corps] corps luxurieux
DE — *56.* encline a] encheue *DE* —(couraige) se] ce *BC* — (faire)
se] -*DEF* — *57.* ou] et *BC* — blefs] bles *DFY* — nourrice] journee
A — *58.* (et) si] -*DEFY* — pecchié et] -*BDEFY* — fist] -*EF* —
cest] ce *BCDEFY* — *59.* le noble] -*DE* — (ce) qui] que *DFY* —
arrier] arriere *DY* — derniere] derrier *BC* — premiers] premier
BCEY — *60.* nez] né *BF* estoit né *Y* — sciences] science *BCY* —
estoit] se faisoit *BC* — *61.* sciences] science *BY* — sur ce] furent
A -*D* — *62.* leur maladie] leurs maladies *BCFY* — conjurerent]
convindrent *EY* — tendoient] tendirent *B* rendoient *C* — de hoes]
dehors *BC* de houes *DEY* — *63.* Ebrus] Ebron *BC* — samble]
sambla *BY* — *64.* ambedeux] toutes deux *EY* — *65.* cautele] + et
BCEFY — Marsepia] Marpesia *BCEFY* Marpesia *Z* — *66.* (avec)

Antiope] Antrope *BCEY* Anciope *F* — prist] print *EY* — (Antiope) Antiope] -*BC* — reampsonna] rensonna *E* raençonna *F* —
reampson] rensson *E* raençon *F* — *67.* — Athenioiz] Athenois *E*
Atheniens *Y* — (retourna) a] en *CFY* — *68.* estoit] estoient *BCEY*
— cusançon] pensee *EY* — *69.* cusançon] pensee *EY* mirouer]
miroir *E* mirouoir *F* — leurs] leur *CY*.

CHAPTER XIII

Le XIIIe chapiltre contient le cas de Priam roy de Troye, de Hecube sa femme, et de pluseurs aultres nobles, commençant ou latin: "Origo preclarissima"

LE ROY PRIAM DONT NOUS COMPTONS L'ISTOIRE entre les aultres dons que il receut de nature fut extraict de tres nobles parens, car il selon la verité descendi de la lignie de Dardanus, le filz de Corithus fondeur de Corithe qui jusques maintenant a nom Cornet, une cité de Toscanne assez prochainne de Romma. Et la mere de Priam eut nom Electra fille de Athlas roy d'Afrique, et fut Electra femme du dict Corithus. Pour accroistre la louange et noblesse du roy Priam les poetes feingnirent que Dardanus estoit filz de Jupiter, pour ce que Dardanus fut juste, debonnaire, et religieux, comme fut Jupiter qui pour ses vertuz fut et est reputé le tres bon et le tres grant de tous les dieux des payans.

2. A cestui Priam estant encores enfant fortune fut si favorable et si amie que depuis que son pere Laomedon fut dechacié de Frige et que Troye la principale cité de Frige fut destruicte par les Grecs, cestui Priam lors enfant qui par Hercules fut prins, il fut reampsonné par les Gregoys; et par l'aide du dict Hercules cestui Priam fut restitué et remis ou royaume de son pere Laomedon qui lors en estoit dechacié. Et aprés que Priam eut redifié la cité de Troye qui soubz Laomedon avoit esté destruicte et qu'il eut confermé son empire en paix et en justice, Dame Fortune lui fut si favorable et si doulce que presques toutes les richesses de Asie se assamblerent dedans le royaume de Priam.

3. Asie est l'une des trois parties du monde que les auteurs divisent en Asie, Afrique, et Europe. Asie se extend devers oriant jusques a souleil levant, devers midi elle fine a la grant mer, devers occidant elle fine a notre mer, et devers septemtrion elle fine aux paluz Meotides et au fleuve appellé Thanaus. De si long et si large pais fut seigneur le roy Priam. Hecube la fille de Sipseus roy de Thrace fut par mariage donnee au roy Priam a l'accroissement de ses noblesses et bieneurtez. *4.* Ceste Hecube de excellant beaulté fut chaste en corps et en pensee devant toutes les femmes qui furent en son temps. Et afin que le tres riche roy Priam eust toute chose qui peust faire delectation et plaisir, il eut de sa femme Hecube XXIX que filz que filles ainsi comme tesmoingnent les auteurs historians, entre lesquelz fut son filz Hector lumiere de prouesse et de chevalerie qui en nobles meurs et en armes fut si reluisant et si cler que sa clarté jamais ne sera exteinte. *5.* Il n'est mestier que entre ses enfans je compte Troylus ne Dephebus, car ilz sont a tous congneuz comme preux et fors chevaliers qui sont une partie de la gloire de Prian. Et avec ce il eut de ses concubines XXXI que filz que filles, entre lesquelz mesmement furent aulcuns jouvenceaulx nobles et de vertu merveilleuse. Priam par les mariages de ses enfans eut pluseurs nobles bruz, desqueles il peut veoir ses nepueux et ses niepces. Son royaume fut tres abundant en toutes choses: il fut abundant en peuple, il fut tres assegrisé et tres concort en joyeuse paix. Aultre chose ne advenoit au roy Priam fors celle que il desiroit.

6. Mais de tant comme aulcun homme est plus haut eslevé, de tant est il plus prouchain de peril et de mort se il tombe, ainsi comme fortune le monstra au roy Priam par la miserable fin de lui et de ses choses.

7. Quant le roy Priam ainsi esplendissant et riche considere que tout le pais d'Asie est soubz ses piez, et il mesure soy et sa bieneurté, une pensee contraire a ses bons eurs secretement entra en son orgueilleux couraige. Car tandiz que Priam eut petites richesses et pou de chevalerie soubz soy, il ne lui souvint de recouvrer sa suer Hesiona que le roy Thelamon emmena prisonniere en Grece quant Troye fut prinse et destruicte premiere foiz par les Grecs soubz le roy Laomedon. *8.* Mais aprés que Priam eut largement richesses, grans peuples et cité fort muree, il ramena en sa memoire que il redemenderoit par armes ou autrement aux Grecs sa dicte

suer Hesiona, laquele escheut au dict roy Thelamon en sa part de
la praye, pour ce qu'il monta le premier sur le mur de Troye quant
elle fut prinse et destruicte comme dict est.

9. Il sambla a Priam que riens ne failloit a sa bieneurté, mais
que il peust contrevanchier la honte de sa suer Hesiona qui comme
dict est fut ravie par les Grecs. O laz, une petite estincelle de feu
fut ramenee en grant flambe par un petit vent dont elle fut hurtee.
Quant Priam pensoit que il pourroit effacer celle petite tesche de
honte, il ne advisoit mie que il povoit esprendre tres grans chaleurs
contre ses bieneurtez legieres et passables a maniere d'une ombre.
10. Mais neantmoins Priam ferma son propost de redemender aux
Grecs sa suer Hesiona, laquele chose fut cause de perir le roy Priam
et ses choses. Hesiona par les messagiers de Priam fut redemandee
au dict roy Thelamon a qui elle estoit escheue en sa part de la
praye. Thelamon leur refusa rendre aux messagiers comme cellui
qui l'avoit gaignee et conquise par le droit des batailles, selon lequel
droit la chose qui est prinse est et devient propre de cellui qui premierement la prend.

11. Priam doncques oyant le refuz de Thelamon se eschaufa
plus que devant par l'indignation qu'il eut de ce refuz, et lors
appresta grant navire et envoya Paris en Grece pour la recouvrer
par force ou par contrevancher celle honte. Hecube la femme de
Priam et mere de Paris, estant enceinte de lui, songa que elle avoit
enfanté un grant brandon de feu qui enflamboit la cité de Troye
et tout le pays de Frige. Afin doncques que Paris ne feist menteur
le songe de Hecube sa mere, il vint par navire garni d'ommes armez
en un pays de Grece appellé Laconie. 12. Et feignit le dict Paris
qu'il faisoit office de mesaigerie, et en signe de paix il monstra
un raim d'olive. Et par les gentilz et beaulx maintiens de lui il
qui beau jouvenceau estoit, et bien attourné et richement, embrasa
d'amours la belle Helene qui lors se soulaçoit au jeu de la palestre
avec pluseurs aultres gentilz hommes et femmes de Grece, ouquel
temps le roy Menelaus mary de la dicte Helene estoit hors du pays
en voyage loingtain. Paris doncques aprés pluseurs complotz prist
et ravi la dicte Helene et l'amena a Troye. Priam receut son filz
Paris ainsi solennelment comme s'il eust fait aulcune noble ven-
chence de sa suer Hesiona. 13. Et ainsi comme le ravissement et
la venue de Helene fut la derreniere leesse du roy Priam, aussi ce
fut le premier ordoiement de ses maleurtez et la premiere cause

de son destruiement irreparable. Car aprés ce que Priam refusa rendre au roy Menelaus sa femme Helene, il vit ou rivaige de Grece toute la gent de Grece par serement alliee encontre lui, et entour les murs de Troye sa cité royale il vit au long et au lé toute Grece qui par feu et par fer gastoit tout le pais et les choses d'Asie. Priam aussi puet veoir toute la gent de Grece qui assiegeoit Troye et continuelment tuoit et ardoit le pays et les gens d'environ la cité jusques au derrenier destruiement d'elle et jusques a la desolation de tout son royaume, lequel meschief ne advint pas en petite espace de temps, mais dura la bataille par l'espace de dix ans.

14. Quant Priam vit celle desolation il senti dedans son cuer les tres amers hurtemens de fortune. Car senz ce que je racompte les diverses mors des roys et les occisions des souldoiers qui furent presques senz nombre, je te di que le maleureux roy Priam ja vieillart peut resgarder de Ylion sa haulte tour son filz Hector frapé et percié de la main de Achilles le fort chevalier grec. Cestui Hector fut si preu, si saige, et si vaillant en armes que en la vertu de lui demouroit toute l'esperance de la santé commune et toute la cusançon et la charge du fait de la bataille des Troyans. *15.* Priam peut veoir en la fin la charoingne de Hector loyee au cheriot de Achilles qui fut trainnee parmi la puanteur des mors et parmi la pouldre du champ qui se eslevoit a l'environ des murs de Troye, et qui estoit ordoiee du sang du dict Hector qui sanz estre enseveli fut delessié pour mengier aux chiens jusques au dixiesme jour aprés sa mort. Ceste chose tant fut amere et horrible au vieillart roy Priam que par abundance de larmes il ne la peut resgarder de ses yeulx.

16. Il n'est homme qui ne die que la clarté et la noblesse de Priam ne soit exteinte par ceste nue obscure qui tant fut orde que on ne la puest nettoier. Priam ne fut pas feru d'un seul vireton de fortune quant il vit ainsi mort son tres noble filz Hector. Mais Priam, qui ou temps de sa juenesse souloit commender aux autres roys d'Asie que ilz lui paiassent truages, cestui Priam ja vieillart fut constreint d'aler aux tentes des Gregeois ses ennemis pour humblement deprier Achilles qui avoit murtry son filz Hector, afin qu'il lui rendist le corps pour aultretant d'or comme poisoit la charoigne de Hector.

17. Je laisse a parler du miserable cas de Hecube la royne mere du dict Hector, car il appart assez queles larmes, quelz plaincts et quelz regretz elle fist pour la mort de son filz Hector qui fut sa première pestilence. Et la seconde pestilence de Hecube et de Priam fut la mort de Troylus leur filz qui estoit la seconde esperance du mescheant roy Priam, lequel Troylus fut tué pareillement de la main d'Achilles. Combien que Troylus ne feust mie pareil en force ne en prouesse a son frere Hector, toutevoies le roy Priam son pere le ploura mort par moult amers larmes. *18.* Aprés Hector et Troylus mors Priam leur pere enterra son filz Paris touillié en sang, en gettand maintes larmes. Cestui Paris fut mort en champ comme ses deux freres nommie de la main d'Achilles. Et afin que ne compte chascune chose l'une aprés l'aultre et par soy, je di en somme que aprés ce que Priam eut veu le Palladion desrobé par les Grecs en un temple pres de Troye et que toute esperance de paix et de salut lui fut ostee, il peut ouyr de nuyt les Grecs qui par barat estoient entrez dedans Troye, il peut ouyr les feux petillans dedans et dehors les hostelz et tous les lieux de Troye pleins d'ennemis forsenez et tamboissans.

19. Priam peut veoir de Ylion sa haulte tour royale tans de plours, tans de criz, tans de occisions de ses citoiens, car les ennemis gregeoiz armez ne espergnoient homme ne femme, ne juene ne ancian. Les flambes des hostelz et des palaiz ardans enluminoient la nuyt tant qu'il sambloit estre jour. Et pour surcroistre la maleurté de Priam, il n'est pas vraysamblable que Priam ne sceust que Andromatha sa bruz et femme du preu Hector, et Cassandra sa fille avoient esté laidement tirees par leurs cheveulx et mises en servaige des Grecs.

20. Comme doncques a la fin les Grecs eussent ja tout prins et que les huiz et les portes furent arrachees, et les lices et les barres du palaiz royal furent brisiees, Priam vit un sien enfant appellé Polites qui pour soy guerentir s'enfuyoit aux aulters du temple qui estoit ou palaiz, lequel requeroit engoisseusement l'aide du vieil Priam son pere. Mais ce ne le peut guerentir, car voyant le roy Priam son pere, le dict Polites ou giron de sa mere fut murtry de l'espee de Pirrus jeune chevalier grec et filz du dit Achilles. Aprés le dict Priam fut frapé et occis de l'espee de ce mesme Pirrhus, et fut Priam broillié du sang de son dict filz. *21.* Combien que Priam pour neant et en vain se feust mis a defense, si fut il tué ou temple de Jupiter et de son sang furent broilliez les autels que il mesme avoit fait consacrer et beneistre. Et illeuc par une

grande playe que Pirrhus fist a Priam, il mist hors son ame or-
gueilleuse, lassee par long eage et aussi par miseres. Maiz ainsi
comme Hecube estant ou doulz eage de juenesse receut honneurs,
clarté, et gloire, et fut auctorisee en haultesse royale, aussi elle ja
vieille souffry avec son mari Priam, douleurs tenebres, hontes, et
toutes vilenies de par fortune forsenant contre Hecube.

22. Se la royne Hecube aprés tans de miseres eust peu mourir
avec Priam avec lequel elle avoit vescu, si di je que combien que
elle feust tres mescheant, toutevoies eust elle eschapé une partie de
sa male fortune. Car Hecube qui pas n'estoit si brisee par longue
eage comme elle estoit pour les continuelz plours, pour les ameres
souvenances, et pour les hastives mors de ses enfans, et pour la
vefvie de son mari Priam et pour la desolation de leur cité et
royaume, elle vit aprés toutes choses destruictes que Polixena sa
tres amee fille fut tuee de Pirrhus et fut mise en lieu de sacrifice
sur le tombel de Achilles. 23. Ceste Polixena, tres noble et belle
et tenre de corps, fut par Hecube promise en mariage au dit Achilles.
Mais pource que Paris tua trahisteusement Achilles qui estoit entré
dedans Troye pour la cuider espouser, Pirrhus filz d'Achilles aprés
la prinse de Troye sur le tombel de son pere occit et sacrifia la
dicte Polixena attournee a maniere de femme voulant espouser mary.
Maiz Cassandra sa suer mesmement belle pucelle, bien instruicte
et saige en art de astrologie, preint et dist pluseurs choses qui
aprés advindrent. Elle vint en la part de la praye au roy Agamenon,
et aprés fut tuee a table avec lui par Egistus le ribault de Clitemestra femme du dict Agamenon.

24. Hecube aprés vit Astianattes petit enfant de Hector et de
Andromatha sa femme fut froissié contre une roche. Et Pirrhus
a sa part de la praye prist Andromatha et aprés l'espousa, et
aprés lui donna partie de son royaume, et aussi a Helenus filz
du roy Priam qui lui donna conseil de sauvement retourner en
Grece. Hecube encores vit tous les remenans de la tour Ylion
estre mis a egal de la terre et si bas arrasee fut que on ne la
povoit veoir, mais l'en veoit seulement les monceaulx des pierres
et du cymant tombez a terre ou la tour Ylion fut. 25. Hecube
vit aprés son gendre Eneas tourner en fuyte avec son filz Ascanius,
depuis que le dit Eneas eut perdue sa femme Creusa. Cestui Eneas
fut filz de Anchises un moult riche homme de Frige et d'une
femme qui pour aucun vice ou vertu de elle fut appellee Venus, et

eut Eneas un filz appellé par deux noms Ascanius et Julus de la femme Creusa, fille du roy Priam. Cestui Eneas, dont les Rommains descendent, voyant que Troye estoit prinse des Grecs il appresta nefs pour querir aultres pays avec une partie de juenes gens troyannes. Et aussi vit Hecube Antenor fuitif comme estoit Eneas.

26. Antenor et Eneas furent deux chevaliers troyans soubtilz et malicieux, qui forgerent et conduisirent la maniere par quoy Troye fut trahiteusement prinse. Car aprés que les Grecs eurent mis dedans Troye le grant cheval de bois garni d'ommes armez, ilz mistrent garnisons de eulx mesmes es maisons de Antenor et de Eneas pour eulx et leurs choses sauver. Et aprés leur departement les Grecs demoureren a Troye et ordonnerent de leurs choses et de leur departement, et en quelx pais ilz yroient. 27. Eneas doncques ou au moins son filz Ascanius vint a Romme pour le temps du roy latin, et Antenor vint a la mer de Venise la ou il fonda une cité appellee Cercira qui maintenant a nom Padue. Et comme les Troyans qui s'estoient sauvez et resqueux des mains des Grecs oyrent dire que Antenor avoit cité et seignourie en Ytalie, ilz se retirerent devers lui et en brief furent grant multitude de peuple.

28. Et la royne Hecube qui nagueres avoit en sa compaignie tans de nobles filz et filles, et tans de bruz et tans de chamberieres, peut veoir soy triste, gemissant, courroucee et relenquie, toute seule en lieu desert, et de qui mesmement les Grecs ne tenoient compte pour cause de sa vieillesse, et laquelle n'avoit aulcune esperance de ayde ne de refuge, ne de service de varlet ne d'aultre qui la reconfortast. Elle peut aussi veoir les hostelz et palaiz de Troye desrochez, fumans et embrasiez, senz ce que aulcun les esteignist; et en ces grans miseres ne fut pas la fin de Hecube la royne. 29. Car ainsi comme racomptent aulcuns historians, tandiz que Hecube estoit en ces angoisses, il lui vint en memoire de soy retraire en Trace devers un sien filz appellé Polidorus. Cestui Polidorus fut filz de Priam et de la dicte Hecube, lesquelz doubtans que la victoire de la bataille ne demourast aux Grecs ilz envoyerent leur filz Polidorus avec tres grant somme d'or pour soy sauver par devers Polmestor roy de Trace, ancian hoste et ami et gendre du dict Priam, afin s'il advenoit que tout le lignaige de Priam feust destruict, que Polidorus demourast pour restaurer l'ostel royal de Troye. 30. Mais

comme Polmestor convoiteux d'or et d'argent veist fortune tourner contre les Troyans, il occit Polidorus soy esbatant ou rivaige de la mer. Comme donques Hecube alast ou pais de Trace en esperance de veoir le dict Polidorus, elle congnut par le rapport d'aulcunes gens de Trace qu'il avoit esté occis ainsi comme dict est et enterré en l'arainne de la mer.

31. Pour ceste douleur derreniere fut si tourmentee Hecube, secche et vieille, que par la violence de celle douleur elle devint enraigee, et celle raige si fort la degasta que elle discourroit par les champs, en abayand et huland a maniere d'une chienne enraigee, ja soit ce que aulcunes histoires dient que Hecube feust menee en servaige comme Cassandra sa fille et comme Andromatha femme du preu Hector avec les Grecs, et oultre dient que Hecube qui devint enraigee fina ses jours entre les gens de Grece. *32.* Tele fut donques la fin de si nobles et haulx roys, et les richesses de Troye qui en pluseurs eages et en longs temps avoient esté amassees, elles furent en une seule journee mises en pouldre et tournees en fable.

Chapter XIII

Tit.] contient le] contenant les *A* — Troye] + et *BDEY* + la grant *F* — Hecube] Hecuba *DY* — commançant] et commance *BCDFY* — ou] en *DE* — *1.* Corithus] Corinthus *BCD* — Corithe] Corinthe *BCD* — Afrique] Auffrique *DF* — *2.* Laomedon] Leomedon *DE* — reampsonné] rensonné *DE* reançonné *F* — Gregoys] Frigeois *BCDEFY* icolis *Z* les habitans de son royaume *X* — Laomedon] Leomedon *BCD* — redifié] reedifié *CF* — *3.* auteurs] acteurs *DE* aucteurs *F* — (jusques) a] au *DE* — *4.* Hecube] Hecuba *DY* — toute chose] toutes choses *BCD* — peust] pevent *BD* — XXIX] decem et novem *Z* — comme] + le *DE* — auteurs] acteurs *DE* — prouesse] probitatis *Z* — *5.* assegrisé] tranquillum *Z* — concort] contoit *A* court *E* 7. esplendissant] resplendissant *CDFY* — et riche] -*DEF* — Hesiona] Excionne *DY* — prinse et destruicte] destruicte et prinse *A* — *8.* Priam] + roy *A* — redemenderoit] demanderoit *DEY* — Hesiona] Excionne *DY* — (dict) roy] -*BC* — praye] proie *DFY* — *9.* riens] rien *EF* — tesche] tache *DE* — esprendre] espandre *DE* suscitare *Z* — *10.* propost] propostz *BC* propos *DEFY* — Hesiona] Exionne *DY* — en] a *BC* — praye]

proie *DFY* — leur] la *BCDY* — *11.* (ou) par] pour *CY* — Hecube]
Hecuba *DEY* — feist] fist D fit *EY* —pays] port *A* — *12.* beau]
bel *BCDEF* — Helene] Helaine *BF* — se soulaçoit] s'esbatoit *DE*
— prist] print *DY* —l'amena] le mena *BE* — Hesiona] Exionne
DY — *13.* Helene] Heleine C Helaine *F* — derreniere] derniere *EF*
— leesse] liesse *DE* — destruiement] destruisement *BEF* (twice) —
ou] au *DE* — (de) Grece Troye *DEFXY* rhoeteo in litore *Z* — par
serement...toute Grece] -*DEF* — assiegeoit] assiegerent *DE* —
— derrenier] dernier *DEF* — petite] petit *DF* — *14.* souloiers]
+ populorum *Z* — de Ylion sa haulte tour] ex arce superbi Ilii *Z*
— *15.* loyee] lyee *DEY* — (eslevoit) a l'] -*A* — (environ) des] les *A*
— dixiesme jour] in diem duodecimam *Z* — *16.* que on ne... net-
toier] inexpiabili *Z* — Gregeois] Gregois *FY* — aultrement] autant
DE — aultretant d'or] praeclarissimis donis *Z* treschiers dons *X* —
(charoigne) de] dudit *BY* — *17.* Hecube] Hecuba *DY* — royne] + et
DEFY — quelz] quelles *EY* — plaincts] plaings *DF* plainctes *EY*
— sa] la *DE* — premiere pestilence] + de Hecube et de Priam
DEF — (pestilence) et] -*DEF* — et la seconde...Priam] -*EF* —
prouesse] meritis *Z* — *18.* Troylus] Troyle *EF* — touillié] toullié
D souillé *Y* — (nommie) de] par *BCDFY* — (lieux de) Troye]
Grece *A* — tamboissans] tempestans *Y* tumulti hostili *Z* — *19.*
gregeoiz] gregois *CDEFY* — Andromatha] Andromedam *Z* Andromatha *X* — *20.* guerentir] garentir *BDEFY* — aulters] autelz *DEX*
aulteres *E* aultres *F* — l'aide] suffragium *Z* — vieil] roy *CE* —
l'espee] + infesto *Z* — mesme] mesmes *DF* — broillié] broullé
DEX brouillié *F* — *21.* sang] sanc *A* — broilliez] broullez *DE*
brouilliez *F* — mesme] mesmes *DFY* — beneistre] benistre *BDEY*
— Hecube] Hecuba *DY* — *22.* Hecube] Hecuba *DY* — mescheant]
mescheante *CEY* — longue] long *BCDEY* — vefuie] vefvage D
vesveté *FX* — Polixena] Polixene *DE* Polyxena *Z* — amee] amé
A — *23.* Hecube] Hecuba *DY* — trahisteusement] trayteusement
FY — preint] print *DE* — praye] proie *DFY* — *24.* Hecube]
Hecuba *DY* — aprés] -*BCDE* — arrasee] arraché *DE* — des pierres
et du cymant] ruinarum *Z* — ou] de D en *F* — *25.* Ascanius]
Astanius *DF* Ascanio *Z* — Julus] Julius *DEY* — Julus] + et eut
Eneas D + et l'eust Eneas *EF* — (de) la] sa *BDEFY* — Troyannes]
Troyens *FY* — Hecube] Hecuba *DY* — *26.* prinse] arse E prise
F — mistrent] mirent *BY* misrent *E* — (aprés) leur] le *DEFY* —
(departement) les] des *DEFY* — quelx] quel *DEY* — Ascanius]

Astanius *DF*... *27.* retirerent] retitererent *F* retrairent *Y* — *28.* les
hostelz... descrochez] ruinas *Z* — *29.* Hecube] Hecuba *DY* — ces]
ses *DF* — Polmestor] Pelmestor *BC* Polistenor *Y* Polymestere *Z* —
(hoste) et] -*DEY* — *30.* Polmestor] Pelmestor *BC* Polistenor *Y*
— Hucube] Hecuba *DY* — le dict] -*DF* — *31.* derreniere] derniere
DEF — Hecube] Hecuba *DY* — secche] seiche *DY* — sechent *BC*
— *32.* Troye] Troyes *BC* — longs] long *CDY* lonc *F.*

Le XIIIIe chapiltre parle contre les nobles orgueilleux
et commence ou latin: "Quid inquient et cetera"

TU QUI AS MIS TA FIANCE EN LA NOBLESSE, en la
force et en la beaulté de toy, je te prie, respon moy: Que diront
ceulx qui ont fichee toute leur esperance es choses perissables et
mondainnes? *1.* Se ilz considerent les cas du roy Priam et des
siens, ne se doubteront ilz mie? Quoy dira cellui qui s'enorgueillit
pour ses nobles parens, pour les forces et pour la beaulté de son
corps, quant il aura veu et ouy le cas du preu Hector qui fut trahiné
mort au cheriot de Achilles, et quant il aura veu et oy le beau
Paris gesir mort sur le champ? Je te demande se Hector et Paris
ne sont pas mors juenes nobles, tous sains de corps, fors et beaux.
2. Quoy dira un homme haultain et orgueilleux pour ce qu'il se voit
environné de la compaignie de ses enfans, freres, cousins et parens
et amis, quant il lira es histoires que le tres puissant roy Priam chey
paumé en son propre sang ou milieu de son palaiz sanz avoir aide
ne defense de tans d'enfans, gendres, cousins, parens et amis qu'il
avoit ou temps du Priam roy? Ne eut homme sur terre qui eust
si grant nombre de nobles enfans, qui eust si grant largesse de
parens, qui feust plus abundant d'amis ne de servens. Et toutevoies
cestui roy Priam fut vaincu et desconfit par les Grecs. *3.* Quoy
dira l'omme riche qui a grant mulon d'or, riche de mesnaige et de
grans heritaiges, quant il saura par histoires que le roy Priam fut
murtri d'espees en son propre dongeon et aprés enseveli entre les
masures de sa cité trebuchee et destruicte? Je te demande aussi se
le roy Priam ne eut pas grans tresors. Certes ouil, car combien qu'il
eust mené contre les Grecs forte et grant guerre par dix ans, tou-

tevoies si lui fut il chose tres legiere de paier a Achilles pour la
reampson de la charoingne de Hector son filz aultretant d'or comme
son corps poisoit. *4.* Et oultre plus car Priam en lieu de sepulcre
et de tumbeau enchassa et ceigny de fin or le corps de son filz
Hector aprés que ses exeques furent tres grandement celebrees et a
pompe royale. Certes je ne say quoy je doive dire contre les nobles
orgueilleux. *5.* Toutevoies je vous di que se l'omme n'est dur et
insensible a maniere de roche, il doit mettre juz orgueil; il doit
getter hors de soy vaine gloire, folle fiance, et si ne doit pas cuider
que ses travaulx et ses pensemens soient d'aulcun effect a l'encontre
de fortune. L'omme doit soy accraper et adherdre a Jhesucrist qui
est samblable a la pierre de l'anglet qui soustient et conjoinct les
deux pens du mur, car Jhesucrist et non aultre est force certainne,
fermeté pardurable, et vie perpetuele.

CHAPTER XIV

Tit.] parle] -*Y* raisonne *F* — ou] en *DE* — *1.* (considerent)
les] le *EY* — quoy] que *DEY* — (pour) les] ses *DEF* — *2.* quoy]
que *DEY* — voit] veoit *DY* — (cousins) et] -*DEY* — (sang) ou]
an *DE* — (avoit) ou] du *BCDE* — du roy Priam] de Priam roy
A — (cestui) roy] -*BDEFY* — *3.* quoy] que *DEY* — grant muton
d'or] ingenti pondere *Z* — ouil] oy *DE* — oil *F* ouy *Y* — reampson]
renson *DEY* raençon *F* — poisoit] pesoit *DEY* — *4.* car] que
BC — sepulcre] sepulture *DEY* — ceigny] taignit *DE* circumdare
Z — quoy] que *DEY* — doive] doye *BC* — *5.* (di) que] -*DE* —
travaulx] travailz *B* traveilz *DE* — l'omme] l'en *BC* — accraper]
agrapper *FY* a traper *E* — pens] pans *FY* — et non] + en *FY*.

CHAPTER XV

*Le quinziesme chapiltre contient les cas de Agamenon
et de Menelaus freres et roys de Grece*

CERTAIN EST QUE SE LES HOMMES eslevez en haulx
veulent resgarder et entendre le grant exemple de la fortune qui
advint au roy Agamenon, et pour quele cause le cas du roy Priam
samble estre greingneur que n'est l'exemple de la fortune du dict
Agamenon, je di que se les hommes reverchent les anciannes hystoires ilz trouveront a peinnes que les cas de ces deux roys soient
ensamble pareilz. *2.* Afin donques que nous monstrions plus largement les tournoiemens que fortune fist a l'environ de ces deux roys,
je veuil en delessend les aultres admener en exemple de muable
fortune le roy Agamenon jadiz noble connestable de la bataille des
Grecs, lequel avoit eue esperance de recevoir tres hault et tres noble
triumphe pour la desconfiture du roy Priam et pour le destruiement
de Troye sa cité. *3.* Vray est que les ancians comme mal informez
cuiderent que Agamenon feust filz de Jupiter, mais il fut filz de
Pelops roy de Frige, et Pelops fut filz de Tantalus, et Tantalus fut
filz de Jupiter. Par ainsi Jupiter fut ayeul du roy Agamenon, car
Agamenon selon la vraye hystoire fut filz de Phistenes et de Ypodamie fille de Enomaus roy de Elide et de Pise en Grece, et aprés
que Atreus et Thiestes roys de Micenes furent mors, Agamenon
succeda au royaume de Micenes. *4.* Il accrut sa noblesse royale
par le mariage et par la lignie de sa femme Clitemestra, laquele
comme aulcuns dient fut fille de Jupiter et de Latona. Mais selon
verité Clitemestra fut fille de Tindarus roy de Laconie en Grece.
Cestui Tindarus fut filz du roy Oebalus, et eut Tindarus a femme
Leda, dont il eut quatre enfans, deux masles, Castor et Pollux, et

deux femelles, c'est assavoir Clitemestra et Helene la belle. Clitemestra doncques fut femme du roy Agamenon. *5.* Or advint que Agamenon, estant ou pais de Crete, departoit et divisoit avec Menelaus son frere les tresors du roy Atreus leur oncle. Et en ce mesme temps Paris ravit Helene femme du roy Menelaus, de laquelle prinse Agamenon son frere fut accertaignié par lettres ou aultrement. Agamenon, justement voulant vencher l'injure faite a son frere, fist son effort par grant traveil et despense de assembler tous les nobles de Grece. *6.* Et aprés que le roy Menelaus eut redemendee sa femme Helene sanz ce que le roy Priam lui voulsist vendre, tous les Grecs d'un accort jurerent de mouvoir et faire guerre contre les Troyans. Et pour ordonner et conduire la bataille que tost aprés advint, les Grecs ordonnerent que Agamenon feust duc et chevetaine, comme cellui qui principalment et mieulx estoit saige et plus expert en chevalerie et en nobles faictz d'armes, et comme cellui en qui estoit la singuliere clarté de toute Grece.

7. Se nous considerons au vray les roys, les peuples, le grant nombre du navire que le roy Agamenon conduisi et ordonna par moult long temps, par adventure que l'en trouvera a peines aulcun aultre duc qui aultrefoiz ait gouverné en aulcune partie du monde si grant ne si noble compaignie de gens armees. *8.* Et combien que Palamedes roy de Euboye ou lieu de Agamenon feust surrogué et mis en office de connestable de celle tres grant et notable bataille des Grecs qui avoient assise Troye, dont la gloire et les notables faictz du dict Agamenon furent aulcunement troublez et admoindriz, toutevoies depuis que Palamedes fut mort, fortune rendi au roy Agamenon plus grant honneur que il par avant ne avoit eue par ce que elle le restitua en son premier office de souverain duc et capitaine des Grecs.

9. Cestui Palamedes, filz de Nauplius roy de Euboye, fut comme dict est ordonné connestable des Grecs en lieu de Agamenon. Mais Palamedes par le barat de Ulixes son envieux fut tué de pierres ou siege des Grecs estans devant Troye, pour ce qu'il fut souspeçonné d'avoir fait alliance avec les Troyans et de avoir eu pour ce grant somme d'or combien que riens n'en feust. Le roy doncques Agamenon remis comme dict est en son office gaigna et desservi presques gloire et honneur immortele, *10.* car soubz lui fut vaincu et desconfit le roy Priam et son peuple de Troye ennemi des Grecs, feust par cauteleux barat ou par force de corps, ou par vertuesses armes. Soubz cestui Agamenon et par son bon conduit tout l'ost des Grecs fut enrichi du pillaige de Troye et du pays de Asie. Mais il convient attendre la fin des choses touchans Agamenon.

11. Car aprés que Troye fut prinse et destruicte et que la villenie de Paris fut punie par la victoire des Grecs, et aprés aussi que le debat de Ulixes et de Ajax fut finé qui tous deux contendoient avoir les armes de Achilles, comme Agamenon voulant retourner en Grece eust assemblé les roys, les souldoiers et le peuple dedanz les nefs au port de Thenedon pour en remener en Grece son gracieux triumphe, il fist desploier les voiles aux vens et mener son navire en haulte mer. *12.* Et voici tantost le ciel commença soy troubler par nues obscures et par tonneurres bruyans, la raige des vens commença naistre en la mer, et la mer comme enflee par les horribles tourbillons de vens commença tourner ses ondes a l'environ. Le navire commença soy desjoindre, les remmes se rompirent et vaguerent par dessus l'eaue, les maals avec les voiles furent arrachiez des nefs et les nautonniers furent gettez hors de leurs sieges. Et tantost commencerent les nefs a soy entrehurter et soy cotir, et rumpre aux rochiers descouvers. Tout le navire aloit celle part ou le vent estoit plus fort. Aulcunes nefs des Grecs avec les nautonniers furent portees en tel lieu qui onques ne fut sceu.

13. Les nautonniers crioient d'une part, et d'aultre part ilz prioient les dieux qu'ilz les sauvassent des perilz. Tous les elemens estoient troublez et obscurs, et le ciel ne rendoit point de clarté. Les nefs qui furent descouplees l'une de l'autre tindrent aultre chemin que elles n'avoient commencié, car les aulcunes furent par les vens et par les ondes menees entre les rochiers de la montaigne Caphareus par le barat de Nauplus roy de Euboye, qui moult estoit courroucié et doulant pour la mort de son filz Palamedes qui fut injustement tué par les Grecs devant Troye.

14. Si vueil donques que tu saiches que Caphareus est une haulte montaigne du pays de Euboye. En la croupe de celle montaingne le roy Nauplus pere de Palamedes fist grans brandons et falotz par nuyt, afin que les Grecs retournans de la bataille de Troye cuidassent que illeuc feust bon port et seur pour les nefs. Et advint que pluseurs nefs arrivés illeuc furent perillees, et aussi les hommes qui dedans estoient par les rochiers cornuz qui sont en la mer pres du mont Caphareus. Et fit Nauplus ce barat pour vencher la mort de son filz Palamedes qui fut comme dict est injustement tué par les Grecs.

15. Les goufres de la mer de Libie absorbirent aulcunes nefs des Grecs, et aulcunes furent detenues et enclouses dedans la mer Egee entre les isles appellees Ciclades qui sont en nombre cinquante et trois isles desqueles l'isle de Rodes est la metropolitaine. Elles se extendent de septentrion a midi par trois cens miliaires dont les deux font une lieue. La mer Egee est celle qui court entre l'isle de Thenedon et l'isle de Chios, et est ainsi appellee celle mer pour ce que entre ces deux isles a une grant roche qui de loing samble estre une chievre, car Egee en grec signifie chievre en françois. Les aultres nefs des Grecs furent portees en la mer d'oriant, et pou d'icelles vindrent au lieu ou elles tendoient toutes a venir.

16. Le roy Menelaus qui pas ne fut par tempeste absorbiz en la mer, il avec sa femme la belle Helene fut par la force des vens transporté en Egypte, et fut Menelaus receu et hostelé par le roy Polibus qui lors regnoit en Egypte. Muesteus le roy d'Athenes moult traveillié et affloiblié par le vomissement qu'il fist dedans la mer, il mourut aprés ce que il fut arrivé au port Melos.

17. Cestui Muesteus fut filz de Sparchius roy de Athenes et de Polidorus fille du roy Peleus. Diomedes roy des Etholois fut constreint par tempeste de mer en tant qu'il arriva a un port de la mer Illirique soubz la montaigne Garganus qui est en Pueille. Cestui Diomedes filz du preu Thideus et de Deiphile, fut roy des etholois Grecs. Il estant en la bataille de Troye occit pluseurs roys et combati seul a seul avec Hector et avec Eneas. Et aprés la bataille de Troye comme Diomedes feust retourné, il trouva que sa femme Egiale avoit prins aultre mari et pour tant ne le voult recevoir.

18. Et aprés il partant de son pais s'en vint en Pueille a la montaigne Garganus et pres de illeuc fonda une cité, il souffri pluseurs mesaises. Et a la fin puisque il eut perdu ses compaignons il fut tué par Eneas, et tout ce que il avoit fut prins et occupé.

19. Ulixes roy de Ythacie en Grece, avec son navire fut demené par tempestes de vens par tans et par si diverses mers que l'en n'a peu savoir les lieux par ou il passa, combien que aulcuns aulteurs aient un particulier livre des divers voyages. Et afin que je me taise des aultres roys de Grece, vray est que le roy Agamenon presques tout seul vint doulant et courroucié en sa principale cité de Micenes non mie pour repos ne pour aise, maiz pour souffrir une villaine mort. *20.* Agamenon qui devant Troye avoit eu la victoire et desservi le triumphe, il fut vaincu et trebuchié en son hostel par le barat de sa femme. Il avoit esperé que le remenant de ses jours seroit en joye et repos, mail il fut tourné en larmes et en labour. Car comme Agamenon trouvast presques tout son royaume prins et occupé par Egistus jadiz filz de Thiestes, et il aussi trouvast que Clitemestra sa femme eust couchié avec le dict Egistus son ribault, il peut assez congnoistre que il avoit meschemment encouru et souffert grans dommaiges et hontes en ses propres choses, tandiz que il cuidoit vencher les hontes et les dommaiges que Paris avoit fait a son frere le roy Menelaus.

21. Le roy Agamenon retourné en son pais congneut se il voult que il avoit encores plus forte bataille a faire contre sa femme et son ribault Egistus que il ne avoit eue contre les Troyans. Cestui Egistus fut filz batart de Thiestes roy de Micenes et de Pelopia fille de ce mesme Thiestes. Si tost que Egistus fut nez il fut porté aux forestz a devorer aux bestes pour couvrir le difame de Thiestes son pere, qui estoit suer et mere du dict Egistus, par ce que Thiestes avoit comme dict est couchié avec sa fille dont il engendra Egistus. *22.* Egistus ne fut pas devouré, ains le nourri par aulcun temps une chievre sauvaige. Aprés que Egistus fut recongneu de ses parens il vint en l'ostel royal de son pere. Mais pour ce que l'en ne tenoit compte de lui il se informa des choses que on lui avoit faites, et tua le roy Atreus son oncle, auquel succeda Thiestes pere de Egistus, et coucha avec Clitemestra femme de Agamenon lors estant en la bataille de Troye. A la fin Egistus fut occis par Horestes filz du dict Agamenon.

23. Le roy Priam eust esté aucunement bieneureux entre les douleureuses mors de ses enfans, entre les desrochemens de Troye sa cité qui fut arse, se il eust vescu si longuement que il eust peu veoir les tempestes de la mer et les vens enraigez, et les rochiers aguz qui presques degasterent tous les Grecs et aussi leurs navires. Priam aussi eust esté aulcunement bieneureux s'il eust vescu si longuement qu'il eust peu veoir que les roys de Grece, parens et amis entr'eulx, eussent fait batailles pour la venchance des grans pecchiez et mesfaictz que les Grecs firent en la desolation et ou destruiement de la cité de Troye, *24.* laquele venchance ne avoient peu faire la vertu du preu Hector ne les forces de tous les roys d'Asye. Or escoute quoy finablement advint au roy Agamenon: Tandiz donques que Agamenon doubteux de sa personne commanda aux gens de son hostel que l'en apprestast un grant et solennel manger en monstrand en son visaige aultre chose qu'il n'avoit en courage, Clitemestra sa femme advisa la maniere et pensa le barat comment elle feroit mourir Agamenon son mari pour l'une de trois causes. *25.* La premiere fut pour ce que Agamenon avoit espousé le belle et saige pucellete Cassandra fille du roy Priam, laquelle estoit escheue en la part de la praye du roy Agamenon quant les Grecs prindrent Troye. La seconde cause fut car Clitemestra avoit paour de souffrir peine et tourment pour l'advoultire que elle avoit commis avec le dict Egistus. La tierce cause fut pour ce que Egistus ami de Clitemestra lui admonesta de tuer le dict Agamenon, afin qu'il peust pleinement joir de elle aprés qu'il seroit mort. *26.* Aprés advint que comme Agamenon se levast du souper ainsi comme aulcuns historians dient ou de son lit comme dient les aultres, Clitemestra lui baille une longue neuve robe qui ne avoit point d'entree pour la teste. Tandiz donques que Agamenon queroit la testiere de la robe et qu'il estoit empeschié de l'aultre partie qu'il eut vestue et tant qu'il ne veoit goute, Clitemestra livra son mari es mains de son ribault Egistus, qui pres d'illeuc s'estoit reponu en attendend la chose ci aprés dicte. *27.* Car Egistus par l'enhortement de Clitemestra feri d'une espee le roy Agamenon si durement qu'il l'abbati mort, et puis le dict Egistus, comme traistre et murtrier, saisi pour soy et occupa tout le palaiz royal et le royaume de Micenes.

28. Par ainsi Agamenon qui avoit eu grans victoires es batailles qu'il avoit fait sur terre et qui en mer avoit vaincues les tempestes et les vens, il fut desconfit et vaincu en son royaume et dedans son hostel par sa maleureuse femme Clitemestra et par Egistus evesque de Micenes. Agamenon aussi qui en pays loingtains et estranges avoit desconfit les roys et leurs gens en fait d'armes, il en sa propre maison fut vaincu et maté. *29.* Et qui plus est, Agamenon qui avoit eu seignorie et puissance sur le roys et de Grece et d'Asie ne peut refreindre ne chastoier la luxure de Clitemestra sa femme, Troye la grant avec toute sa puissance ne peut resister au roy Agamenon. Mais Egistus le prestre et Clitemestra sa femme lui contresterent, car leur barat et malice fut plus puissant que la force du dict Agamenon.

CHAPTER XV

Tit.] (contient) les] le *CDFY* — Grece] + et commence en latin *DY* + qui se partirent en diverses contrees ou ilz orent plusieurs fortunes *F* — *1.* reverchent] remerchent *D* reversent *Y* — *2.* monstrions] monstrons *DY* — les tournoiements] le tournoiement *BC* — noble] -*DE* — la desconfiture...cité] caesteris regibus derelictis *Z* — *3.* Jupiter] + et *DEF* — car] -*BC* — Phistenes] Phiscene *BC* Philistenes *Y* Phystenem *Z* — Pise] Perse *EY* — Thiestes] Quiethes *BC* Thieste *Z* — royaume] roy *BC* — *4.* femme] + et par sa femme *BC* — Laconie] Lagonie *BC* — Oebalus] Tindarus *E* Tebalus *Y* Oebaliae *Z* — Pollux] Pollus *BCDEY* — *5.* (que) Agamenon] lequel *BC* — Crete] Grece *BC* Cretam *Z* — mesme] mesmes *BDF* — accertaignié] acertené *BDEFY* — *6.* cellui qui...d'armes] imminentis belli *X* — et en nobles...toute Grece] et clerté de toute Grece *BC* — *7.* du] de *BCY* — aulcun] -*DE* — armees] armez *FY* — *8.* Palamedes] Palamides *DY* Palamedis *Z* — Euboye] Amboye *DEY* — ou] en *C* an *E* — (bataille) des] de *BCF* — Grecs] Grece *BC* — avoient] avoit *BC* — assise] assegié *D* assiegé *EY* — dict] duc *DE* — des Grecs] de Grece *BC* — *9.* Palamedes] Palamides *DY* — Nauplius] Namplius *BCE* Nauplus *D* Namplus *Y* — Euboye] Amboye *EY* Emboie *D* — des Grecs] de Grece *BC* — immortele] immortel *DE* — *10.* canteleux] cantele ou *BC* — attendre] entendre *B* atteindre *C* — *11.* debat] barat *BC* — (Ulixes et) de] -*A* — *12.* (tourbillons) de] des *DEF* — les remmes... l'eaue] turbati remiges *Z* — vaguerent] nagerent *D* vacquerent *E* — dessus] dessur *A* — maals] mastz *DY* maales E maasts *F* — arrachiez] arrachees *BC* arrachez *DE* — sieges] officiis *Z* — qui] que *DE* — sceu] + d'omme *DEF* — *13.* (prioient) les] aux *A* — Nauplus] Namplus *EXY* Namplius *C* Nanpli *Z* — Euboye] Emboye *DE* Amboye *Y* — injustement...Troye] mortis indignae *Z* — *14.* Euboye] Emboye *De* Amboye *Y* — Nauplus] Namplus *EY* Namplius *C* — fist] + alumer *BC* — cuidassent] cuidaissent *A* — arrivés] arrivees *BC* arrivans *DEFY* — *15.* (cinquante) et] -*EF* — miliaires] + et de oriant en occidant par deux cens miliares *BCEFY* — Chios] Chiris *DE* — ces] les *DE* — Egee] Ege *A* — en la mer d'oriant] ad erum summum *Z* — *16.* transporté] transportee *A* — Muesteus] Menesteus *DEXY* Menestheus *Z* — affoiblié] affebly *DE* affoibli *FY* — *17.* Muesteus] Menesteus *DY* — Peleus] Poleus *BC* — Etholois] Tholois *B* Cholois *C* — Illirique] Illuique *BC* Illurque *DE* illecques *F* Illyrici *Z* — Pueille] Peullie *E* Pueltie *F* — Deiphile] Deiphebe *DEY* — etholois] ethelois *DEF* — sa femme Egiale] Egiale sa femme *A* — *18.* pres] aprés *DF* aupres *Y* — cité] + ou *DE* — *19.* Ythacie] Italie *DEY* — tempestes] tempeste *EFY* — (et) par] -*DEF* — aulteurs] acteurs *DE* — (livre) des] de ses *DEF* — *20.* eu] eue *DEF* — trebuchié] abatu *BCDFY* batu *E* — espere] esperance *EY* — vencher] venger *DEF* — fait] fais *FY* — le roy] -*FY* — *21.* mesme] mesmes *CDFY* — nez] né *BDEFY* — son pere] + et de Pelopia *DEFY* — suer et mere] sur mer et de Pelopia mere *BC* — *23.* Troye] -*E* Troyes *F* — (desolation et) ou] -*EF* — venchance] vengence *EFY* — destruiement] destruisement *DEF* destruiement de la] + dicte *BC* — *24.* venchance] vengence *FY* — avoient] avoit *BC* — *25.* praye] proye *DFY* — *26.* longue neuve robe] neuve robe longue *D* neuve longue robe *Y* — reponu] mucé *EY* mucié *D* — *28.* par ainsi] + fut tué *D* + fut *E* — par ainsi...les vens] sic qui en Terris Martem in undis Neptumnum virtute superaverat *Z(X)* — vaincues] vaincus *E* vaincu *Y* — hoste] + et *BC* — et estranges] -*A* et estrange *D* — *29.* eu] eue *DY* — (roys) et] -*DFY* — chastoier] chastier *DEY*.

CHAPTER XVI

*Le seiziesme chapiltre contient la louange et la
recommendation de povreté et commence ou latin:
"Quid igiter et cetera"*

JE NE VOY QUELZ AULTRES BIENS apportent avec elles
les haultes seignouries que fortune donne aux hommes, *1.* se non
cusançons, paours et envye, et perilz de trabuchier du tres hault
au tres bas. Les haultes seigneuries sont tres souvant cause de
mescheantes fins et de honteuses mors, combien que elle nous samblent estre couvertes d'or, de pierres precieuses, de pourpre, et
d'une vaine gloire. Entre ces mondaines seignouries est meslee une
soueve amour de soy trop fier qui est au tres grant peril de ceulx
qui les ont. *2.* Ceste amour par ses venins de delectation empoi-
sonne les hommes qui se abandonnent aux viandes et aux leesses
des prosperitez mondaines. Et ces deux choses ont esté cause de ardoir et de destruire maintes citez et aultres pluseurs choses et de
occirre mains hommes, ainsi comme l'en le puest assez veoir en
l'exemple du cas de Troye la grant, et après en l'exemple du cas
du roy Agamenon mort et detranchié vilment.

3. Humble povreté, laquele et non aultre garde les loix de nature, est chose desirable et plaisant se elle feust bien congneue de
assez d'ommes. Car povreté surmonte les mauvaises cauteles des
hommes malicieux. Elle ne tient compte des honneurs transitoires
et vaines, elle se moque de ceulz qui diversement trassent les honneurs, les richesses, les puissances, et les aultres dons de fortune.
Elle se moque de ceulx qui voyagent par mer et par rivieres, et de
ceulx qui guerroient en armes pour acquerir richesses et honneurs.
4. Povreté desprise les choses superflues, c'est assavoir les choses

sanz lesqueles l'en puest bonnement vivre. Se povreté nue et descouverte garde les loix de nature elle sera contente en esté des
ombres des boys, et par ce moyen elle endurera legierement les
chaleurs du souleil. Provreté par sa tres grant pacience est contente
de eschaper la pluye soubz une rude et petite maison, et par ce
moyen elle endurera paciemment les froidures d'yver. 5. Se faim
ou soif qui est contraire aux hommes assailloit povreté, elle l'en-
dureroit miex et plus fort que ceulx ne endurent abundance de
viandes et de vins qui boivent en vaisselle d'or et de pierres precieuses. Car la vie d'un povre bien ordonnee selon loy de nature
est de plus longue duree que n'est la vie d'un hault est grant seigneur. Amour dissolue fuit povreté et mignotie dilicieuse et luxure
puante.

6. Povreté sanz espies va et vient par tavernes et par tous
aultres lieux devant tous hommes mesmement deshonnestes ou mauvaiz. Povreté sanz espies par forestz et par boys va et vient par
devant les larrons, et sanz estre espiee elle va et vient par villes,
par chasteaulx, par devant ses envieux pour ce que elle n'en a nulz.
Povreté est ferme et estable, povreté est franche, povreté est en
repos tel comme on le peuest trouver es choses de ce monde. 7.
Povreté est pleinne d'art et de subtilité et d'engin. Povreté est la
mere de toutes les estudes et sciences divines et humaines, puisque
elles soient honnestes et louables. Fortune despite povreté et par
le contraire povreté ne tient compte de fortune. Il n'est mestier que
je me lasse en racomptand les dons et les graces de povreté, car
il en y a sanz nombre et sont nobles et fondez en vertus.

8. Se Agamenon eust soupé avec Dame Povreté et povrement,
ainsi comme y soupoit le philosophe Zenocrates, je ne puis croire
que Egistus couhart et pereceux eust osé entreprendre de tuer
Agamenon. Car les grans vins et viandes qui furent au souper
de Agamenon tant eschauferent sa femme Clitemestra et son ribault
Egistus qu'ilz entreprindrent et menerent a fin la mort de Agamenon.

9. Cestui Zenocrates, tres grant philosophe grec, fut par sa
sapience si auctorisé que sanz faire serement on le creoit de tout
ce qu'il disoit. Il fu tres sobre et tres entier en corps et en pensee,
tant que aulcune femme ne le peut onques esmouvoir a luxere. Il
desprisa tant richesses que de cinquante besans d'or a lui presentez
de par le roy Alexandre il n'en prist que trente onces. Il fut si

attrempé qu'il ramena a la vertu d'attrempance les hommes desmesurez et dissolutz.

10. Se la royne Clitemestra eust veillié par nuyt en l'estat de povreté et eust eue la cusançon du gouvernement de son hostel, et que elle eust gardee sa chasteté, certain est que elle eust plus desiré le retour de son mari que elle ne le doubta par ce que elle s'estoit adhontagee et mesfaite. 11. Certes c'est belle et moult saincte chose demourer avec povreté en petites maisons. C'est belle et moult saincte chose d'amer les lieux champestres et les lieux solitaires et despriser les choses superflues et vainnes, et de penser aux choses celestes soubz l'ombre des arbres enpres les clers ruisseaulx. 12. Et pour tant ceulx demandent grans dons a Dame Povreté qui veulent estre sauvement gardez en une petite maison avec le philosophe Diogenes, l'ami de povreté, et avec les Cursoiz et les Fabricioiz qui furent amis de povreté. Cestui Diogenes, philosophe grec, n'eut onques en soy aulcune desordonnee delectation ne convoitise. Il qui estoit riche vouloit demourer en un tonneau qui n'avoit fors que un fons. En temps d'yver le roy Alixandre offri a Diogenes tout ce qu'il demanderoit, et il lui demanda seulement qu'il se ostast de son soleil. 13. Diogenes ne tint compte de soy ne de richesses; il fut povre voluntaire. Il mesme se servoit en vacant a philosophie pour enseigner aultrui. Il mendioit son vivre et vendi soy mesme en servaige. Il rumpi un sien goudet de bois, pensant que ce estoit superfluite, et aprés beut a ses mains.

14. Les Curcioiz sont dictz de Curcius un consule rommain, auquel avec Fabricius mesmement consul de Romme furent commises pluseurs batailles touchans la conqueste des Rommains. Et combien que les Curciois et les Fabriciois peussent avoir grans palaiz et dilicieuses viandes neantmoins se contenterent de basses maisons, de petites viandes et robes, et de pou de serviteurs. Tandiz donques que je soubshaistoie vivre avec ceste seure povreté et que je parloye de elle, Sampson vint devant moy qui forment s'escrioit en plaignant soy de la tricherie et barat des Dalida sa tres amee femme, et me requist que je ne parlasse plus de desirs que je avoie en l'estat de povreté, et que je tournassa ma plume pour escrire son cas.

Chapter XVI

Tit.] (louange et) la] *-EFY* — ou] en *D -E* — igiter] + etc. *CF* — *1.* se] si *EFY* — cusançons] cusançon *CDF* cusacions *E* soing et *Y* — paours] paour *CE* — perilz...bas] casus altissimos *Z* — trabuchier] trebuchier *BFY* — d'or] + et *DY* — (est) au] ou *C -F* — *2.* empoisonné] emprisonné *CE* inficit *Z* — viandes] epulis *Z* — (l'en) le] *-BC* — vilment] villainement *CE* vilainement *DY* — *3.* Elle se moque... fortune] discursus hominum varios *Z* — diversement...ceulx qui] *-DE* — *4.* (esté) des] de *BCE* — ombres] l'ombre *BC* — *5.* soif] seul *C* souef *D* soef *E* — miex] mieulx *BDEFY* — dilicieuse] delicieuse *EFY* — *6.* par tavernes...mauvaiz] per caveas et lustra leonibus *Z* par tavernes et par bordeaux *X* — (tavernes et) par] *-BC* — par devant...vient] *-DE* — *7.* humaines... soient] *-DE* — *8.* y] il *EY* — pereceux] paresseux *DE* — *9.* serement] serment *DEY* — (presentez) de] *-DEFY* — Alexandre] Alixandre *CDEFY* — *11.* chose] + de *DF* + que de *E* — l'ombre] ombre *EY* — clers] argenteos *Z* clers comme argent *X* — *12.* Cursoiz] Cursioiz *BCDFY* curiis *Z* — tonneau] tonnel *A* — *13.* ne de] + ses *BCD* — (il) mesme] mesmes *DEFY* — vacant] vacquant *DE* — (soy) mesme] mesmes *DEFY* — *14.* consule] consul *CDY* — Fabricius] Fabrisius *BC* — neantmoins] + ilz *BCDF* — Sampson] Sanson *BDFY* Sanxon *D* Senson *F* Sampson *Z* — plaignant soy] soy plaingnant *D* en complaingnant soy *E* en soy complaingnant *Y* — tournassa] tournasse *DEF*.

CHAPTER XVII

Le dixseptiesme chapiltre contient le cas de Sampson
gouverneur du peuple des juifs, et commence ou latin:
"Prenunciate igiter, et cetera."

L'AN QUATRE MIL QUARANTE APRÉS LA CREATION
DU MONDE pour lors que Ascanius filz de Eneas fonda la cité
d'Albanne, Sampson qui par XX ans gouverna le peuple des Juifs
fut avant sa nativité denoncié par l'angel de Dieu. Sampson filz d'un
Juif appellé Manne eut une tres belle femme, mais elle fut brehaigne
fors que de son filz Sampson qui fut sainctifié de Dieu des le ventre
sa mere, et par le commendement de Dieu il gardant ses cheveulx
et sa barbe sanz coper, et soy abstinant de boire vin et servoise,
crut et amenda et devint beau jovenceau de force merveillable a tous
hommes.

2. Sampson monstra les proemieres enseignes de sa force quant
il ala ou pais des Philistins qui lors estoient fors et peuplez, pour
espouser une pucelle laquelle il amoit moult. Car Sampson comme
hardi et non doubtant occit un leon qui contre lui venoit le front
levé, et qui soubdeinnement estoit sailli d'une fosse. Sampson ne
dist a homme la prouesse qu'il fist en tuend ce leon. Ceste chose
fut noble demonstrance de grant couraige, car il attribua a Dieu
les grans faitz de prouesse que il mesme avoit fait.

3. Onques Sampson ne les desclaira ouvertement se necessité
ne le requerist. Mais finablement comme il retournast par le chemin
ou il avoit passé, il trouva en la bouche du leon qu'il avoit occis
une ruche de miel laquelle Sampson menga par le chemin, et une
partie du miel il donna a son pere et a sa mere et aussi a sa femme.
Et lui seant a la table il proposa au cousin de sa femme un probleu-

me, c'est a dire une sentence de divers entendemens qui fut tele:
4. De une beste qui les aultres mengue a esté prinse une viande
convenable a homme, et la douceur et sa vie est saillie hors d'une
forte beste. Sampson prommist trente draps de saye pour manteaulx
et aultretant pour robes a celle personne qui souldroit cestui
probleume qui n'estoit aulcunement exposé ne sceu, se Sampson
par les flateries de sa femme ne l'eust ouvert et declairé en disant
que il comme fort et hardi avoit osté de la bouche du leon qui est
la plus forte des bestes le miel qui est la plus doulce des liqueurs
dont il avoit mangié. *5.* Par cest moyan les cousins de la femme
Sampson gaignerent les dons et les joiaulx qu'il avoit prommis
a cellui qui exposeroit le probleume. Quant Sampson apperceut
ceste chose il fut troublé en couraige et commença heyr sa femme
qu'il avoit par avant amee. Or advint que Sampson delessant sa
premiere femme en espousa une aultre, par quoy il devint ennemi des
Philistins. Les moessons des blefs estoient assez pres d'estre meurs.
6. Si pourpensa Sampson une nouvelle maniere de vengence dont
aultres gens ne avoient point osé: Car il prist grant nombre de
regnars et a leurs queues loya brandons enflambez, et aprés les
lascha et envoya parmi les champs de ses ennemis les Philistins
dont il brula tous leurs blefs et leurs arbres portans fruictz. *7.* Et
pour ceste vengence Sampson atteinna les Philistins contre le peuple
des Juifs. Les Philistins requistrent aux Juifs qu'ilz leur livrassent
Sampson loyé de cordes pour la vengence et satisfaction de si grant
mesfait comme il avoit commis en bruland leurs arbres et leurs
blefs. Sampson fut baillié loyé de cordes en la main des Philistins.
Mais Sampson, qui les loyens rumpi par l'escouce de ses braz, prist
la maschoire d'un asne qui d'a(d)venture estoit gisant devant lui,
et de ceste machoire en lieu d'une grande massue il tua mil des
Philistins qui le trahinoient et les aultres mist en fuite et les desconfisi.

8. Aprés ce que Samspon eut obtenue la victoire il mourut de
soif, et par l'ouvraige de la puissance divine il vit que de celle
machoire sailloit une fontainne dont il beut et fut tout renforcié.
Ceste chose merveillable de ceste fontainne combla et aggrandi la
vertu de Sampson envers le peuple des Juifs et fut esleu leur juge.
Cestui office de juge estoit pour lors la souverainne dignité royale.
9. Aulcuns hystorians ont dict que Sampson tua le leon de la forest
Nemea, lequel on dit estre eu occis par Hercules. Et si ont aulcuns

cuidé que Hercules et Sampson feust un mesme homme, laquele chose je ne sçay se je le doive affermer, car se je le contredi ja pource la chose n'en sera aultre. Comme donques Sampson desprisast les Philistins pour tant que il tout seul les avoit desconfiz, il s'en ala en une de leurs citez appellee Gaza et se loga et trehy devers une folle femme, avec laquele Sampson mignotoit et se jouoit par amours. Communement les Palestins, qui par diverses generations descendirent de la lignie de Sem premier filz de Noe. *10.* Le pere et le fondeur des Philistins eut nom Tesloim filz de Mesraim. Et encores furent les Philistins aultrement appellez Allophilois, c'est a dire estrangiers, car ilz furent tousjours ennemis et estranges des Juifs et moult separez de leur lignaige et alliance. Les Philistins entre pluseurs citez en eurent une appelee Gaza, fondee premierement par les Eneoiz qui par diverses generations descendirent du dict Sem, et fut Gaza ainsi nommé pour ce que Cambises roy des Persois y reponu et caicha ses tresors. *11.* Sampson soy levant par nuyt d'avec s'amie Dalida prist et transporta sur ses espaules les portes de la dicte cité sur la montaigne appellee Ebron, et les arracha des gons combien que elles feussent fermees a serreures, verrouers, et clefs de fer. Et puis d'illeuc s'en ala Sampson sanz estre prins des seigneurs de la cité de Gaza, qui a celle entention avoient ainsi fort fermees leurs portes.

12. Il n'est ja besoing que je die de Sampson tans de choses comme je pourroie bien dire, et celles que j'ay dictes sont et grans et tres grans pour acquerir la haultesse de gloire, en quoy les folz hommes cuident estre la bieneurté de leur vie. Mais il convient resgarder et attendre la fin des choses, car cellui n'est jamais beneureux quant a ceste vie qui meschemment fine ses jours. Sampson qui par sa force corporele et sanz armes avoit effroissuré et occis un leon, qui d'une maschoire d'asne avoit tué mil hommes ses ennemis et aultres deux mil il avoit mis en fuite, Sampson qui par sa force et puissance avoit porté aux croupes des montaignes les portes arrachees de leurs gons, il ne fut mie si puissant qu'il peust arrester le tournement du jeu de fortune. *13.* Car comme Sampson se fiast trop en soy mesme et il amast oultre mesure une folle femme nommee Dalida qui demouroit ou pais des Philistins ennemis de Sampson, cinq nobles hommes philistins par promesse de cinq mil cens deniers d'argent corrumpirent Dalida amie de Sampson, pour enquerir de lui en quele partie feust la force de son corps. Ceste

Dalida plouroit devant Sampson pour ce que deux foiz il l'avoit mocquee, et finablement elle lui saicha de la bouche par flateries et larmes, et il lui dist comme vray yere que toute sa force estoit en ses cheveulz.

14. O bon Dieu, Sampson homme fort et cruel, qui un pou par avant avoit esté deceu par sa premiere femme, maintenant est vaincu par les larmes et par les feinctes paroles d'une ribauldelle et se est abandonné de rechief a decevoir par elle. Dalida donques femme abandonnee a malices, aprés que elle fut apprinse et instruicte par les Philistins ennemis de Sampson comment elle acheveroit son entreprinse, elle l'endormi en son giron, et aprés par un barbier elle lui coppa les crins, lesquelx il avoit gardez de sa nativité sens les toucher de quelconque ferrement. 15. Et Dalida livra Sampson floible et desvertue comme une femme es mains des Philistins pour eulx moquer de lui. Les Philistins tantost percierent les yeulx du dict Sampson floible comme un aultre homme, puis le mistrent en prison, et le constreignirent tourner les meules des moulins aux braz ainsi comme les chevaulx les tournent et a faire pluseurs aultres vilz mestiers. 16. Ainsi fist la contraire cruaulté de femme, ainsi fist la pitié de s'amie Dalida, ainsi fist la noble loyaulté de femme que Sampson, qui par hommes ne povoit estre vaincu, qui par cordes ne povoit estre loyé, qui par fer ne povoit estre desconfit, il par larmes, d'une femme fut desconfit et vaincu. Les ennemis de Sampson se moquerent de lui qui par avant l'avoient tant cremu et doubté. 17. Certes se je ne suis deceu, le tombement de Sampson fut grant et si ne le peut longuement endurer, car il estoit homme de grant couraige se non en tant comme il se lessa vaincre par s'amie Dalida. Car comme aprés aulcun pou de temps la cheveleure feust ja revenue et creue sur le chief de Sampson et ses forces perdues ja lui samblassent estre restituees, il advint que les Philistins qui en un jour solennel s'estoient assemblez pour faire un publique sacrifice a leur dieu Dagon pour ce que liz cuidoient que leur dieu Dagon leur eust livré Sampson pour en prendre la vengance, 18. aprés que les viandes et les tables furent ostees, les Philistins commenderent que devant eulx feust admené le maleureux Sampson pour jouer et pour les faire rire en leur feste solonnele.

19. Sampson qui par un enfant qui le conduisoit fut admené devant les Philistins, aprés que en jouand il les eut esbatuz et fait rire, pource qu'ilz veoient que par changement de fortune Sampson

par avant tres fort estoit floible et aveugle, et Sampson juge et prince des Juifs jouoit et basteloit devant eulx, Sampson comme homme de fort couraige, se fist conduire par l'enfant vers les principaulx pilliers de la sale, ainsi comme se Sampson se voulsist illeuc reposer, et aprés se agrapa a iceulz deux pilliers qui soustenoient presques toute la haulteur de l'edifice. *20.* Adonc Sampson comme homme indignant espia et choisi convenableté de temps, et a deux braz embrassa ces deux columpnes, et fist un tel cri. Je vueil, dist il, que avec Sampson moeurent tous ses ennemis. Et lors il trahy a soy avec merveilleuse force les deux pilliers du temple de Dagon. Et au choir de ces deux pilliers fut desrochié tout le palaiz, et furent froissiez et mors les princes des Philistins avec Sampson. *21.* Et avec ce, en ce mesme desrochement, furent accrauentez trois mil hommes et aultretans de femmes. Et par ainsi Sampson, qui par vint ans avoit tenue la seignorie des Juifs, fut deprisié des Philistins ses ennemis en tant qu'ilz lui creverent les yeulx. Par quoy il devint si impaciant contre sa vie que il ordonna a soy mesme une maniere de mort dure et miserable, par quoy comme dict est il occit soy, combien que de ce faire il eust consentement de Dieu.

CHAPTER XVII

Tit.] Sampson (et passim)] Sanson *BCEFY* Senson *D* Sampsone *Z* — ou] -*D* en *E* — prenunciate] pronunciare *C* pronunciate *Y* praenuntiante *Z* — et cetera] -*DE*— *1.* Ascanius] Astanius *DF* — angel] ange *BCDFY* — Juif] Juifs *FY* — femme] + ameie *B* amé *C* — ventre] + de *EFY* — servoise] cervoise *FX* cicera *Z* — merveillable] merveilleuse *BD* — *2.* faitz] fruitz *BC* — mesme] mesmes *CDF* — fait] fais *FY* — *4.* saye] soye *FY* — cestui] ce *DE* — *5.* cest] ce *CDEFY* — moessons] moissons *FY* — blefs] bles *FY* — *6.* regnars] renars *DF* —(regnars) et] -*A* — loya] lia *DEY* — lascha] laissa *DE* chassa *Y* — *7.* requistrent] requirent *BCDEY* — loyé] lié *DEY* — blefs] blez *EFY* — loyé] lié *DEY* —loyens] lians *DEY* — l'escouse] l'escource *FY* tractu *Z* — maschoire] machoere *B* mahouere *DY* maxillam *Z* — grande] grant *DE* —(Philistins) qui] qu'ilz *BC* — desconfisi] desconfit *EFY* — *8.* mourut] mouroit *BCDEY* — machoire] maschoere *B* machouere *DY* — ceste] celle *BD* — *9.* Nemea] Menea *DE* Nemeaeum *Z* — estre] avoir *FY* —

eu] esté *DFY*— doive] doye *CD* dois *Y*— n'en] ne *BC* — (ala) en]
a *DF* — Sem] Sein *C* Sen *D* son *E*— Noe] Noel *BC* — *10*. eut
nom] -*CE* — Tesloim] Teslain *BD* — Mesraim] Mesrain *BD* Mes-
rem *F* — car] et *BC* — estranges] estrangiers *B* estrangez *EY* —
Eneoiz] Enois *DEF* — Sem] Sein *C* Sen *D* — *11*. verrouers] ver-
roulz *BCF*— (la cité) de] -*BCDEF* — *12*. (sont) et] -*DEFY* — mes-
chemment] meschaument *D* meschamment *EFY* — maschoire]
maschaere *B* maschoure *DY* — leur] leurs *DEFY* — tournement]
tournoiement *DY* — *13*. mesme] mesmes *DFY*— mil] + cinq
CDEFY — yere] estoit *DFY* — *14*. (et) se] -*DE* — senz...ferrement]
intactos *Z* — *15*. floible] feble *DE* foible *Y* — floible...femme]
effoeminatum *Z* — mistrent] mirent *B* misrent *DEY* — aux] es *E*
a *Y* — *16*. cruaulté] credulitas *Z* — loyé] lié *DEY* — desconfit et
vaincu] vaincu et disconfit *BCDEY* — *17*. (couraige) se] si *DEFY*
— comme] que *DEFY* — ja lui samblassent] lui samblassent ja *DE*
—jour] temple *B* lien *C* — *18*. viandes] epulis *Z* —(rire) en] a
DEF — *19*. floible] foible *BFY* feble *DE* — juge et] par avant *E*
et juge *F* — *20*. columpnes] coulombes *BC* coulonnes *DY* colunnes
E columnes *F* — moerent] meurent *DEF* — choir] cheoir *DEY* —
deux] -*A* — *21*. mesmes] *DF* — dure] indignam *Z*.

CHAPTER XVIII

Le dixhuitiesme chapiltre parle contre les femmes
en general et en espicial. Et commence ou latin:
"Blandum et excitiale, et cetera"

FEMME EST UN MAL QUI SAMBLE SOUEF et si est dommaigeux et proufitable a pou d'ommes. Le mal qui est en femme
est avant congneu que experimenté. Et certain est que ainsi comme
les femmes ne se efforcent point de recouvrir le degré de compaignie
dont elles furent privees par leur demerite par le jugement que
Dieu fist contre Eve enhortant a Adam que il pecchast, par quoy
entre eulx la compaignie fut defaicte en tant que l'omme fut ordonné seigneur et chief de la femme, et elle devint subjecte par le
divin jugement duquel les femmes ne tiennent compte, ains s'efforcent par leur naturele subtilesce a recouvrer seignorie sur les
hommes. 2. Et pour ce que les femmes scevent que a reprenre
ceste seignorie les affaitemens du corps leur pevent assez aider,
elles entendent et veillent a avoir la face reluisant par couleur vermeille et vive, a avoir les yeulx longs parisans et vars, la cheveleure
jaune comme l'or, la bouche ronde, le nez long, le col blanc et poli
comme yvire qui soit droit et eslevé sur leux rondes espaules, la
poicterine enflee par deux tettins ou vraiz ou contrefaiz durs et
ronds, les braz longs, les mains deliees et tenues, et les doiz estenduz, et le corps graile et petit pie.

    3. Les femmes qui doubtent que de elles mesmes ne soient pas
assez saiges demendent aprés conseil entre elles, et ce qui est en
leurs corps oultre mesure, elles le retranchent par art et fournissent
les deffaulx par merveilleuse saigesse. Car se aulcune par maigresse
est trop tenue, elles l'extendent et engroissent par viandes emmiellees

et par soupes. Se le corps des femmes est gras oultre mesure, elles le scevent amaigrir par pou mangier et par viandes aguëe. *4.* Se ou corps des femmes soit aulcune partie courbee ou bossue, elles la drecent par recourber a la partie contraire. Se elles ont les espaules haultes elles se efforcent de les abbaissier par leurs maintiens, et de les hausser se elles les ont trop basses. Se elles ont les colz bas et cours elles se efforcent de les alongir en hault. Et ainsi font elles des aultres parties trop courtes, elles adrecent les parties recourbees.

5. Il est bon que je die par quel art elles affaitent l'enfleure de leurs mains, les lentilles de leur face, les tesches de leurs yeulx, et les defaulx des aultres parties, auxquelles les femmes remedient sanz appeller le saige medicin Ypocras. Les femmes aprés scevant faire jaunes leurs cheveulx bleux par eaues et par lexives, et les faire roides et crespes par une aguille d'acier chaulde, et les faire ronds a maniere d'un annel. *6.* Elles scevent elargir le front quant il est trop estroit par arracher les peulx. Elles scevent desjoindre et departir les sourcilz se ilz sont trop estenduz et sarrez et les attenuir. Se les dens d'adventure leur sont cheues, elles en font autres d'yvire. Elles ostent a une piece de voirre les peulx que l'en ne puet oster au rasouer. Et par souvant rere elles attenuissent leur cuir se il est trop gros ou trop rude. Ainsi scevent elles miex soy affaicter par art que celles qui samblent estre laides ains que elles soient atournees, tu jugeroies que ce feust la belle Venus quant elles sont attournees.

7. Il n'est ja besoing que je die par quelle maniere elles ordonnent leurs cheveulx jaunes, par queles flouretes elles les aournent de chapeaulx, par queles bandes dorees et de pierres precieuses, de coronnes de cuevrechiefs; elles aggencent si faittement leurs cheveulx que elles en laissent une partie voler au vent. Il n'est aussi ja besoing que je parle de leurs robes. Les femmes sont a tant venues que elles vestent robes de pourpre reluisant d'or et de pierres precieuses ainsi comme les roys. *8.* Les femmes de Grinoble contrefont les habictz aux femmes d'Octun, ou de celles de Egypte, ou de celles de Grece, ou de celles de Arabie. Car aux femmes de Ytalie ne souffit pas habit ytalian. Finablement les femmes tresperrens plus aguement les pensees des hommes ont apperceu un aultre barat de decevoir les hommes. Car elles ont aprés aprins une maniere d'aler mignotement, de monstrer a descouvert leur

poicterine et leur sein, de descouvrir un tantet de la cuisse. *9.*
Elles scevent aussi de quele partie de l'ueil elles doivent resgarder
les hommes en guinayand pour les attraire, et comment elles leur
doivent rire. Une chose aussi que les femmes scevent bien, c'est
assavoir monstrer quant il est temps que elles n'ont cure de la
chose que elles veulent. Je me efforce pour neant de monstrer les
ars et les baratz des femmes, car pas je ne les sçay. Car je comp-
teroye plustost les gravelles de la mer que je les sceusse escrire.
Toutevoies les choses que j'ai dictes sont toutes manifestes. *10.* Je
croy que ce soit plus honneste chose de taire que de racompter
queles paroles emmiellees et doulces dient les femmes aux hommes
quant ilz sont en leur chambre, queles flateries, queles mignoties,
queles larmes se besoing est, lesqueles font grant service aux
femmes. Et par leurs larmes souvant elles obtiennent tout ou partie
de ce que elles demendent. Par les affaictemens et baratz dessus
diz pluseurs nobles et aultres hommes qui resgardent les femmes
en sont prins et deceuz tres souvant. *11.* Car a telz resgardeurs
ne chault de vertu ne de honnesteté, mais seulement de la delectation charnele. Ces guinayeurs de femmes pevent veoir les chaynnes
que ilz mesmes ont forgees par leur ardant desir, qui sont si
fortes que ilz ne les pevent rumpre par quoy les hommes en cheent
souvant en perdicion.

12. Laz moy, la grosse et rude forme des femmes estoit assez
cause de dommaiges et de nuyre aux hommes, senz ce que les
femmes eussent controuvé tans de affaitemens et d'ouvraiges pour
aggencer le corps. Par celle rude forme de femme fut par adventure
deceu le premier homme. Par ces affaictemens de femme fut deceu
Paris filz du roy Priam, Egistus en fut prins, et aussi fut Sampson.
Par ces filez a prendre loups fut hapé Hercules, qui fut si grant
devant tous hommes mortelz que les aultres se pevent excuser par
lui. *13.* Hercules fut telement prins par les filez des femmes que
non pas seulement il oublia sa tres amee femme Deyanira, maiz
il oublia soy mesmes et sa tres grant renommee du tout. Et Hercules se rendi si obeissant aux commendemens d'une pucelete, c'est
assavoir de Yolis s'amie, que il fila et fist aultres offices de femmes
aprés que il eut mis juz et delessiez tous les exemples de vertu et
de prouesse. *14.* Se la femme de Hercules Yolis a peu faire si
grande abusion en Hercules, si grant homme par ses yeulx mi-
gnotans, par les actours de sa beaulté de corps, et par l'engigneux

et beau parler, il n'est pas merveilles se aultres hommes en sont prins. Cestui Hercules fut corrumpu par s'amie Yolis, non pas en l'eage que les flambes de amours sont eschaufees, mais que est plus laide chose, Hercules fut corrumpu pres de l'eage de vieillesse.

15. O femme, tres doulx mal d'ommes mortelz. Or n'est il chose qui puisse estre convoitee que tu ne vueilles. Il n'est chose que tu ne oses faire puisque tu la vueilles. Il n'est chose que tu ne assouvisses puisque tu l'oses entreprendre. Puisque doncques que les femmes sont si fortes ennemies de la franchise des hommes, je vueil que contre elles les jouvenceaulx resgardent a yeulx ouvers, et jugent aprés ce que ilz ont veues les beaultés de leurs corps, le destruiement de la cité de Troye qui par femme fut arse, le murtrissement du roy Agamenon qui lui advint par Clitemestra sa femme, la pareceuse vie de Hercules filant ou giron de Yolis s'amie, et l'aveuglesse de Sampson. 16. Je vueil que les jouvenceaulx pensent l'engin, les ars et les laqs des femmes, et que ilz resgardent soubtilment quantes et queles choses desloyaulx soient mucees soubz celle deliee pellete de la bouche des femmes qui samble pigmentee, et si portent dedans elles aulcunes choses si horribles que neiz le voultouers ne y oseroient touchier. Et si doivent les jouvenceaulx resgarder par les yeulx de la pensee queles choses soient caichees soubz les robes des femmes qui sont d'or et de pourpres. 17. Se les hommes resgardoient quoy ilz sont et pour quoy ilz sont nez frans, ilz ne vouldroient point eulx soubzmettre a femme, qui est une beste que homme ne peuest dompter. Et se ces choses par avant dictes ne pevent mouvoir les juenes hommes des laqs et des filez des femmes, je vueil au moins que leurs meurs et leur conditions les espoventent et les facent cautx de soy non embraser de l'amour des femmes. Certes les meurs des femmes sont teles. 18. Car femme est une beste tres avaricieuse, courrouceuse muable, desloyale, luxurieuse, cruele, et qui plus convoite choses vaines que choses certainnes et fermes. Se je mens, au moins les faicts apparent. Car Dalida livra Sampson a ses ennemis pour avarice de l'or qu'ilz lui donnerent. Erudice descouvri et encusa Amphiaraus son mari soy cachiant, afin que Erudice eust un fermail d'or que elle avoit convoitié. Ceste Erudice fille de Thalaon roy des Arginois fut femme de Amphiaraus evesque de la cité Argos. 19. Comme cestui Amphiaraus eust eu respons des dieux qu'il mourroit en la bataille de Thebes se il y aloit il se destourna, et son destour il revela seulement

a Erudice sa femme. Le roy Adrastus chief de celle bataille et les aultres nobles de Grece queroient Amphiaraus et ne le povoient trouver pour mener en la guerre. Or advint que Erudice vit que Argia femme du roy Polinices portoit un bel et riche fermail, lequel elle convoita et dist a Argia que se elle lui donnoit elle enseigneroit son mari. Laquele chose faicte, Amphiaraus ala en la bataille de Thebes et illeuc par un tremblement de terre il fut sanglouti, et Erudice aprés fut tuee par Almeon filz de Amphiaraus, auquel filz il avoit enjoinct de faire la vengence quant il ala en la dicte bataille.

20. Danes fille de Acrisius roy des Arginoiz, qui oy dire qu'il mourroit par la main de cellui qui naistroit de sa fille, il fist enserrer Danes en une tour. Comme Jupiter roy de Crete eust ouye la renommee de sa grant beaulté, il qui par la porte ne povoit entrer monta par les tieules du tect. Et aprés pluseurs dons et promesses d'or et d'argent Jupiter engroissa Danes. Et depuis qu'elle sceut soy estre condempnee par son pere Acrisius, elle fist son complot avec Jupiter de s'en aler par navire avec lui. 21. Pour tant les poetes qui fables meslent avec hystoires, dient que Jupiter descendi en son giron par les tieules en guise d'or. Car par les dons d'or et d'argent Jupiter corrumpi la virginité de Danes. Aragnes se pendi a un tref pource que Pallas la desconfisi de faire plus soubtilz ouvraiges, tant eut de courroux en elle. Ceste Aragnes fut une femme ignoble du pais de Asie, et fut fille de Idmonius un tenturier de laines selon aulcunes hystoires. 22. Elle fist premierement les raiz et les filez a prendre poissons et oiseaulx, et eut un filz appellé Clostor qui trouva la maniere de faire les fuiseaulx a filer lin et laine. Et pour ce Aragnes eut seigneurie et renom singulier de texerendie en son temps, ouquel mestier elle fut de si grant engin que par texure elle faisoit tout ce que un peinctre faisoit d'un pinceau. 23. Et comme elle feust renommee non pas seulement en Asie mais en estranges pays, elle fut si eslevee en son couraige que elle estriva et disputa de son mestier contre Pallas, trouveresse du mestier de lin et de laine. Mais comme Aragnes ne peust endurer paciement soy estre vaincue de Pallas, Aragnes se pendi a un laqs. Mais par ses amis qui la furent, elle fut secourue et gardee de estrangler.

24. Amata la mere de Lavinia fut femme du roy latin, et Lavinia fut femme de Eneas. Quant ceste Amata vit que Eneas eut desconfit Turnus et que Lavinia demoura femme et espouse du dit Eneas, elle se pendi par courroux et desdaing pource que aultrement

remedier ne y povoit. Phillis impaciente et enraigee de luxure se pendi a une hart pour l'amour de Demophon. Nisus roy des Megarensois ne devoit soy mesme ne sa cité plus seurement abandonner fors que a Scilla sa fille. *25.* Et toutevoies elle eschaufee par luxure livra son pere Nisus et son pais au roy Minos ennemi du dict Nisus. Car quant Scilla vist que le roy Minos avoit assiegee la cité du roy Nisus, Scilla consenti et traicta la mort de son pere et la prinse de la cité afin que elle dormist avec le dist Minos. Aulcune part ne devoit estre plus seur le roy Agamenon que ou giron de sa femme Clitemestra. Et toutevoies ceste femme loya et envelopa son mari Agamenon, et le livra a son ribault Egistus pour lui occire et tuer. *26.* Je laisse a racompter la mauvaise loy que fist Semiramis la royne de Babiloine afin que elle assouvist l'entreprinse de son ordre luxure. Ceste Semiramis tres ancianne royne des Assiriens fut femme du roy Ninus, et pour la grant ancianneté d'elle on ne trouve pas de quelz parens elle fut, fors que les poetes dient qu'elle fut fille de Neptun que les payans appellent dieu de la mer, par quoy ilz donnent a entendre que elle fut de noble lignie. *27.* Elle fist tans grans prouesses et si nottables faicts en armes et aultrement qu'ilz souffiroient en un homme de quelconque force. Mais la clarté toute de ses faictz elle obscurcit par une loy que elle fist et donna a ses subgectz: c'est assavoir que par quelconque maniere que il leur plairoit, ilz feissent senz difference de lignaige les oevres de nature, afin que Semiramis feust excusee de ce que elle avoit dormi avec pluseurs hommes et par espicial avec son propre filz.

28. Yolis comme dict est deceut Hercules par flateries. Bersabee femme egypcianne deceut Salomon tant que elle le fist ydolatrer. Cleopatra royne d'Egypte deceut Antoine nepueu de Julius Cesar. Car par l'enhortement de Cleopatra Antoine tendi pour soy a l'empire de Romme, et il finablement par desespoir tua soy mesme. Medea fille du roy Oethos desroba les tresors de son pere, elle detrancha son frere, et par sa grant cruaulté elle murtry ses propres enfans. Progne ne tua pas seulement son filz Ythis, mais elle le presenta tout cuit a menger au roy Thereus son pere comme j'ay dict ou V chapiltre precedant. *29.* Il n'est ja besoing de compter pluseurs exemples pour monstrer les meurs et les conditions des femmes. Vous doncques juenes hommes, et aveuglez par l'amour des femmes, alez et vous mettez en leurs laqs. Abandonnez voz ames et voz vies a si loyale, si piteuse et si benigne beste comme

est femme. Dites voz conseilz aux femmes, donnez leur voz subs-
tances et richesses. *30.* Se aulcuns hommes dient que ilz n'ont pas
si grandes forces comme avoit Hercules, et qu'ilz dient aussi que
Hercules fut deceu par femme, et qu'ilz dient que il convient soy
adonner et converser les femmes pour en avoir lignie, et que toutes
femmes ne sont mie si mauvaises comme celles que j'ay ci par avant
nommees. *31.* Je leur respon que il est vray ce que ilz dient, mais
toutevoies je vueil que il souvieingne que se nous ne povons estre
si fors comme Hercules qui accrauenta le gayant Antheus, se nous
ne sommes si fors que nous ne puissions tuer le tyrant Dyomedes,
se nous ne povons desconfire le fort roy Genon qui avoit comme
l'en dit trois testes, ou se par noz forces nous ne povons trahiner et
abatre le cruel chien Cerberus a trois testes, lesquelles prouesses
toutes fist Hercules le preu comme dict est devant ou douziesme
chapiltre, nous povons toutevoies par bonne vertu de couraige estre
plus fors que ne fut onques Hercules le preu. Car nous povons a
l'ayde de raison resister a la dissolue luxure qui fist mignoter et
pourrir Hercules ou giron de s'amie Yolis. Et ainsi comme Hercules
par force de corps batailla contre ces crueles bestes et contre les
hommes fors, aussi povons nous combatre par vertu et par force
de couraige contre les vices du corps, comme nous povons veoir
par l'exemple ensuivant.

32. Les poetes et aussi les historians dient que le roy Ulixes
aprés la destruction de Troye chemina en la mer par XIIII ans et
arriva a un port d'une cité de champaigne de Romme que l'en
appelle Gayecte, pres d'une montaigne appellee Circeus. Ceste Circe
enchanteresse et maigicianne fut fille du souleil roy de Colchos et
Persa sa femme. Ceste Circe nee en l'isle de Colchos vint en Ytalie
par une maniere que l'en ne scet. Et selon ce que dient les poetes
elle mua pluseurs hommes, et en especial les compaignons du dit roy
Ulixes en figures de diverses bestes comme sont chiens, loups, oiseaulx, leons et ours. Et teles mutations de figures faisoit Circe par
faulx ars de magique. *33.* Et ceste fiction contient tele vraye histoire ; car certain est que Circe suer de Oetha roy de l'isle Colchos
fut femme dissolue en luxure, belle et gente de visaige et de corps.
Et pour desservir son amour les folz hommes se tournoient en diverses manieres, tant pour lui plaire en luxure comme pour la fournir
de ses attours. Et vray est que quant femme est dissolue a divers
amans, ilz groucent l'un a l'autre et abbaient comme chiens, ilz

robent eulz mesmes et aultrui comme loups, ilz volent et saillent de
lieux en lieux comme oiseaulx, ilz s'enorgueillent comme leons, ilz
rampent et montent comme font les ours. *34.* Ceste Circe par ses
beuvraiges ne peut decevoir le saige roy Ulixes. Les doulz chants de
Sereines ne le peurent arrester ne tenir. Les poetes feignirent que
en la mer sont trois Sereines. La moitié de leurs corps est en figure
de pucelles, et l'aultre moitié est en figure d'oiseaulx, et ont aeles
et ongles. L'une de ces trois Sereines chante de bouche a voix serie,
l'aultre chante en une chalemie, et l'aultre chante en une harpe. Ces
trois Sereines par leur doulz chant telement attraient les hommes
naigens en mer, qu'ilz entroublient de gouverner leurs nefs et par
ainsi perissent.

35. Ces trois Sereines selon la verité furent trois folles femmes
qui demoroient et habiterent jadiz en divers ports de mer. Ces trois
femmes par leurs decevables doulceurs et flateries mettoient a povreté tous ceulz qui s'approuchoient d'elles. Elles avoient aeles et
ongles ; car amour de folle femme blesse et vole de lieu en aultre.
Elles habitent es ports et es isles de la mer. Car Venus la deesse
d'amours fut engendree en la mer. Car en la mer c'est a dire en
l'abundance des richesses mondainnes fut et encores est nourrie
luxure. *36.* Il n'est homme qui droitement puisse vaincre les
aultres, se premierement il ne peuest vaincre soy mesme. Se doncq-
ques tu soubmarches et desconfis la desordonnee luxure que tu
portes dedans ta pensee, les femmes ne te pourront prendre ne
enlacer en leurs filez ne en leurs laqs. Et combien que les femmes
soient desirables pour l'amour du bien de lignie qui vient par
moyan des femmes, a quoy je me consens, toutevoies nous ne
nous devons pas soubzmettre a elles. Se nous sommes hommes
vivens selon raison, nous devons monstrer aux femmes pourquoy
nous les avons en chierté et en amour. *37.* Mais l'en ne doit pas
seulement soy garder de donner seigneurie aux femmes envers les
hommes, ains ne leur en doit on departir aulcunement. Ainsi comme
aulcuns effeminez ont fait en leur tres grant dommaige, l'en ne
doit pas aulcune foiz croire aux larmes des femmes ne a leurs
complainctes. L'en se doit garder des malices des femmes, ainsi
comme l'en se garde d'un ennemi mortel. Et pas je ne di, ne je
ne afferme pas en mon couraige que toutes femmes soient ainsi
perverses et mauvaises comme sont celles que j'ay dessus nom-

mees. *38.* Il n'est homme qui ne saiche que en si grant multitude
de femmes soient aulcunes piteuses attrempees, tres sainctes, et tres
dignes de souverainne reverence. Je ne compte pas entre celles
dont je parle les femmes crestiannes, dont les pluseurs ont esté de
grant enterineté de pensee, en gardant virginité, simplesse, chasteté,
avec constance, et aultres grans merites ; et aussi entre les femmes
paiannes aulcunes ont desservi tres grans louanges. Et se aulcune
foiz l'en trouve teles femmes vertueuses crestiannes ou aultres, on
les doit honnourer et amer et les fort eslever plus que les hommes
qui pareillement seroient vertueux comme elles. *39.* Car ainsi
comme la vertu et la force de Hercules feroit plus a louer et a
merveillier en un homme nain que en Briareus qui fut un grant
gayant, aussi doit l'en plus recommender vertu en une femme que
en un homme. Mais pour ce que tres pou de femmes sont bonnes
et vertueuses, je te conseille que tu les fuyes toutes fors que en
leur payand la debte pour avoir lignie, afin que tu ne rencontres
une mauvaise femme tandiz que tu quiers en avoir une bonne. Car
tel quiert une tele femme comme fut Lucrece la tres chaste, qui
rencontre Sempronie ou Calfurnus qui furent deux folles et luxu-
rieuses femmes.

CHAPTER XVIII

Tit.] on] en *DE*—et excitiale et cetera] -*DE*— *1.* subtilesce]
subtilité *CDEFY* —(subtilesce) a] avoit et *BC*— *2.* ceste] celle *EY*
—(vermeille) et] - et *DE*—vive] niveo *Z*—parisans] pesans *DEFX*
persans *Y* graves *Z*—vars] vers *BDEFY* vertz *C* caeruleos *Z* vairs
X —ronde] purpurem *Z* petite *X* —qui] qu'il *DY* —poicterine]
poitrine *BDEFY*—les braz longs...estenduz] -*DE*—graile] gresle
CE— *3.* femmes] + qui *BDFY* — leurs] leur *CDY* — merveilleuse
saigesse] merveilleuses saigesses *BC*—(aulcuns) par] part *BC* partie
de leur corps *Y*—viandes] cibis *Y*—soupes] offis *Y* souppes grasses
X— *4.* recourber] courber *DF* -*E*—bas et] -*BC*— *5.* tesches]
tasches *DE* taisches *FY* maculas *Z*—auxquelles] esquelles *DE*—
bleux] -*DE* et blons *BY* fuscos *Z*— *6.* sarrez] serrer *CDE* serrés
FY—cheues] cheuz *EF* cheutz *D*—piece de voirre] exili nitro *Z*—ra-
souer] rasoir *E* rasouoir *F* — rere] radentes *Z*—cuir] cutiz *Z*—
gros ou trop] -*DE*— miex] mieulx *BEF*—miex soy] soy miex *BCD*

miex se *E* eulx *Y*—par art] -*BC* — 7. cuevrechiefs] couvrechiefz
DXY infulis *Z*—reluisant] reluisans *DF* reluisantes *Y*— 8. les
femmes de Grinoble...Arabie] Haec allobragas heduos illa ista cy-
prios alia aegyptios aut graecos fingit rituvl'arabas *Z*—Grinoble]
Grenoble *DY*—plus] tres *DE*—(les pensees des) hommes] femmes
BC hominum *Z*—poicterine] poitrine *DE* poiterine *F* poitrines *Y*
— 9. guinayand] guygnant *DY* guigneant *E* lubrica gesticulatione *Z*
—aussi] + est *BY*—10. leur chambre] leurs chambres *DEF*— mi-
gnoties] moqueries *D* mignotises *F* lasciviae *Z*— tres] bien *BCE*
11. guinayeurs] guigneurs *DE* guynardeus *Y* —chaynnes] chesnes
E chainnes *F*— 12. dommaiges] dommagier *BF* dommaiger *CEY*
—affaitemens] misteres *X* mysteria *Z*—(aussi) fut] -*DE* — 13. sa
tres...oublia] -*DE*—mesmes] mesme *BE*—pucellete] pucelle *DE*
puellae *Z*—s'amie] sa femme *D* sa amye *E*—(de) femmes] femme
BCDY— 14. faire] mettre *BC*—grande] grant *DEF*—actours] atours
BDE—parler] + d'elle *BC*—merveilles] merveille *BCDEY*—pres
de] en *BC* — 15. puisque] puis *DE*—destruiement] incendium *Z*—
qui par...murtrissement] -*DE*— 16. desloyaulx] desloiales *CY* -*E*—
voultouers] vaultours *D* boultovoirs *F* voultours *Y* vulturibus *Z*
—caichees] cachee *E* mucees *Y*—(soubz) les] la *E* le *F* —pourpres]
pourpre *BCDEY*— 17. dompter] douter *DE* tam indomito *Z*—
laqs] lacs *DF* laz *Y*—cautx] caulx *DEY*— 18. vaines que] + les
DEF —apparent] apairent *D* apperent *F*—pour] par *CE* + l' *DY*
—Erudice] Eriphyle *Z* Euriphile *X*—encusa] accusa *DE*— Amphia-
raus] Emphiarus *D* Amphiarus *E* Amphiaraum *Z*— 19. de celle]
de ceste *E* d'icelle *Y*—Polinices] Polinites *EF* — Almeon] Almenon
BC—enjoinct] enjoingt *E* enjoint *Y*— 20. enserrer] enferrer *DE*—
Crete] Grete *C* Grece *F*—ouye] oy *BE*—tect] toict *BC* toit *DEFY*—
21. tenturier] tainturier *EF*— 22. poissons et] + les *BC*—Clos-
tor] Clastor *BC*—texerendie] tixeranderie *DEY*— 23. laqs] lacs *D*
lax *F* laz *Y*— 24. Turnus] Curnus *BCE* Cinemis *D*— 25. assiegee]
assegié *C* assegé *D* assiegé *E* assegee *F*—(Nisus) Scilla] elle *EY*—
loya] lia *DE*—(pour) lui] l' *B* -*Y*— 26. Babiloine] Babilonie *C* Ba-
bilone *DE*—Neptun] Neptin *DEF*—lignie] lignee *BDEY* ligniee
C— 27. (souffiroient) en] a *BCDEY* — quelconque] quelconques *DF*
—la clarté toute] toute la clarté *DY*— 28. Salomon] Salmon *BC*—
mesme] mesmes *DF* -*Y*— Oethos] Orchus *BC* Oetha *D* Oethes *Y* —
(et par) sa] -*DEF* — murtry] meurdrit *DE*— Progne] Prognes

BCDEY — Thereus] Theseus *BCD*— 29. laqs] lacz *D* lax *F* laz *Y* — donnez leur] et leur donnez *B* donnez *F* — 30. Hercules] Sampsonis *Z* — (pour) en] -*CD* — lignie] ligniee *B* lignee *DEY*— 31. que il] + leur *BDEFY* — gayant] geant *DEY* — puissions] puissons *EFY* — Genon] Egenon *BC* Gerion *DE* Gerionem *Z* — le preu] -*BDEFY* — raison] mente etiam constanti adque virili *Z* — ou giron...ainsi comme Hercules] -*A*— ces] les *DEFY* — 32. Gayecte] Gaicte *DE* — appellee] appellé *B* que l'en appelle *D* — Circeus] Cureus *BC* Cireus *Y* — Circeus] + en laquelle il trouva une femme appellee Circe *BC* — Colchos et] + de *DY* — (l'isle) de] -*BEF* —(dient) les] plusieurs *BC* —(du dict) roy] -*DF* — figures] figure *FY* — 33. teles mutations] telle mutacion *D* celle mutacion *E* — ceste] celle *CE* —(certain) est] -*C* — l'isle] + de *DEY* — se tournoient] s'atournoient *BY* — groucent] groncent *BDF* — (l'un) a] -*BC* — s'enorgueillent] se enorguillissent *C* s'enorguillent *D* — 34. beuvraiges] buvraiges *EFY* breuvrages *D* — (chants) de] des *BDY* — (de) leurs] leur *BDY* —(corps) est] -*DE* —(Sereines) par] pour *DE* — en troublient] en troublioient *B* entre oublient *D* — 35. habiterent] habitoient *BCDY* — ports] portes *A* — aeles] aesles *E* esles *F* — Car ...luxure] nec maris exterrere pericula *Z* — 36. mesme] mesmes *BDFY* — lags] lacz *D* lax *F* — lignie] lignie *B* lignee *DEY* — vient par] + le *BDEF* — 37. chierté] charité *D* cherté *E* — aulcune] aulcunes *FY* — ne je ne afferme pas] ne afferme *D* ne pas je ne afferme *E* ne je afferme pas *Y*— 38. piteuses] + et *BDE* — (celles) dont] que *EY* — (enterineté) de] et *DEF* — aulcune] aulcunes *FY*— 39. feroit] seroit *DEY* — homme nain] in pygmaeo *Z* — gayant] geant *CDEY* — que tu...la debte] -*DE* — rencontre] rencontrera *D* rencontera *F*— Calfurnus] Calfarnus *BC* Calfurnie *DFY* Talfurnie *E*.

CHAPTER XIX

Ce dixneuf et derrenier chapiltre contient le cas
d'aulcuns maleureux nobles hommes et commence ou
latin: "Non dum satis et cetera"

JE NE AVOYE PAS ENCORES ASSEZ ESCRIPT CONTRE
LES MAUVAIZ DELICTZ DES FEMMES ne contre la folie des
hommes qui ont esté perduz pour l'amour de elles, quant je oy
un grant cri de nobles hommes plourans pour leurs males fortunes.
Entre ces nobles estoit Pirrhus le filz de Achilles. Cestui Achilles
filz de Peleus roy de Thessalie et de Thetis, fut tres preu et fort
entre tous les Grecs qui furent ou siege de Troye. Chiron frere de
la dicte Thetis apprist et enseingna Achilles la science de medecine,
de sururgie, les loix, toucher la harpe, et toute discipline d'armes.
2. Il eut un cousin appellé Patroclus, fort et preu chevalier qui fut
tué de Hector en la bataille de Troye. Achilles doncques voulant
vancher la mort de son cousin Patroclus espia longuement et finablement tua le dict Hector, et le trahina environ les murs de Troye.
Finablement comme Achilles alast soubz saufconduict veoir s'amie
Polixena fille du roy Priam, il fut espié de Paris qui le tua ou
temple de Appollo assez pres des murs de Troye.

3. Pirrhus donques qui presques fut le premier des Grecs qui
print port et vint a terre seeche aprés les tortuz et divers chemins
que les Grecs firent en mer aprés que ilz eurent prinse et arse la
cité de Troye, cestui Pirrhus en retournant en Grece fut pirhate,
c'est a dire fut larron robant sur mer. Aprés qu'il fut arrivé en
Grece il bailla a Helenus filz du roy Priam Andromatha, jadiz
femme de Hector, laquelle Pirrhus avoie eue a sa part de la praȳe.

4. Et en lieu de ceste Andromatha le dit Pirrhus prist et admena avec soy Hermona fille du roy Menelaus et de la belle Helene. Ceste Hermona premierement fut femme de Horestes filz de Agamenon. Et comme aprés la mort du dict Agamenon Egistus eust prins et occupé le royaume de Micenes, et le dict Horestes s'en feust fouy, Pirrhus osta au dict Horestes la dicte Hermona. Cestui Pirrhus qui a certes est nombré entre les maleureux se complaignoit devant moy pource que finablement il fut tué par Horestes ou temple de Apollo en la cité de Delphos, par le barat et conseil de Machareus prestre de cestui temple, qui au dict Horestes enseigna la maniere de occire en despourveu le roy Pirrhus dessus dict. *5.* Cestui Machareus filz du roy Eolus ama deshonnestement sa suer Canaces. Ceste suer conceut de son frere et enfanta un filz. Comme Machareus par une nourrice envoyast l'enfant pour estre nourry hors de l'ostel royal, l'enfant comme maleureux brahy et cria si hault que le roy Eolus l'entendi, et il courroucié pour le desloyal fait commenda que l'enfant feust donné aux chiens pour estre devouré. Le roy aussi par un varlet envoya une espee a sa fille Canaces, afin que elle feist de soy ce que elle avoit desservi. Mais les histoires taisent se elle se occit. *6.* Toutevoies Machareus sentant son horrible pecchie et le courroux de son pere s'enfouy, et comme dict est devint prestre ou temple de Appollo en la cité Delphos qui est une cité en Grece, ou fut en l'onneur de Apollo fondé un temple ouquel il donnoit responses aux demandes que on lui faisoit sur les choses doubteuses. Cestui Appollo premierement donna responses ou mont appellé Parnasus ouquel il eut un temple que la gent payanne lui fist pour le merite du terrible serpant Phiton que Appollo illeuc tua de son arch. De cestui merveilleux temple est la façon descripte par Justin ou XXIIIIe livre des hystoires.

7. Aprés cestuy roy Pirrhus venoit Evander roy de Archadie, qui est l'une des parties de Europe. Ceste Archadie est le droit port des deux mers qui environnent Achaie que l'en dit la Moree. Et par ainsi Archadie et Achaie font une mesme contree qui prist anciannement son nom de Archas filz de Jupiter et de Caliste. Cestui Archas ramena en sa seigneurie celle partie de Grece et de son nom l'appella Archadie, qui en aultres escriptures est nommee Sitionie pour le roy Sition qui illeuc institua une moult grant et renommee seignorie qui fut et est appellee le royaume des Sitionois.

8. En Archadie sont trois choses notables, c'est assavoir un grant fleuve appellé Erimant, et une pierre appellee Abeston que l'en ne peuest extendre depuis que elle est esprinse de feu, et illeuc naiscent merles tres blancs. Le roy donques Evander qui en signe de tristesse avoit ses cheveulx tous respars, sa barbe despecee et sa robe dessiree, gemissoit a haulte voix tramblant et maudisoit soy mesme pource que ou temps de sa vieillesse il avoit perdu son filz Pallas, grant, fort et bel jouvenceau. *9.* Cestui Pallas filz du roy Evander vint en l'aide et secours de Eneas de Troye, qui lors guerroioit en Ytalie contre Turnus roy de Pueille, pour ce que Eneas et Turnus tous deux tendoient avoir a femme Lavinia fille de Latinus le roy des Laurençois. Lequel Pallas fut tué en bataille par le dict Turnus, qui du fer d'une lance lui fist une playe dont l'ouverture avoit trois piez de long, et la longueur de son corps surmontoit la haulteur des murs de Romme. *10.* Ainsi comme racompte l'istoire Martinianne disant oultre que du temps de Henry tiers empereur de Romme, un fossureur trouva dedans terre assez pres des murs de Romme le corps du dict Pallas frec comme se de nouvel il feust enseveli, combien que il eust illec geu plus de neuf cens ans. Aprés ces trois maleureux nobles hommes venoient aultres pluseurs cuidans que je deusse tous escrire leurs cas.

11. Mais je considere la nature des hommes. Car combien que nous soions nez a labour et a peine, toutevoies ne avons nous pas membres de fer pour tousjours labourer. Je doncques qui suy lassié de escrire vueil un pou moy reposer, et si vueil partir mon œuvre commencee par divers livres, c'est assavoir par neuf. Et par ainsi le premier livre prendra icy sa fin. Et ceste division de mon œuvre je ne la fais pas afin que ou proces de tout ce livre je vueille mettre aulcune diverse consideration entre les choses ja dictes et les laisse a dire ci aprés. *12.* Car toute la generale entencion de cest oevre tend a une mesme fin par quoy ja ne seroit necessité de la diviser en particuliers livres. Mais nous divisons ceste œuvre afin que nous facions selon la maniere des pelerins errans qui partent leur chemin par certainnes bournes, aulcune foiz par une belle pierre, aulcune foiz par un vieil chesne ou par aulcun moustier, ou par aulcune fontaine clere, afin qu'ilz mesurent plus legierement combien de chemin ilz ont fait, et combien ilz en ont a faire. Et afin aussi que les pelerins puissent plus clerement monstrer en racomptand leurs adventures, aussi nous partirons ceste oevre par neuf livres distinctez, combien que elle peust proceder par un mesme chemin sanz faire division. *13.* Afin que quant par aucune cause nous venrons a compter le cas de aulcun noble homme, nous dirons que illeuc est la fin du livre, ainsi comme se nous deussions faire un pou d'arrest en mettand une bourne. Afin que par teles bournes mises aux commencemens et a la fin des neuf livres les liseurs preignent delict par l'esperance qu'ilz ont d'estre tost a la fin, et que ilz ayent plus aisee memoire de l'istoire qu'ilz vouldront recorder.

Ci fine le premier des neuf livres de Jehan Boccace des Cas des Nobles Hommes et Femmes. Laurent.

CHAPTER **XIX**

Tit.] Ce] le *BCDEY* — et derrenier] dernier *BD* -*EF* — d'aul-cuns...hommes] de plusieurs *DEF* — ou] en *DE* — Non dum... cetera] -*DE* — *1.* leurs] leur *CE* — aprist] aprint *DE* — enseingna] + a *BCDEY* — sururgie] siurgie *EY* cisurgerie *D* sireurgie *F* — loix] dois *DE* — *2.* preu] preux *DF* — vancher] venger *DEFY* — Polixena] Polixene *D* Policena *F* — *3.* print] prist *BC* — seeche] seche *BF* seiche *DF* — (dire) fut] -*DE* — praye] proie *DEFY* — — le roy] le dit *EY* — dessus dict] -*EY* — *4.* Hermona] Hermonia *DFY* Hermionem *Z* — (cité) de] -*DEFY* desloyal] desleal *DE* — feist] fist *BDE* — *5.* brahy] breyt *DE* — *6.* histoires] historians *CD* — cité] + de *A* — Parnasus] Pernasus *DE* — arch] arc *BDEFY* — *7.* Evander] Enander *DY* Evander *Z* — font] sont *EY* — Caliste] Thaliste *A* — *8.* Abeston] Abescon *DEY* — extendre] exteindre *BC* estaindre *DEFY* — Evander] Enander *CFY* — despecee] des-peciee *B* despee *C* — dessiree] deschiree *E* deciree *Y* scissa *Z* — mesme] mesmes *BCFY* — *9.* bel] beau *CEY* — Evander] Enander *BCDFY* — lors] -*A* — guerroioit] guerriot *BF* guerreoit *CDE* — Eneas et Turnus] Turnus et Eneas *A* — tendoient] + a *DY* — tué en] + la *EF* — dict Turnus] dessus roy Turnus *B* dict roy *C* duc Turnus *F* — *10.* Ainsi comme...empereur de Romme] tiere *B* oiere *C* — fossureur] fosseieur *BC* fossoioer *D* fossayeur *Y* — frec] frecz *B* fres *FY* frais *D* — feust] eust esté *DY* — geu] + par *EFY* — aultres pluseurs] pluseurs aultres *CY* — *11.* considere] consideray *CE* — moy] me *DE* — (et) si] je *D* -*E* — *11. cont.* (ne) la] le *EF* — aulcune] au livre *BC* — et les] + choses *DFY* — laisse] laissiees

BC -*DEFY* — *12.* ceste] cest *DFY* — (bournes) aulcune] aulcunes
FY — par une belle...clere] nunc insigni lapide nunc veteri quercu,
quanquam sacello aliquo nonnunquam lympido fonte rivulo aut
flumine *Z* — moustier] moutier *E* monstier *Y* — (partirons) ceste]
cest *D* ce *E* — que elle] qu'il *E* -*F* — *13.* (quant) par] pour *BCDEF*
— aux] au *DEY* — commencemens] commencement *DE* — aisee]
aisie *DE* — (livres) de] -*CDY* — Laurent] -*BCDEFY*.

TABLE OF PROPER NAMES

Abel 1. 23 (·) son of Adam and Eve.

Abeston *19.* 8 (ign.) famous stone in Arcadia that held an inner flame.

Abinoen *7.* 19 ( ) Abinoam, father of Barak, who defeated the army of Jabin and Sisera.

Achaie *5.* 13; *19.* 7 ( ) the Greek country of Achaia in the north of the Peloponnesus.

Achelous *12.* 24 ( ) river of Thrace which Hercules separated.

Achilles *13.* 14, 15, 16, 17, 18, 20, 22, 23; *14.* 1, 3; *15.* 11; *19.* 1, 2 (·) Greek hero, son of Peleus and Thetis, killed Hector.

Acrisius *18.* 20 ( ) a king of Argos, son of Abas; born at the same birth as Proteus.

[Acteon, see Antheon.

Adam *I.* 4, 7, 13, 15, 27, 44; *III.* 11; *1.* 1, 2, 4, 5, 7, 8, 9, 11, 12, 13, 15, 17, 20, 21, 23, 24, 25, 26; *2.* 2; *3.* 1, 2; *5.* 4; *18.* 1. (Adamus).

Adonis *12.* 57 ( ) son of Myrrah and Cinyras; loved by Venus.

Adrastus *8.* 17; *18.* 19 (·) King of Argos, father-in-law of Polinices and Tydeus, one of the seven against Thebes.

Adriana *2.* 4; *7.* 9, 13, 14, 15, 16, 17; *10.* 14; *11.* 5 (Ariadna) daughter of Minos and Pasiphae, who helped Theseus to slay the Minotaur but was deserted by him.

[Aegaeum, see Egee.

[Aegeus, see Egeus.

[Aegyptus, see Egistus.

[Aeneas, see Eneas.

[Aeta, see Oetha.

[Aetra, see Electra.

Affrique, Afrique *7.* 19; *12.* 22; *13.* 1, 3 ( ) continent.

Agamenon *III.* 13; *9.* 17, 23; *15.* 1, 2, 3, 4, 5, 6, 7, 8, 9, 10, 11, 19, 20, 21, 22, 24, 25, 26, 27, 28, 29; *16.* 2, 8; *18.* 15, 25; *19.* 4 (·) a king of Mycenae, brother of Menelaus, leader of the Greek expedition to Troy.

Agane *6.* 6, 8 (Agave) one of the four daughters of Cadmus and of Hermione.

Agenor *6.* 1, 2, 6; *7.* 8 (·) King of Phoenicia, father of Cadmus and Europa.

Ajax *15.* 11 (Aiax) son of Telamon.

Alaine le poete *1.* 16, 17 ( ) Alanus ab Insulis, see Laurent's sources.

Albanne *17.* 1 ( ) Alba Longa, the oldest Latin town, built by Ascanius on a ridge of the Mons Albanus.

Alcumena *12.* 6 ( ) wife of King Amphitryon of Thebes, mother of Hercules by Jupiter.

Argos *5.* 22, 23, 24; *18.* ( ) the capital city of Argolis, a country of the Peloponnesus.

Argus *5.* 18 ( ) the third king of Argos, killed in battle, son of Zeus and Niobe.

[Ariadna, see Adriana.

Aristeus *6.* 7 (·) son of Apollo, father of Actaeon; born in Libya but went to Thrace.

Ascanius *13.* 25, 27; *17.* 1 (·) son of Aneas and Creusa, founded Alba Longa.

Asie *12.* 64; *13.* 2, 3, 7, 13, 16; *15.* 10, 24, 29; *18.* 21, 23 (Asia).

Assiriens *5.* 8, 10; *18.* 26 (Assyrii) people from Assyria in Asia.

Asterius *7.* 8 (·) father of Minos, king of Crete.

Astianattes *13.* 24 (Astyanax) son of Hector and Andromache.

Astogixus *5.* 27 (ign.) king of Thrace, father of Thereus.

Athamas *6.* 9, 10 (·) son of Aeolus and King of Thessaly, father of Learchus and Melicertes.

Athenes *III.* 12; *2.* 5; *5.* 15, 26, 27; *7.* 6, 14, 15, 17; *9.* 1, 24; *10.* 1, 2, 10, 11, 13, 16, 17, 24, 25, 28; *12.* 7, 14, 20; *15.* 16, 17 (Athenae).

Atheniois, Atheniens *7.* 10, 11, 13, 14; *10.* 1, 7, 8, 25; *12.* 67 (Athenienses).

Atheus *III.* 12 (ign.) King of Mycenae.

Athlanta *12.* 3, 4 ( ) daughter of Jasius, king of Archadia, famous for her speed in running.

Athlas *12.* 22, 23; *13.* 1 ( ) great astrologer, brother of Prometheus, king of Africa.

Atreus *9.* 1, 2, 3, 5, 6, 7, 10, 12, 13, 14, 16, 20, 23, 24; *15.* 3, 5, 22 (·) King of Mycenae, son of Pelops, father of Agamemnon and Menelaus.

[Autonoe, see Anthonoe.

Auvergne, Duke of, Count of *I.* 1 ( ) another title of the Duke of Berry.

Aventin, Adventin *12.* 17, 18 ( ), the Aventine, one of the hills of Rome.

Babel *3.* 7 ( ) Tower built by Nimrod.

Babiloine *III.* 11; *3.* 1; *4.* 2; *5.* 10; *18.* 26 (Babel) city, center of the royal power of the Assyrians; also used to refer to the Tower of Babel.

Bachus *1.* 37; *5.* 29; *6.* 8; *7.* 16; *12.* 61 (Bacchus) god of wine, son of Jupiter and Semele; as King of Thebes *7.* 16.

Bactrie *5.* 7 ( ) Another name for Thrace here, usually considered to be a country of Asia, a part of Persia which became Greek in 255 B. C.

Barach *7.* 19, 20 (Barachus) husband of Deborah, son of Abinoen.

Battrians *5.* 7 (Bactriani) people from Bactria or Thrace, usually considered to be from Persia.

Bellorofon *2.* 3 ( ) knight who killed the master of Lycie; son of Glaucus of Corinth.

Belus *5.* 22, 33 (ign.) father of Danaus in Argos.

Berry, Duke of *I.* 1 ( ) patron of Laurent. See Introduction.

Bersabee *18.* 28 ( ) Bathsheba, daughter of Eliam, mother of Solomon.

Biblis *12.* 42, 48, 50, 51, 53, 54, 55, 56 (·) granddaughter of Apollo, loved her twin brother Caunus.

Bistonois *5.* 27 ( ) a Thracian people settled not far from Abdera.

Boccace, Jehan *I.* 2, 35, 48; *II.* 1, 3, 10; *III.* 1, 11; *1.* 2; *9.* 11, 13, 14, 18; *19.* 13 ( ).

Boecie *6.* 3, 12 (Boetia), country in Grece northwest of Attica.

Boulongne, Count of *I,* 1 ( ) another title of the Duke of Berry.

Briareus *18,* 39 (·) giant with a hundred arms and fifty heands, son of Uranus.

Busiris *12*. 10 ( ) tyrant in Egypt killed by Hercules.

Cacus *12*. 17, 18, 19 (t robber whom Hercules killed on Mt. Aventine, a fire-spitting giant, the son of Vulcan.
Cadmus *III*. 12; *5*. 5, 33; *6*. 1, 2, 3, 4, 5, 6, 7, 8, 9, 11, 12; *8*. 1 (·) king and founder of the city of Thebes, son of Agenor.
Caire *2*. 3 ( ) city in Egypt.
Calfurnus *18*. 39 (Calphurnia) wicked woman of antiquity.
Calidoine *12*. 1, 3, 28 ( ) Calydon, an ancient city in Aetolia in Greece.
Caliste *19*. 7 (ign.) mother of Archas by Jupiter.
Calliope *12*. 60 ( ) wife of Apollo, mother of Orpheus.
Calphurnia, see Calfurnus.
Cambises *17*. 10 ( ) King of the Persians 530 B.C., undertook the conquest of Egypt.
Canace *12*. 52; *17*. 5 ( ) daughter of King Aeolus, sister of Machareus.
Cananeois *7*. 23 ( ) Semitic tribes found first on the Persian Gulf and who later went to Syria.
Caphareus *15*. 13, 14 (·) a dangerous promontory on the south coast of Euboea, where the Greek fleet on returning from Troy was shipwrecked.
Cassandra *13*. 19, 23, 31; *15*. 25 (·) daughter of Priam and Hecuba, on whom the gift of prophecy was conferred.
Castor *10*. 13; *15*. 4 (·) brother of Pollux and Helen, the son of Tyndarus and Leda.
Cayn *1*. 23, 24 (Cain) son of Adam and Eve.
Cecira *13*. 27 (ign.) another name for Padua.
Centaures *10*. 5, 24; *12*. 25, 28 (Centauri) monsters, half men, half horses, overcome by Theseus.
Cepheses *12*. 42 (ign.) noble of Thebes, father of Narcissus.
Cerberus *10*. 6, 14, 15; *12*. 14; *18*. 31 (·) the three-headed dog at the gates of Tartarus, slain by Hercules.
Ceres *7*. 17; *10*. 6, 14; *12*. 57 (·) the Roman goddess of agriculture, mother of Proserpina.
Certald *1*. 2 ( ) Certaldo, near Florence.
Cesar, Julius *1*. 36; *18*. 28 ( ) Dictator in Rome, slain by Brutus and Cassius in 44 B. C.
Cham *5*. 7 (ign.) former name of Zoroastres, King of Bactria.
[Chananeois *7*. 19 (Cananei) see Cananeois.
Channus *12*. 48, 50, 51, 53, 54 ( ) twin brother of Byblis, grandson of Apollo.
Chevalchans, Magnard des *III*. 1. ( ) Boccaccio's friend in Florence, Mainardo dei Cavalcanti, to whom the third prologue is addressed here.
Chios (Chyos) *7*. 15; *15*. 15 ( ) island in the Aegean Sea (now Scio, famous for its wine).
Chipre *12*. 56 ( ) Cypress, eastern Mediterranean island.
Chiron *12*. 1 ( ) a centaur, son of Saturn, the preceptor of Achilles.
Chus *3*. 3 (Cur) nephew of Noah, father of Nimrod.
Ciclades *15*. 15 (·) group of 53 islands in the Aegean Sea.
[Cilla *7*. 11 ( ) see Scilla.
Cinara *12*. 56, 57, 58 ( ) Cinyras, King of Cypress, father of Myrrha.
Circe *18*. 32, 33, 34 (·) enchantress near Rome in the vicinity of Circeji, where she turned her victims into swine.
Circeus *18*. 32 (ign.) mountain near Rome.

[Cisseus, see Sipseus.

Cleopatra *18.* 28 (·) Queen of Egypt; friend of Anthony.

Clitemestra *9.* 17; *13.* 23; *15.* 4, 20, 22, 24, 25, 26, 27, 28, 29; *16.* 8, 10; *18.* 15, 25 (Clytemnestra) wife of Agamemnon, mother of Orestes, Electra and Iphigenia.

Clostor *18.* 22 (ign.) son of Arachne.

Colchos *2.* 4; *7,* 3, 4, 7; *10.* 3; *12.* 60; *18.* 32, 33 (Colchis) a country on the eastern shore of the Black Sea, where the Golden Fleece was hidden.

Corinthe *7.* 5; *8.* 4, 5, 11, 14 ( ) a city of Greece on the Isthmus of Corinth.

Corithe *13.* 1 (ign.) Cornet, city in Tuscany near Rome.

Corithus *13.* 1 (ign.) founder of Cornet.

[Cornet *13.* (ign.) see Corithe.

Creon *7.* 6 ( ) King of Corinth, whose daughter Creusa was betrothed to Jason; *8.* 23; *10.* 9 (Creon) tyrant of Thebes after Oedipus, brother of Jocasta.

Crete, Crethe, Crette *1.* 28; *5.* 17; *6.* 1, 7; *7.* 8, 9, 11, 14, 17; *10.* 1, 7, 13, 14, 24; *11.* 5; *12.* 15; *15.* 5; *18.* 20 (Creta) Mediterranean island.

Creusa *7.* 5, 6 ( ) daughter of Creon, King of Corinth, wife of Jason; *13.* 25 ( ) daughter of King Priam, wife of Aeneas.

[Cur, see Chus.

Curcius *16.* 14 ( ) Curius Dentatus, Roman consul in 290 B. C. famous for his military talents as well as for his frugality.

[Curii, see Cursoiz.

Cursoiz, Curciois *16.* 12, 14 (Curii) name of a plebeian gens, of which the most illustrious member was Curius Dentatus.

Cyane *12.* 48 ( ) daughter of King Meander, mother of Miletus.

Cycrops *5.* 15 ( ) founder and first king of the city of Athens.

[Cyprus, see Thyr.

Cyrra *8.* 7 (Cyrrha) a city of Phocis, the port of Dephi, sacred to Apollo.

Cytheron *12.* 61 ( ) a mountain in the soutwest of Boeotia, scene of the Bacchic orgies.

Dagon *17.* 17, 20 (ign.) god of the Philistines.

Dalida *16.* 14; *17.* 11, 13, 14, 15, 16, 17; *18.* 18 (Dalila) wife of Samson, handed him over to the Philistines.

Damas *1.* 4 (Damascenus) here called a field, otherwise the Syrian city of Damascus.

Danaus *5.* 22, 23, 24, 25 (·) mythical founder of Argos, son of Belus.

Danes *18.* 20, 21 (Danae) daughter of Acrisius, king of Argos.

Dardanus *13.* 1 (·) the mythical ancestor of the royal family of Troy.

Dedalus *7.* 14 (·) a celebrated Athenian artificer, builder of the Cretan labyrinth.

Deiphebus *13.* 5 (Deiphobus) son of Priam and Hecuba, husband of Helen after the death of Paris.

Deiphile *15.* 17 (ign.) mother of Diomedes, wife of Tydeus.

Delbora *7.* 19, 20 (·) Debbora, prophetess who governed the people of Israel, wife of Lapidoth.

Delphos *6.* 3; *19.* 4, 6 ( ) a town of Phocis, famous for its oracle of Apollo.

Demetrius *1.* 22, 23, 24 ( ) Demetrius II Nicator, son of Seleucus, King of Syria from 146 to 125 B. C.

Demophon 7. 17; *18*. 24 (Demophoon) son of Phaedra and Theseus.
Deucalion *5*. 14 (·) King of Phthia in Thessaly, son of Prometheus.
Deyanira *12*. 28, 29, 30, 31, 33, 34, 35; *18*. 13 (Deianira) daughter of King
Oeneus of Calydon, wife of Hercules.
Dieu, Dieux *I*. 3, 7, 8, 10, 13, 14, 30, 31, 36, 38, 43, 44, 46, 51, 53, 54,
55, 57, 62, 65; *II*. 11; *III*. 3, 4, 6, 8; *1*. 2, 3, 4, 5, 8, 11, 16, 17; *2*.
2, 3, 4, 5, 6, 8, 9; *3*. 1, 4, 9, 10, 11, 13; *4*. 1, 2, 4; *6*. 9; *9*. 16; *11*. 4;
12. 11; *17*. 1, 2, 14, 21; *18*. 1 (Deus).
Dinoe *9*. 7 ( ) river that formed the northern boundary of Thrace, the
Danube.
Diogenes *16*. 12, 13 (·) Greek cynic philosopher born at Sinope. 413-323
B. C., scorned riches.
Diomedes *12*. 24; *18*. 30 ( ) King of Thrace, son of Ares, killed by Hercules;
15. 17 (·) King of Argos, son of Tydeus, one of the heroes of the Trojan
war.
Driope *5*. 21 (ign.) daughter of Erisiton, noble of Thessaly.

Ebron *1*. 26 (Hebron) city where Adam died, not definitely identified (Jos.
19:28). *17*. 11 (Hebron) mountain, probably near the city of Hebron in
South Judaea, where Samson carried the Gaza city gates.
Ebrus *12*. 63 ( ) the chief river of Thrace flowing into the Aegean Sea,
the Hebrus.
Ebuse *12*. 14 ( ) an island in the Mediterranean off the Spanish coast,
now Iviza.
Echion *6*. 8 (·) husband of Agave, father of Pentheus.
Echo *12*. 44, 46, 47 ( ) a water nymph whom Narcissus loved.
Edipus *8*. 1, 3, 5, 6, 7, 8, 9, 10, 11, 12, 13, 14, 15, 16, 18, 19, 20, 23; *9*. 1,
18 (Oedipus) King of Thebes, son of Laius and Jocasta, fated to espouse
his mother.
Egee, Ege, *10*. 4; *15*. 15 (Aegaeum) the Aegaean Sea.
Egeus *7*. 6, 7; *10*. 1 (Aegeus) King of Athens, father of Theseus.
Egiale *15*. 17 ( ) wife of Diomedes, to whom she was unfaithful during
the Trojan war.
Egialus *7*. 5 (Aegialeus) son of Medea, cut to pieces by her.
Egistus *5*. 24, 25; *9*. 15, 16, 17; *13*. 23; *15*. 20, 21, 22, 25, 26, 27, 28, 29;
16. 8; *18*. 12, 25; *19*. 4 (Aegyptus, Boccaccio means Aegisthus) son of
Thyestes, killed Agamemnon, afterwards husband of Clytemnestra.
Egle *12*. 23 (ign.) daughter of the African astrologer Atlas.
Egypciens *5*. 5, 12, 19 ( ).
Egypte *5*. 5, 11, 12, 17, 19; *10*. 13; *12*. 10, 11; *15*. 16; *18*. 8 (Aegyptum).
Electra *10*. 13; (Aetra) mistaken identity of Laurent, Aethra, mother of
Theseus by Aegeus; *13*. 1 (·) daughter of Atlas, one of the Pleiades,
mother of Dardanus by Jupiter.
Eleusine *5*. 13 ( ) Eleusis, city in Attica, north of Athens, founded by
King Ogyus of Thebes.
Elide *15*. 3 ( ) a territory of Western Peloponnesus, in which the Olympic
games were solemnized.
Eneas *13*. 25, 26, 27; *15*. 17, 18; *17*. 1; *18*. 24; *19*. 9 (Aeneas) son of Venus
and Anchises, mythological ancestor of the Romans.
Eneoiz *17*. 10 (ign.) people who founded the city of Gaza and who were
descended from Sem.
Enomaus *15*. 3 ( ) Oenomaos, King of Elide, fathr of Hippodamia.

Eolus *12*. 52; *19*. 5 ( ) Aeolus, father of Machareus.
Epymetheus *5*. 17 ( ) uncle of Isis, brother of Prometheus, husband of Pandora.
[Ercules *12*. 35 ( ) see Hercules.
Erimant *19*. 8 ( ) river in Archadia.
Erisiton *5*. 21 (Erisichton) a noble of Thessaly, who being very poor, ate his own legs.
Eritheus *12*. 28, 33 ( ) King of Oethalie in Greece, defeated by Hercules.
Ermenie *3*. 3 ( ) Armenia.
Ermianthus *12*. 16 ( ) Erymanthus, a mountain in Arcadia where Hercules slew a wild boar.
Erudice *12*. 59, 60, 63 (Eurydice) wife of Orpheus, who won her back from Hell and then lost her again; *18*. 18, 19 (Eriphyle) mistake of Laurent; wife of Amphiaraus, mother of Alcmaeon.
Espaigne *10*. 15; *12*. 12, 14, 18 (Hispania).
Estampes, Count of *I*. 1 ( ) another title of the Duke of Berry.
Etheocles *8*. 12, 15, 17, 20; *10*. 8 (·) son of Oedipus and Jocasta, killed in the siege of Thebes.
Etholois *15*. 17 (ign.) people of Greece, whose king was Diomedes.
Euboye *15*. 9, 13, 14 ( ) the largest island in the Aegean Sea, now Negropont.
Eufrates *3*. 5 (Euphrates) river in Asia Minor that rises in Armenia.
Euristeus *2*. 5; *12*. 7 (·) king of Mycenae, who imposed on Hercules his twelve labors.
Europa *6*. 1; *7*. 8; *9*. 13, 14, 20 (·) daughter of Agenor, king of Phoenicia, ravished by Jupiter.
Europe *12*. 64; *13*. 3; *19*. 7 ( ) the continent.
[Eurydice, see Erudice.
Evander *19*. 7, 8, 9 (Enander) King of Arcadia, who also built a town on the Palatine hill, son of Hermes and an Arcadian nymph.
Eve *I*. 4, 7, 13, 15, 27, 44; *III*. 11; *1*. 1, 4, 5, 7, 8, 9, 11, 12, 13, 15, 17, 20, 21, 23, 24, 25, 26; *18*. 1 (Aeva).
Exode *5*. 11 ( ) the second book of the Bible.

Fabricioiz *16*. 12, 14 (Fabricii) name of a Roman gens of which the most distinguished was C. Fabricius.
Fabricius *16*. 14 ( ) C. Fabricius, a Roman consul, 282 and 278 B. C., conqueror of Pyrrhus, famed for the simplicity of his life.
Febrinis *5*. 20 (ign.) another name for Pluto.
[Fedra *7*. 13 ( ) see Phedra.
Feminie *12*. 20 ( ) country of Asia Minor where Hercules fought the Amazons; *12*. 66 ( ) sea near the above country, where Hercules came with his ships.
Fenice *6*. 1, 6; *7*. 19 ( ) Phoenicia, country in Asia near the Red Sea.
Feniciens *6*. 12; *7*. 23 (Phoenices) the Phoenicians.
Fineus *12*. 16 ( ) King of Greece in whose realm Hercules slew some cruel birds.
Florence *III*. 1 ( ) Italian city.
Focis *8*. 8 ( ) city in Greece near Mt. Phocis.
Forbantus *8*. 2 (Phorbantus) shepherd of King Laius of Thebes, saved Oedipus.
Foroneus *5*. 20 ( ) Phoroneus, King of Argos, son of Inachus, a law-giver.

Fortune, Dame *13*. 2 ( ).

France *I*. 1; *II*. 7 ( ).

Frige *9*. 15; *13*. 2, 11, 25; *15*. 3 ( ) the country of Phrygia in Asia Minor.

Garganus, *15*, 17, 18 (·) a mountain of Apulie, now Monte di S. Angelo.

Gayecte *18*. 32 ( ) Gaëta, town midway between Rome and Naples on the west coast of Italy.

Gaza *17*. 9, 10, 11 (·) city of the Philistines, the gates of which Samson carried off.

Gedeon *7*. 22 (·) Jewish army captain, fifth judge of the Hebrews.

Gelanor *5*. 22 (·) King of Argos after Stelenus, exiled.

[Genon *18*. 30 (Gerion) see Gerion.

George, Saint le bras *10*. 4 ( ) another name for the Aegean Sea.

Gerion *10*. 15; *12*. 14, 18 ( ) giant of Greek mythology, defeated by Hercules.

Germanie *3*. 14 ( )

Gethes *10*. 4 ( ) people of southeastern Europe, later confused with the Goths.

Gothomel *6*. 5 ( ) governor of Israel after Joshua.

Grece *III*. 13; *5*. 13, 14, 15, 19, 32; *6*. 3, 5, 12; *8*. 8, 17; *9*. 9; *10*. 1, 5, 11, 13; *12*. 3, 6, 15, 16, 23, 28, 67; *13*. 7, 11, 12, 13, 18, 24, 32; *15*. 1, 3, 4, 5, 6, 11, 19, 23, 29; *18*. 8, 19; *19*. 3, 6, 7 (Graecia).

Grecs, Gregois *5*. 20; *6*. 5; *10*. 3, 9; *12*. 41; *13*. 2, 6, 8, 9, 10, 16, 18, 19, 20, 25, 26, 27, 29, 31; *14*. 3; *15*. 2, 6, 8, 9, 10, 11, 12, 13, 14, 15, 17, 23, 25; *19*. 1, 3 (Graeci).

Grinoble *18*. 8 ( ) Grenoble, city of southeast France.

Hebenus *12*. 29 ( ) river of Greece that Hercules crossed.

Hebrieux *5*. 5 ( ).

[Hebron, see Ebron.

Hector *13*. 4, 14, 15, 16, 17, 18, 19, 24, 31; *14*. 1, 3, 4; *15*. 17, 24; *19*. 2 (·) son of Priam, the bravest of the Trojans, killed by Achilles.

Hecube *12*. 69; *13*. 1, 3, 4, 11, 17, 21, 23, 24, 25, 28, 29, 30, 31, 32 (Hecuba) wife of Priam, king of Troy.

Helene *10*. 13; *13*. 12, 13; *15*. 4, 5, 6, 16; *19*. 4 (Helena) daughter of Jupiter and Leda, wife of Menelaus. Paris carried her off to Troy and thus caused the Trojan war.

Helenus *13*, 24; *19*. 3 (·) a soothsayer, son of Priam and Hecuba.

Henry Tiers *19*. 10 ( ) emperor of Rome.

Hercules *2*. 5; *10*. 3, 15; *12*. 6, 7, 8, 9, 10, 11, 12, 13, 15, 17, 18, 19, 20, 21, 22, 23, 24, 26, 27, 28, 29, 30, 31, 32, 33, 34, 35, 36, 38, 40, 41, 42, 66, 67; *13*. 2; *17*. 9; *18*. 12, 13, 14, 15, 28, 30, 31, 39 (·) son of Jupiter and Alcmena, husband of Deianira, the performer of 12 labors imposed upon him by Eurysteus.

Hermionne, Hermione, Hermiona *6*. 5, 6, 11 (Hermione) wife of Cadmus.

Hermona *19*. 4 (Hermione) daughter of King Menelaus, first wife of Orestes.

Hesiona *13*. 7, 8, 9, 10, 12 (·) daughter of Laomedon, king of Troy, carried off to Greece during the Trojan war.

Horestes *9*. 17; *15*. 22; *19*. 4 (Orestes) son of Agamemnon and Clytemnestra, killed the latter.

Idmonius *18*. 21 ( ) father of Arachne, a dyer of wool.

Ilion *7*. 21 ( ) another name for Troy.

Illirie *6.* 12 ( ) the Greek part of Illyria, Illyris Graeca, extended from the Adriaton to Macedonia and the Ceraunian mountains.
Illiriens *6.* 12 (Illyrici) inhabitants of Illyria.
Illirique, la mer *15.* 17 ( ) the Adriatic Sea.
Ilus *7.* 21 ( ) founder and king of Ilion, Troy; father of Laomedon.
Inde *7.* 16 ( ).
Israel *III.* 13; *5.* 11; *6.* 5; *7.* 19 ( ).
[Israeliti see Juifs.
Italie *1.* 37 ( ).
Itis *5.* 26, 27, 30, 31 (·) son of Tereus and Procne, killed by his mother and served for food to his father.

Jabet *7.* 20 (Iahel) Jewish woman who drove a nail into Sisera's head.
Jabin *7.* 19, 23 (Iahin) King of the Cananeois, Semitic tribes.
Jacob *5.* 13 ( ) son of Isaac.
[Jahel, see Jabet.
Jasius *12.* 3 ( ) King of Archadia, father of Atlanta.
Jason *7.* 4, 5, 6, 7; *10.* 3; *12.* 60 (Iason) king in Thessaly, leader of the expedition to recover the Golden Fleece.
Jehan *1.* 1 ( ) Duke of Berry, son of the King of France; *1.* 4; *11.* 7 ( ) Jean le leon, King of France, died prisoner in England in 1356.
Jehan de Meun (Jean Clopinel) *12.* 45 ( ) thirteenth century French writer, author of the second part of the *Roman de la Rose*.
Jeroboal *7.* 2 (ign.) another name for Gideon, son of Joas.
Jhesucrist *1.* 29; *1.* 2; *2.* 7; *14.* 5 ( ).
Jhesus *1.* 31, 33, 34 ( ).
Jocasta *III.* 12; *7.* 23; *8.* 1, 2, 5, 10, 11, 12, 14, 20, 22, 23; *9.* 1. (Iocasta) wife of Laius, king of Thebes, mother of Oedipus.
Joas *7.* 22 ( ) father of Jeroboal
Josue *6.* 5 ( ) governor of Israel after Moses.
Juifs *5.* 12; *7.* 20, 22, 23; *17.* 1, 7, 8, 10, 19, 20, 21 (Israeliti).
Julus *13.* 25 ( ) another name for Ascanius, son of Aeneas by Creusa.
Juno *12.* 52 ( ) wife of Jupiter, the Roman goddess of marriage.
Jupiter *1* 28; *5.* 17, 18, 20; *6.* 1, 7; *7.* 8, 17; *10.* 2, 6, 14; *12.* 10, 11, 52; *13.* 21; *15.* 3, 4; *18.* 20, 21; *19.* 7 (·) the supreme god among the Romans, husband of Juno.
Justin *19.* 6 ( ) Roman historian of the 2nd century, wrote "Historiarum Philippicarum et Totius Mundi Originum..."

Laberint *7.* 14 ( ) Tower where the Minotaur was shut up.
Lacedemonois *7.* 21 ( ) people from the city Lacedaemon or Sparta.
Laconie *10.* 13; *13.* 11; *15.* 4 (Laconae) a region of the southeast Peloponnesus, Sparta.
Laius *8.* 1, 2, 5, 9, 10, 20 (·) King of Thebes, husband of Jocasta, father of Oedipus.
Lameth *1.* 24 ( ) Lamech, nephew of Cayn, whom he killed.
Lampedo *12.* 64, 65 ( ) Queen of the Amazons, skilled in arms.
Laomedon *12.* 41; *13.* 2, 7 ( ) king of Troy, father of Priam.
Lapidoch *7.* 19 (ign.) another name for Barak.
Latinus *19.* 9 ( ) a king of the Laurentians, father of Lavinia.
Latona *15.* 4 (·) mother of Apollo and Diana.

Laurençois *19.* 9 ( ) the Laurentians from a town in Latium called Laurentum.
Laurens, Laurent *II,* 3; *19.* 13 ( ) Laurent de Premierfait.
Lavinia *18.* 24; *19.* 9 ( ) wife of Aeneas, daughter of Latinus.
Learcus *6.* 10 (·) son of Athamas and Ino, killed by his father in a fit of madness.
Leda *10.* 3; *15.* 4 (·) wife of Tyndarus, mother of Castor and Pollux.
Lemnos *7.* 16 (·) island in the Aegean Sea, the abode of Vulcan.
Lerna *12.* 26 ( ) marsh or lake in Argolis, inhabited by the Sernaean Hydra slain by Hercules.
Libie *12.* 12 ( ) Libya, the northern part of Africa; la mer de, *15.* 15 ( ) that part of the Mediterranean that lies along the coast of Libya.
Lichas *12.* 36, 40 ( ) a servant of Hercules, killed by his master.
Licie *2.* 3; *12.* 54 (Lycia) region of Asia Minor between Caria and Pamphylia.
Linceus *5.* 25 ( ) one of the fifty sons of Egisthus.
Liriope *12.* 42 ( ) a sea nymph, mother of Narcissus.
Lucrece *18.* 39 (Lucretia) Roman woman who being ravished by a son of Tarquinius Superbus, killed herself in despair, and thereby led to the expulsion of the kings from Rome.

Machareus *12.* 52; *19.* 4, 5, 6 (·) priest of the Temple of Apollo; son of King Eolus.
Madianites *7.* 22 (Madianiti) people from Madian, northwest coast of Arabia.
Maillorgue *12.* 14 ( ) a large and a small Spanish island in the western Mediterranean, Minorca and Majorca.
Mambre *1.* 26 ( ) Mamre, valley of uncertain site, perhaps near Hebron, where Adam was buried.
Manasses *7.* 22 ( ) Jewish captain, eldest son of Joseph, husband of Judith.
Manne *17.* 1 (Manue) Manoah, Jewish father of Samson, of the family of the Danites.
Marathon *10.* 2 (·) a plain in Attica where the Persian army was defeated by the Athenians.
Marpesia, Marsepia *12.* 64, 65, 66 (Marpesia) Queen of the Amazons, skilled in arms.
Mars *1.* 37; *12.* 64 ( ) the Roman god of war.
Meander *12.* 48 (in.) King, father of Cyane.
Mecenois *7.* 21 ( ) another name for the Lacedaemonians.
Mede *3.* 14 ( ) kingdom in Asia Minor near the Tigris.
Medea *7.* 4, 5, 6, 7; *18.* 28 (·) daughter of Aethes, king of Colchis, wife of Jason, whom she helped to obtain the Golden Fleece.
Medeus *7.* 6 ( ) son of Medea and Egeus.
Megarensois *7.* 10, 11; *18.* 24 (Megarenses) people from Megaris, a district in Greece on the Isthmus of Corinth; main town was Megara.
Meleager *12.* 2, 3, 4, 5 (·) son of Oeneus and Althaea; his life depended on the preservation of an extinguished fire-brand, which was burnt by his mother in anger at the death of her brother by the hand of Meleager.
Meleatrix *6.* 10 (Melicerta) son of Athamas and Ino.
Melos *15.* 16 (·) an island of the Aegean Sea.
Menalipe *12.* 66 ( ) sister of Antiope, from the Amazon region.
Meneceus *10.* 9 (Mnesteus) son of King Creon, killed by the Greeks.

Menelaus *III*. 13; *13*. 12, 13; *15*. 1, 5, 6, 16, 20; *19*. 4 (·) King of Greece, son of Atreus, brother of Agamemnon.

[Menestheus, see Muesteus.

Meotides *13*. 3 ( ) Palus Maeotis, the modern Sea of Azov, an inland sea on the borders of Europe and Asia.

Mercure *5*. 18, 19 ( ) son of Jupiter, messenger of the gods.

Meropa *8*. 4, 5, 11 (Merope) wife of Polybus, king of Corinth.

Mesraim *17*. 10 ( ) father of Tesloim, founder of the Philistines.

Micenes *III*. 12; *9*. 1, 3, 4, 12, 18, 22; *15*. 3, 19, 21, 27, 28; *19*. 4 (Mycenae) a city in Argolis of which Agamemnon was king.

Miletus *12*. 48 ( ) father of Byblis and Caunus, son of Apollo.

Minos *2*. 4; *7*. 8, 9, 10, 11, 12, 13; *10*. 1, 7, 10, 24; *11*. 5; *18*. 25 (·) king of Crete, son of Zeus, husband of Pasiphae.

Minotaurus *2*. 4; *7*. 14; *10*. 7 (·) monster half man, half bull, the offspring of Pasiphae and a bull.

Minus *5*. 6 (ign.) King of Scythia before Thanaus.

Mirra *12*. 42, 56, 57, 58 (Myrrha) daughter of Cinyras, mother of Adonis, changed into a myrrh tree.

Molosses *10*. 6, 14; *12*. 14 (Molossi) the inhabitants of Molossia, a district of Eastern Epirus.

Moree, la *5*. 13; *19*. 7 ( ) another name for the Greek country of Achaia.

Moyse *5*. 11, 14 (Moses) figure of the Old Testament.

Muesteus *5*. 16, 17 (Menestheus) king of Athens, see also Meneceus.

Nachor *5*. 5 ( ) Nahor, governor of the Jews, grandfather of Abraham.

Narcisus *12*. 42, 43, 44, 45, 46 (Narcissus) son of Cephisus and Liriope, famed for his beauty.

Nauplius, Nauplus *15*. 9, 13, 14 (Nauplus) King of Euboea, father of Palamedes.

Naxos *7*. 15 ( ) an island of the Aegean Sea, the largest of the Cyclades, now Naxia.

Nembroth *III*. 11; *3*. 1, 2, 3, 4, 5, 6, 7, 8, 9, 10, 11, 12, 13; *4*. 2, 4; *5*. 4, 5, 6, 33 (·) Nimrod, gaint, founder of Babylon.

Nemea *12*. 6, 15, 29; *17*. 9 (Nemeaeus) forest in Argolis where Hercules killed a lion.

Neptalim *7*. 19 ( ) son of Jacob.

Neptun *18*. 26 ( ) god of the sea.

Neptusa *12*. 23 ( ) daughter of Atlas, an African astrologer.

Nessus *12*. 28, 30, 31, 32 ( ) a Centaur killed by Hercules.

Ninus *5*. 8, 9; *18*. 26 (·) King of Assyria, husband of Semiramis, founder of the city of Nineveh in B. C. 2182.

Nisus *7*. 11; *18*. 24, 25 ( ) King in Megara, father of Scylla.

Noe *3*. 1, 3; *17*. 9 (·) Noah, builder of the ark.

Nyobe *5*. 20 ( ) daughter of Tantalus, wife of Amphion.

Occeanus *12*. 52 ( ) god of the sea, married his sister Opis.

Octum *18*. 8 ( ) perhaps Autun, small French town on the river Arroux, a tributary of the Loire, arr. Saone-et-Loire.

Oebalus *15*. 4 (Oebalia) King of Sparta, father of Tyndarus.

Oeneus *12*. 1 ( ) King of Calydon, father of Meleager and Deianira.

Oenus *12*. 1 ( ) King of Calydon, father of Meleager and Deianira.

[Oedipus, see Edipus.

Oetha *12.* 37 ( ) mountain chain between Thessaly and Macedonia where Hercules burnt himself.
Oetha, Oethos *7.* 3, 4, 5, 7, 8; *18.* 28, 32 (Aeta) Aeethes, king of Colchis, father of Medea.
Oethalie *12.* 28, 33 ( ) realm of King Eritheus in Greece.
Oggigus *5.* 13 (Ogiges) Ogyges, king of Thebes during whose reign there was a flood.
Opis *12.* 52 ( ) a sea nymph, sister of Occeanus.
Orchus *10.* 14, 20 (·) king of Molossia, husband of Proserpina.
[Orestes, see Horestes.
Orithia *12.* 64, 66, 67 (Orithria) daughter of Marpessa, queen of the Amazons.
Orpheus *12.* 59, 60, 61, 62, 63, 64 (·) minstrel of Thrace, husband of Erydice.

Padue *13.* 27 ( ) Italian city west of Venice, founded by Antenor.
Palamedes *15.* 8, 9, 13, 14 (·) son of the Euboean king Nauplius, one of the Greek heroes in the Trojan war.
Palestine *17.* 9 ( ) another name for the Philistines.
Palladion, le *13.* 18 (Palladium) the image of Pallas in Troy.
Pallas *18.* 21, 23 (·) Pallas Athene, Greek goddes, invented weaving; *19.* 9, 10 (·) son of King Evander, killed by Turnus.
Pandion *5.* 26, 27 (·) King of Athens, father of Progne and Philomela.
Pantheus *6.* 8 (Pentheus) king of Thebes, grandson of Cadmus, son of Agave.
Paris *13.* 11, 12, 18, 23; *14.* 1; *15.* 11, 20; *18.* 12; *19.* 2 (·) son of the Trojan king Priam, carried away Helen from her husband Menelaus, to Troy, and thus caused the Trojan war.
Parnasus *5.* 14; *19.* 6 ( ) a mountain in Phocis, sacred to Apollo.
Parthie *1.* 22, 23 ( ) empire that extended from the Caspian to the Indus and Euphrates.
Pasiphe *2.* 4; *7.* 9, 12, 13; *11.* 5 (Pasiphae) wife of Minos, mother of Ariadne, Phaedra and the Minotaur.
Patroclus *19.* 2 ( ) son of Mendetius, friend of Achilles, killed by Hector in the battle of Troy.
Peleus *7.* 4; *15.* 17; *19.* 1 ( ) king of Thessaly, father of Achilles.
Pelopes *9.* 1 (·) wife of Philistenes, mother of Thyestes.
Pelopia *9.* 15, 16; *15.* 21 (·) daughter of Thyestes, mother of Egisthus.
Pelops *15,* 3 (·) King of Phrygia, father of Atreus and Thyestes, son of Tantalus.
[Pentheus, see Pantheus.
Perithous *7.* 17; *10.* 5, 6, 12, 14, 20, 25 (Pirithous) son of Ixion, husband of Hippodamia, friend of Theseus.
Perse *3.* 14 (Persae) country that extends from "oriant" to India.
Persois *17.* 10 ( ) Persians.
Pharaon *5.* 11, 12 (·) Egyptian king at the time of the Jewish conquest under Moses.
Phedra *7.* 9, 14, 15, 17, 18; *10.* 14, 16, 17, 21, 23, 24, 25; *11.* 4, 5 (·) daughter of Minos, wife of Theseus, fell in love with her stepson Hippolytus.
Pheton *5.* 16 (Phaeton) son of Helios, attempted to drive the chariot of his father and thus set the world on fire.
Philistenes *9.* 1 ( ) King of Athens, father of Thyestes.
Philistins *17.* 2, 5, 6, 7, 9, 10, 13, 14, 15, 16, 17, 18, 19, 20, 21 (Philistaei) ancient people of Asia who lived between Syria the Mediterranean and the region of Joppe; were overcome by the Jews.

Romme . *12.* 17; *13.* 1, 27; *16.* 14; *18.* 28, 32; *19.* 9 ( )
Rouge Mer, la *3.* 14; *5.* 11; *6.* 1 ( ) Red Sea.

Saint Pierre *I.* 33 ( ) the shepherd; *I.* 34 ( ) the church.
Salomon *18.* 28 (Solomon) king of the Israelites, son of David, deceived
    by Bersabee.
Sampson *III.* 13; *16.* 14; *17.* 1, 2, 3, 4, 5, 6, 7, 8, 9, 10, 11, 12, 13, 14,
    15, 16, 17, 18, 19, 20, 21; *18.* 12, 15, 18 (·) son of Manoah, governor
    of Israel, noted for his strength.
Saruch *5.* 6 ( ) governor of the Jews, 262 years after Nimrod.
Saturne, Saturnus *I.* 28; *III.* 12; *5.* 1 (·) King of Crete, son of Uranus, father
    of Jupiter, devoured his own children.
Scilla *18.* 24, 25 (Scylla) daughter of King Nisus of Megara, who cut off
    her father's hair on which his happiness depended, and was turned into
    a bird.
Scithie *5.* 6 ( ) Scythia, a region of the southern part of Russia, inhabited
    by the Scythians.
Scithois, Scitois *5.* 6; *10.* 4 (Scytha) Scythians, a barbarous, nomadic people
    of South Russia.
Sem *17.* 9, 10 ( ) first son of Noah.
Semele *6.* 6, 7 (·) one of the four daughters of Cadmus, King of Thebes,
    mother of Bacchus.
Semiramis *18.* 26, 27 (·) daughter of the fish goddess Derceto, wife and suc-
    cessor of Ninus, king of Assyria.
Sempronie *18.* 39 (Sempronia) an evil Roman woman.
Senaar *3.* 12, 13 (Sennaar) region in Asia Minor between the Tigris and the
    Euphrates.
Seneque *I.* 22 ( ) 3 B. C. — 65 A. D., Roman stoic philosopher writer
    of moral treatises and tragedies.
Serapis *5.* 20 (ign.) another name for Apis, King of Argos.
Sereines *18.* 34 (Sirenes) the Sirens, birds with the faces of women, on the
    coast of south Italy, who, by their song, lured mariners to destruction.
Sicile *III.* 1; *7.* 17 ( ).
Sipseus *13.* 3 (Cisseus) King of Thrace, father of Hecuba.
Sirens, see Sereines.
Sisera *7.* 19, 20 (Sysarae) nobleman at the court of King Jabin.
Sition *19.* 7 ( ) a Thracian king, gave his name to Sithonia.
Sitione *19.* 7 ( ) Sithonia, the central one of the three peninsulas running
    out from Chalcidice in Macedonia, between the Toronaic and Singitic
    gulfs.
Sitionis *19.* 7 ( ) a people of Greece from Sitione.
Sodomes *5.* 10 (Sodomi) people from Sodom, an ancient city of Palestine.
[Solomon, see Salomon.
Sparchius *15.* 17 ( ) King of Athens, father of Menesteus.
Spartains *6.* 4; *9.* 7 (Spartani) people from Sparta, the capital of Laconia.
Spinx *8.* 10 (Sphyinx) a serpent near Thebes that proposed riddles to all the
    passers-by, and destroyed them if they could not answer the riddles.
Stelenus *2.* 5; *5.* 22 ( ) Sthelenus, son of Capaneus, leader of the Argives,
    against Troy under Diomedes.
Stilbon *I.* 23, 25 ( ) philosopher of Parthia at the time of Demetrius, see
    Introduction.
Stiphalus *12.* 16 ( ) river in Greece, where Hercules slew some birds.

Stix *12.* 47 ( ) one of the four rivers of Hell.

Surie *I.* 22 ( ) another name for Syria, country of Asia Minor.

Tantalus *9.* 15; *15.* 3 (Tantaleus) king of Phrygia, father of Pelops and Niobe.

Taurus *7.* 12, 13 ( ) secretary to King Minos of Crete.

Tesloim *17.* 10 ( ) founder of the Philistines, son of Mesraim.

Testius *12.* 1 ( ) a king in Aetolia, father of Leda and Althaea.

Thalaon *18.* 18 ( ) King of Argos, father of Eriphyle.

Thanaus *5.* 6 (Tanais) first king of Scythia; *13.* 3 ( ) river of central Asia.

Thebes *III.* 12; *5.* 13, 14, 33; *6.* 1, 4, 5, 6, 8, 9, 11, 12; *7.* 16, 23; *8.* 1, 10, 11, 12, 13, 14, 17, 20, 23; *10.* 8, 9; *12.* 33, 42; *18.* 19 (Thebae) a city of Boetia founded by Cadmus.

Thelamon *13.* 7, 8, 10, 11 (·) brother of Peleus; Greek king who carried off Hesiona to Greece at the end of the Trojan war.

Thenedon *15.* 11, 15; (Tenedon) an island in the Aegean Sea near Troy, now Tenedo.

Thereus *5.* 26, 27, 28, 29, 30, 31; *18.* 28 (·) King in Thrace, husband of Procne, father of Itys.

Theseus *III.* 12; *2.* 4; *7.* 7, 13, 14, 15, 17, 18; *9.* 1, 24; *10.* 1, 2, 3, 4, 5, 6, 7, 8, 9, 10, 11, 12, 13, 14, 15, 16, 17, 20, 21, 22, 23, 24, 25, 26, 28; *11.* 3, 4, 5, 12; *12.* 14, 20, 21, 67 (·) King of Athens, husband of Ariadne and Phaedra, conqueror of the Minotaur.

Thesalie, Thessalie *5.* 14, 21; *7.* 4, 5; *19.* 1 (Thessalus), a country of northern Greece.

Thetis *19.* 1 ( ) wife of Peleus, mother of Achilles.

Thideus *15.* 17 ( ) father of Diomedes, son of Oeneus.

Thiestes *III.* 12; *9.* 1, 2, 12, 13, 14, 15, 16, 18, 19, 20, 21, 22, 23, 24; *15.* 3, 20, 21, 22 (·) King of Mycenae, brother of Atreus who placed before Thyestes for food, Thyestes' own son.

Thir *6.* 1, 6; *7.* 8 (Tyrus) Tyre, a city of Phoenicia.

Thiresia *8.* 13, 14 (·) the famous blind soothsayer of Thebes.

Thoas *7.* 16 ( ) son of Ariadne and Bacchus, King of Lemnos.

Thoseus *12.* 3, 4, 5 (Toxea) son of Thestius, brother of Althaea, killed by Meleager.

Thyr *10.* 28 (Cyprus) mistake of Laurent; here a small island where Theseus died.

Tifeus *5.* 20 ( ) brother of Apis, whom he killed to obtain the kingdom of Argos.

Tindarus *15.* 4 (·) King of Laconie in Greece, father of Clytemnestra.

Toscanne *13.* 1 (Tuscus) a country in Central Italy, now Tuscany.

Trace, Thrace, Thracie *5.* 7, 26, 27; *9,* 7; *12.* 24, 54, 60, 61, 62; *13.* 3, 29, 30 (Thraces, Thracae) country in the north of ancient Greece, Thrace.

Troie, Troye *III.* 13; *7.* 21; *9.* 17; *12.* 41; *13.* 1, 2, 7, 8, 11, 12, 13, 15, 18, 23, 25, 26, 28, 29, 32; *15.* 2, 8, 9, 10, 11, 13, 14, 17, 20, 22, 23, 25, 29; *16.* 15, 32; *19.* 1 (Troia) city of Asia Minor.

Troyans *13.* 14, 27, 30; *15.* 6, 9, 21 (Troiani) people from Troy, fought the Greeks for ten years.

Troylus *13.* 5, 17, 18 (Troilus) son of Priam, taken prisoner before Troy and strangled by order of Achilles.

Tulle *I.* 53 ( ) (1068 B. C. to 43 B. C.) Tullius Cicero, the famous Roman orator and statesman.

Turnus *18*. 24; *19*. 9 ( ) king of the Rutuli, killed by Aeneas.
Tydeus *8*. 17 ( ) knight of Thebes, see Thideus.

Ulixes *15*. 9, 11, 19; *18*. 32, 34 (Ulysses) king of Ithaca in Greece, husband of Penelope, famous for his wanderings after the siege of Troy.

Venise, la mer de *13*. 27 ( ) probably the Gulf of Venice in northern Italy.
Venus *13*. 25; *18*. 6, 35 ( ) goddess of love and grace, wife of Vulcan, mother of Cupid.
[Vexor, see Vixoses.
Virgile *1*. 48 ( ) most famous Roman poet 70 B. C. - 19 B. C., author of the *Aeneid*.
Vixoses *5*. 5, 6 (Vexor) first king of the Egyptians.

[Xenocrates, see Zenocrates.

Ylion *13*. 14, 19, 24 (Ilium) another name for Troy.
Yloxas *10*. 14 (Naxos) mistake of Laurent; island where Theseus left Ariadne, see Naxos.
Ynde *3*. 14 ( ) originally the region around the Indus, central India.
Yndois *7*. 16 ( ) people from India.
Ynoe *6*. 6, 9, 10 (Ino) one of the four daughters of Cadmus; wife of Athamas.
Yole, Yolis *12*. 8, 28, 34, 35; *18*. 13, 14, 15, 28 (Iole) daughter of Eurytus, wife of Hercules.
Yonie *6*. 10 ( ) the Ionian Sea.
Ypermestra *5*. 25 ( ) one of the fifty daughters of Danaus.
Ypocras *18*. 5 (Hippocras) a physician of Cos flourishing about 436 B. C.
Ypodamia *10*. 5 ( ) mother of Perithous, wife of Ixion.
Ypodamie *15*. 3 ( ) mother of Agamemnon, daughter of Denomaos.
Ypolite *10*. 4, 5, 12, 16, 17, 21; *12*. 20, 21, 66, 67 (Hippolyte) Queen of the Amazons, carried off by Theseus and killed.
Ypolitus *7*. 14, 17, 18; *10*. 12, 14, 16, 17, 18, 19, 20, 21, 22, 23, 24, 25; *11*. 4, 5, 8 (Hippolytus) son of Theseus and Hippolyte stepson of Phaedra.
Ysaac *5*. 20 ( ) son of Abraham.
Ysion *10*. 5 ( ) father of Pirithous, commanded the army of the Centaurs.
Ysis *5*. 17, 18, 19, 20 (Isis) friend of Jupiter, daughter of King Prometheus, made a goddess by the Egyptians.
Ysmene *8*. 12 (Ismyne) daughter of Oedipus and Jocasta.
Ytalie *13*. 27; *18*. 8, 32; *19*. 9 (Italia).
Ythacie *15*. 19 ( ) Ithaca, an island in the Ionian Sea, the home of Ulysses.
Ythis *18*. 28 (Itis) son of Tereus and Procne, killed by his mother and served up for food to his father.
Yxion *12*. 31 ( ) father of Nessus, went to Hell.

Zenocrates *16*. 8, 9 (Xenocrates) a philosopher of Chalcedon, pupil of Plato.
Zorastres, Zoroastres *5*. 7, 8, 9 (Zoroaster) King of the Bactrians, discovered the arts of magic; also a prophet of ancient Iran 600 years before Christ.

www.ingramcontent.com/pod-product-compliance
Lightning Source LLC
Chambersburg PA
CBHW030104030726
47498CB00007B/2248